老舍

小说名篇

→ 现代文学名家名篇

老舍（1899.2.3-1966.8.24），原名舒庆春，字舍予，北京（满族正红旗）人。中国现代著名作家、杰出的语言大师，被誉为"人民艺术家"。老舍一生创作了大量的小说（尤其是长篇小说）、剧本、散文、诗歌。

时代文艺出版社

图书在版编目（CIP）数据

老舍小说名篇 / 老舍著. —长春：时代文艺出版社，2009.11（2023.7重印）
（现代文学名家名篇）
ISBN 978–7–5387–2833–0
Ⅰ.①老… Ⅱ.①老… Ⅲ.①小说－作品集－中国－现代 Ⅳ.①I246

中国版本图书馆CIP数据核字（2009）第204143号

责任编辑　闫松莹
助理编辑　孙英起
排版制作　隋淑凤

本书著作权、版式和装帧设计受国际版权公约和中华人民共和国著作权法保护
本书所有文字、图片和示意图等专有使用权为时代文艺出版社所有
未事先获得时代文艺出版社许可
本书的任何部分不得以图表、电子、影印、缩拍、录音和其他任何手段
进行复制和转载，违者必究

老舍小说名篇

老舍 著

出版发行 / 时代文艺出版社
地址 / 长春市福祉大路5788号　龙腾国际大厦A座15层　邮编 / 130118
总编办 / 0431-81629751　发行部 / 0431-81629755
官方微博 / weibo.com / tlapress　天猫旗舰店 / sdwycbsgf.tmall.com
印刷 / 三河市嵩川印刷有限公司
开本 / 710mm×1000mm　1/16　字数 / 257千字　印张 / 18
版次 / 2010年1月第1版　印次 / 2023年7月第6次印刷　定价 / 55.00元

图书如有印装错误　请寄回印厂调换

目录

老舍小说 ①

大悲寺外 / 1

马裤先生 / 18

微　神 / 24

开市大吉 / 36

柳家大院 / 44

抱　孙 / 55

黑白李 / 65

歪毛儿 / 80

铁牛和病鸭 / 91

眼　镜 / 102

目录

老舍小说 ❷

老字号 / 110

断魂枪 / 117

且说屋里 / 125

听来的故事 / 142

上　任 / 151

牺　牲 / 169

善　人 / 197

我这一辈子 / 203

杀　狗 / 264

大悲寺外

黄先生已死去二十多年了。这些年中，只要我在北平，我总忘不了去祭他的墓。自然我不能永远在北平；别处的秋风使我倍加悲苦：祭黄先生的时节是重阳的前后，他是那时候死的。去祭他是我自己加在身上的责任；他是我最钦佩敬爱的一位老师，虽然他待我未必与待别的同学有什么分别；他爱我们全体的学生。可是，我年年愿看看他的矮墓，在一株红叶的枫树下，离大悲寺不远。

已经三年没去了，生命不由自主的东奔西走，三年中的北平只在我的梦中！

去年，也不记得为了什么事，我跑回去一次，只住了三天。虽然才过了中秋，可是我不能上西山去；谁知道什么时候才再有机会回去呢。自然上西山是专为看黄先生的墓。为这件事，旁的事都可以搁在一边；说真的，谁在北平三天能不想办一万样事呢。

这种祭墓是极简单的：只是我自己到了那里而已，没有纸钱，也没有香与酒。黄先生不是个迷信的人，我也没见他饮过酒。

从城里到山上的途中，黄先生的一切显现在我的心上。在我有口气的时候，他是永生的，真的。停在我心中，他是在死里活着。每逢遇上个穿灰布大褂，胖胖的人，我总要细细看一眼。是的，胖胖的而穿灰布大衫，因黄先生而成了对我个人的一种什么象征。甚至于有的时候与同学们聚餐，"黄先生呢？"常在我的舌尖上；我总以为他是还活着。还不是这么说，我应当说：我总以为他不会死，不应该死，即使我知道他确是死了。

他为什么作学监呢？胖胖的，老穿着灰布大衫！他作什么不比当学监强呢？可是，他竟自作了我们的学监；似乎是天命，不作学监他怎能在四十多岁便死了呢！

胖胖的，脑后折着三道肉印。我常想，理发师一定要费不少的事，才能把那三道弯上的短发推净。脸像个大肉葫芦，就是我这样敬爱他，也就没法否认他的脸不是招笑的。可是，那双眼！上眼皮受着"胖"的影响，松松的下垂，把原是一对大眼睛变成了俩螳螂卵包似的，留个极小的缝儿射出无限度的黑亮。好像这两道黑光，假如你单单的看着它们，把"胖"的一切注脚全勾销了。那是一个胖人射给一个活动，灵敏，快乐的世界的两道神光。他看着你的时候，这一点点黑珠就像是钉在你的心灵上，而后把你像条上了钩的小白鱼，钓起在他自己发射出的慈祥宽厚光朗的空气中。然后他笑了，极天真的一笑，你落在他的怀中，失去了你自己。那件松松裹着胖黄先生的灰布大衫，在这时节，变成了一件仙衣。在你没看见这双眼之前，假如你看他从远处来了，他不过是团蠕蠕而动的灰色什么东西。

无论是哪个同学想出去玩玩，而造个不十二分有伤于诚实的谎，去到黄先生那里请假，黄先生先那么一笑，不等你说完你的谎——好像惟恐你自己说漏了似的——便极用心的给你填好"准假证"。但是，你必须去请假。私自离校是绝对不行的。凡关乎人情的，以人情的办法办；凡关乎校规的，校规是校规；这个胖胖的学监！

他没有什么学问，虽然他每晚必和学生们一同在自修室读书；他读的都是大本的书，他的笔记本也是庞大的，大概他的胖手指是不肯甘心伤损小巧精致的书页。他读起书来，无论冬夏，头上永远冒着热汗，他决不是聪明人。有时我偷眼看看他，他的眉，眼，嘴，好像都被书的神秘给迷住；看得出，他的牙是咬得很紧，因为他的腮上与太阳穴全微微的动弹，微微的，可是紧张。忽然，他那么天真的一笑，叹一口气，用块像小床单似的白手绢抹抹头上的汗。

先不用说别的，就是这人情的不苟且与傻用功已足使我敬爱他——多数的同学也因此爱他。稍有些心与脑的人，即使是个十五六岁的学生，像那时候的我与我的学友们，还能看不出：他的温和诚恳是出于天性的纯厚，而同时又能丝毫不苟的负责是足以表示他是温厚，不是懦弱？还觉不出他是"我们"中的一个，不是"先生"们中的一个；因为他那种努力读书，为读书而着急，而出汗，而叹气，还不是正和我们一样？

到了我们有了什么学生们的小困难——在我们看是大而不易解决的——黄先生是第一个来安慰我们，假如他不帮助我们；自然，他能帮忙的地方便在来安慰之前已经自动的作了。二十多年前的中学学监也不过是挣六十块钱，他每月是拿出三分之一来，预备着帮助同学，即使我们都没有经济上的困难，他这三分之一的薪水也不会剩下。假如我们生了病，黄先生不但是殷勤的看顾，而且必拿来些水果，点心，或是小说，几乎是偷偷的放在病学生的床上。

但是，这位困苦中的天使也是平安中的君王——他管束我们。宿舍不清洁，课后不去运动……都要挨他的雷，虽然他的雷是伴着以泪作的雨点。

世界上，不，就说一个学校吧，哪能都是明白人呢。我们的同学里很有些个厌恶黄先生的。这并不因为他的爱心不普遍，也不是被谁看出他是不真诚，而是伟大与藐小的相触，结果总是伟大的失败，好似不如此不足以成其伟大。这些同学们一样的受过他的好处，知道他的伟大，但是他们不能爱他。他们受了他十样的好处后而被他申斥了一阵，黄先生便变成顶可恶的。我一点也没有因此而轻视他们的意思，我不过是说世上确有许多这样的人。他们并不是不晓得好歹，而是他们的爱只限于爱自己；爱自己是溺爱，他们不肯受任何的责备。设若你救了他的命，而同时责劝了他几句，他从此便永远记着你的责备——为是恨你——而忘了救命的恩惠。黄先生的大错处是根本不应来作学监，不负责的学监是有的，可是黄先生与不负责永远不能联结在一处。不论他怎样真诚，怎样厚道，管束。

他初来到学校，差不多没有一个人不喜爱他，因为他与别位先生是那样的不同。别位先生们至多不过是比书本多着张嘴的，我们佩服他们和佩服书籍差不多。即使他们是活泼有趣的，在我们眼中也是另一种世界的活泼有趣，与我们并没有多么大的关系。黄先生是个"人"，他与别位先生几乎完全不相同。他与我们在一处吃，一处睡，一处读书。

半年之后，已经有些同学对他不满意了，其中有的，受了他的规戒，有的是出于立异——人家说好，自己就偏说坏，表示自己有头脑，别人是顺竿儿爬的笨货。

经过一次小风潮，爱他的与厌恶他的已各一半了。风潮的起始，与他完全无关。学生要在上课的时间开会了，他才出来劝止，而落了个无理的干涉。他是个天真的人——自信心居然使他要求投票表决，是否该在上课时间开会！幸而投与他意见相同的票的多着三张！风潮虽然不久便平静无事了，可是他的威信已减了一半。

因此，要顶他的人看出时机已到：再有一次风潮，他管保得滚。谋着以老师兼学监的人至少有三位。其中最活动的是我们的手工教师，一个用嘴与舌活着的人，除了也是胖子，他和黄先生是人中的南北极。在教室上他曾说过，有人给他每月八百元，就是提夜壶也是美差。有许多学生喜欢他，因为上他的课时就是睡觉也能得八十几分。他要是作学监，大家岂不是入了天国！每天晚上，自从那次小风潮后，他的屋中有小的会议。不久，在这小会议中种的籽粒便开了花。校长处有人控告黄先生，黑板上常见"胖牛"，"老山药蛋"……

同时，有的学生也向黄先生报告这些消息。忽然黄先生请了一天的假。可是那天晚上自修的时候，校长来了，对大家训话，说黄先生向他辞职，但是没有准他。末后，校长说，"有不喜欢这位好学监的，请退学；大家都不喜欢他呢，我与他一同辞职。"大家谁也没说什么。可是校长前脚出去，后脚一群同学便到手工教员室中去开紧急会议。

第三天上黄先生又照常办事了，脸上可是好像瘦减了一圈。在下午课后他召集全体学生训话，到会的也就是半数。他好像是要说许多许多的话似的，及至到了台上，他第一个微笑就没笑出来，愣了半天，他极低细的说了一句："咱们彼此原谅吧！"没说第二句。

暑假后，废除月考的运动一天扩大一天。在重阳前，炸弹爆发了。英文教员要考，学生们不考；教员下了班，后面追随着极不好听的话。及至事情闹到校长那里去，问题便由罢考改为撤换英文教员，因为校长无论如何也要维持月考的制度。虽然有几位主张连校长一齐推倒的，可是多数人愿意先由撤换教员作起。既不向校长作战，自然罢考须暂放在一边。这个时节，已经有人警告了黄先生："别往自己身上拢！"

可是谁叫黄先生是学监呢？他必得维持学校的秩序。

况且，有人设法使风潮往他身上转来呢。

校长不答应撤换教员。有人传出来，在职教员会议时，黄先生主张严办学生，黄先生劝告教员合作以便抵抗学生，黄学监……

风潮又转了方向，黄学监，已经不是英文教员，是炮火的目标。

黄先生还终日与学生们来往，劝告，解说，笑与泪交替的揭露着天真与诚意。有什么用呢？

学生中不反对月考的不敢发言。依违两可的是与其说和平的话不如说激烈的，以便得同学的欢心与赞扬。这样，就是敬爱黄先生的连暗中警告他也不敢了：风潮像个魔咒捆住了全校。

我在街上遇见了他。

"黄先生，请你小心点，"我说。

"当然的。"他那么一笑。

"你知道风潮已转了方向？"

他点了点头，又那么一笑，"我是学监！"

"今天晚上大概又开全体大会，先生最好不用去。"

"可是，我是学监！"

"他们也许动武呢！"

"打'我'？"他的颜色变了。

我看得出，他没想到学生要打他；他的自信力太大。可是同时他并不是不怕危险。他是个"人"，不是铁石作的英雄——因此我爱他。

"为什么呢？"他好似是诘问着他自己的良心呢。

"有人在后面指挥。"

"呕！"可是他并没有明白我的意思，据我看；他紧跟着问："假如我去劝告他们,也打我?"

我的泪几乎落下来。他问得那么天真,几乎是儿气的;始终以为善意待人是不会错的。他想不到世界上会有手工教员那样的人。

"顶好是不到会场去,无论怎样!"

"可是,我是学监!我去劝告他们就是了;劝告是惹不出事来的。谢谢你!"

我愣在那儿了。眼看着一个人因责任而牺牲,可是一点也没觉到他是去牺牲——一听见"打"字便变了颜色,而仍然不退缩!我看得出,此刻他决不想辞职了,因为他不能在学校正极紊乱时候抽身一走。"我是学监!"我至今忘不了这一句话,和那四个字的声调。

果然晚间开了大会。我与四五个最敬爱黄先生的同学,故意坐在离讲台最近的地方,我们计议好:真要是打起来,我们可以设法保护他。

开会五分钟后,黄先生推门进来了。屋中连个大气也听不见了。主席正在报告由手工教员传来的消息——就是宣布学监的罪案——学监进来了!我知道我的呼吸是停止了一会儿。

黄先生的眼好似被灯光照得一时不能睁开了,他低着头,像盲人似的轻轻关好了门。他的眼睛开了,用那对慈善与宽厚作成的黑眼珠看着大众。他的面色是,也许因为灯光太强,有些灰白。他向讲台那边挪了两步,一脚登着台沿,微笑了一下。

"诸位同学,我是以一个朋友,不是学监的地位,来和大家说几句话!"

"假冒为善!"

"汉奸!"

后边有人喊。

黄先生的头低下去，他万也想不到被人这样骂他。他决不是恨这样骂他的人，而是怀疑了自己，自己到底是不真诚，不然……

这一低头要了他的命。

他一进来的时候，大家居然能那样静寂，我心里说，到底大家还是敬畏他；他没危险了。这一低头，完了，大家以为他是被骂对了，羞愧了。

"打他！"这是一个与手工教员最亲近的学友喊的，我记得。跟着，"打！""打！"后面的全立起来。我们四五个人彼此按了按膝，"不要动"的暗号；我们一动，可就全乱了。我喊了一句。

"出去！"故意地喊得很难听，其实是个善意的暗示。

他要是出去——他离门只有两三步远——管保没有事了，因为我们四五个人至少可以把后面的人堵住一会儿。

可是黄先生没动！好像蓄足了力量，他猛然抬起头来。他的眼神极可怕了。可是不到半分钟，他又低下头去，似乎用极大的忏悔，矫正他的要发脾气。他是个"人"，可是要拿人力把自己提到超人的地步。我明白他那心中的变动：冷不防的被人骂了，自己怀疑自己是否正道；他的心告诉他——无愧；在这个时节，后面喊"打！"：他怒了；不应发怒，他们是些青年的学生——又低下头去。

随着说第二次低头，"打！"成了一片暴雨。

假如他真怒起来，谁也不敢先下手；可是他又低下头去——就是这么着，也还只听见喊打，而并没有人向前。这倒不是大家不勇敢，实在是因为多数——大多数——人心中有一句："凭什么打这个老实人呢？"自然，主席的报告是足以使些人相信的，可是究竟大家不能忘了黄先生以前的一切；况且还有些人知道报告是由一派人造出来的。

我又喊了声，"出去！"我知道"滚"是更合适的，在这种场面上，但怎忍得出口呢！

黄先生还是没动。他的头又抬起来：脸上有点笑意，眼中微湿，就像个忠厚的小儿看着一个老虎，又爱又有点怕忧。

忽然由窗外飞进一块砖，带着碎玻璃碴儿，像颗横飞的彗星，打在他的太阳穴上。登时见了血。他一手扶住了讲桌。后面的人全往外跑。我们几个搀住了他。

"不要紧，不要紧。"他还勉强的笑着，血已几乎盖满他的脸。

找校长，不在；找校医，不在；找教务长，不在；我们决定送他到医院去。

"到我屋里去！"他的嘴已经似乎不得力了。

我们都是没经验的，听他说到屋中去，我们就搀扶着他走。到了屋中，他摆了两摆，似乎要到洗脸盆处去，可是一头倒在床上；血还一劲的流。

老校役张福进来看了一眼，跟我们说，"扶起先生来，我接校医去。"

校医来了，给他洗干净，绑好了布，叫他上医院。他喝了口白兰地，心中似乎有了点力量，闭着眼叹了口气。校医说，他如不上医院，便有极大的危险。他笑了。低声的说：

"死，死在这里；我是学监！我怎能走呢——校长们都没在这里！"

老张福自荐伴着"先生"过夜。我们虽然极愿守着他，可是我们知道门外有许多人用轻鄙的眼神看着我们；少年是最怕被人说"苟事"的——

同情与见义勇为往往被人解释作"苟事",或是"狗事"有许多青年的血是能极热,同时又极冷的。我们只好离开他。连这样,当我们出来的时候还听见了:"美呀!黄牛的干儿子!"

第二天早晨,老张福告诉我们,"先生"已经说胡话了。

校长来了,不管黄先生依不依,决定把他送到医院去。

可是这时候,他清醒过来。我们都在门外听着呢。那位手工教员也在那里,看着学监室的白牌子微笑,可是对我们皱着眉,好像他是最关心黄先生的苦痛的。我们听见了黄先生说:

"好吧,上医院;可是,容我见学生一面。"

"在哪儿?"校长问。

"礼堂;只说两句话。不然,我不走!"

钟响了。几乎全体学生都到了。

老张福与校长搀着黄先生。血已透过绷布,像一条毒花蛇在头上盘着。他的脸完全不像他的了。刚一进礼堂门,他便不走了,从绷布下设法睁开他的眼,好像是寻找自己的儿女,把我们全看到了。他低下头去,似乎已支持不住,就是那么低着头,他低声——可是很清楚的——说:

"无论是谁打我来着,我决不,决不计较!"

他出去了,学生没有一个动弹的。大概有两分钟吧。忽然大家全往外跑,追上他,看他上了车。

过了三天,他死在医院。

谁打死他的呢?

丁庚。

可是在那时节，谁也不知道丁庚扔砖头来着。在平日他是"小姐"，没人想到"小姐"敢飞砖头。

那时的丁庚，也不过是十七岁。老穿着小蓝布衫，脸上长着小红疙瘩，眼睛永远有点水锈，像敷着些眼药。老实，不好说话，有时候跟他好，有时候又跟你好，有时候自动的收拾宿室，有时候一天不洗脸。所以是小姐——有点忽东忽西的小性。

风潮过去了，手工教员兼任了学监。校长因为黄先生已死，也就没深究谁扔的那块砖。说真的，确是没人知道。

可是，不到半年的工夫，大家猜出谁了——丁庚变成另一个人，完全不是"小姐"了。他也爱说话了，而且永远是不好听的话。他永远与那些不用功的同学在一起了，吸上了香烟——自然也因为学监不干涉——每晚上必出去，有时候嘴里喷着酒味。他还作了学生会的主席。

由"那"一晚上，黄先生死去，丁庚变了样。没人能想到"小姐"会打人。可是现在他已不是"小姐"了。自然大家能想到他是会打人的。变动的快出乎意料之外，那么，什么事都是可能的了，所以是"他"！

过了半年，他自己承认了——多半是出于自夸，因为他已经变成个"刺儿头"。最怕这位"刺儿头"的是手工兼学监那位先生。学监既变成他的部下，他承认了什么也当然是没危险的。自从黄先生离开了学监室，我们的学校已经不是学校。

为什么扔那块砖？据丁庚自己说，差不多有五六十个理由，他自己也不知道哪一个最好，自然也没人能断定哪个最可靠。

据我看，真正的原因是"小姐"忽然犯了"小姐性"。他最初是在大家开会的时候，连进去也不敢，而在外面看风势。忽然他的那个劲儿来了，也许是黄先生责备过他，也许是他看黄先生的胖脸好玩而试试打得破与否，也许……不论怎么着吧，一个十七岁的孩子，天性本来是变鬼变神的，加以脸上正发红泡儿的那股忽人忽兽的郁闷，他满可以作出些无意作而作了的事。从多方面看，他确是那样的人。在黄先生活着的时候，他便是千变万化的，有时候很喜欢人叫他"黛玉"。黄先生死后，他便不知道他是怎回事了。有时候，他听了几句好话，能老实一天，趴在桌上写小楷，写得非常秀润。第二天，一天不上课！

这种观察还不只限于学生时代，我与他毕业后恰巧在一块作了半年的事，拿这半年中的情形看，他确是我刚说过的那样的人。拿一件事说吧。我与他全作了小学教师，在一个学校里，我教初四。已教过两个月，他忽然想换班，惟一的原因是我比他少着三个学生。可是他和校长并没这样说——为少看三本卷子似乎不大好出口。他说，四年级级任比三年级的地位高，他不甘居人下。这虽然不很像一句话，可究竟是更精神一些的争执。他也告诉校长：他在读书时是作学生会主席的，主席当然是大众的领袖，所以他教书时也得教第一班。

校长与我谈论这件事，我是无可无不可，全凭校长调动。校长反倒以为已经教了快半个学期，不便于变动。这件事便这么过去了。到了快放年假的时候，校长有要事须请两个礼拜的假，他打算求我代理几天。丁庚不答应了。可是这次他直接的向我发作了，因为他亲自请求校长叫他代理是不好意思的。我不记得我的话了，可是大意是我应着去代他向校长说说：我根本不愿意代理。

及至我已经和校长说了，他又不愿意，而且忽然的辞职，连维持到年假都不干。校长还没走，他卷铺盖走了。谁劝也无用，非走不可。

从此我们俩没再会过面。

看见了黄先生的坟,也想起自己在过去二十年中的苦痛。坟头更矮了些,那么些土上还长着点野花,"美"使悲酸的味儿更强烈了些。太阳已斜挂在大悲寺的竹林上,我只想不起动身。深愿黄先生,胖胖的,穿着灰布大衫,来与我谈一谈。

远处来了个人。没戴着帽,头发很长,穿着青短衣,还看不出他的模样来,过路的,我想;也没大注意。可是他没顺着小路走去,而是舍了小道朝我来了。又一个上坟的?

他好像走到坟前才看见我,猛然的站住了。或者从远处是不容易看见我的,我是倚着那株枫树坐着呢,

"你,"他叫着我的名字。

我愣住了,想不起他是谁。

"不记得我了?丁——"

没等他说完我想起来了,丁庚。除了他还保存着点"小姐"气——说不清是在他身上哪处——他绝对不是二十年前的丁庚了。头发很长,而且很乱。脸上乌黑,眼睛上的水锈很厚,眼窝深陷进去,眼珠上许多血丝。牙已半黑,我不由的看了看他的手,左右手的食指与中指全黄了一半。他一边看着我,一边从袋里摸出一盒"大长城"来。

不知道为什么我觉得一阵悲惨。我与他是没有什么感情的,可是幼时的同学……我过去握住他的手;他的手颤得很厉害。我们彼此看了一眼,眼中全湿了;然后不约而同的看着那个矮矮的墓。

"你也来上坟?"这话已到我的唇边,被我压回去了。他点一枝烟,

向蓝天吹了一口,看看我,看看坟,笑了。

"我也来看他,可笑,是不是?"他随说随坐在地上。

我不晓得说什么好,只好顺口搭音的笑了声,也坐下了。

他半天没言语,低着头吸他的烟,似乎是思想什么呢。烟已烧去半截,他抬起头来,极有姿式的弹着烟灰。先笑了笑,然后说:

"二十多年了!他还没饶了我呢!"

"谁?"

他用烟卷指了指坟头:"他!"

"怎么?"我觉得不大得劲;深怕他是有点疯魔。

"你记得他最后的那句?决——不——计——较,是不是?"

我点点头。

"你也记得咱们在小学教书的时候,我忽然不干了?我找你去叫你不要代理校长?好,记得你说的是什么?"

"我不记得。"

"决不计较!你说的。那回我要和你换班次,你也是给了我这么一句。你或者出于无意,可是对于我,这句话是种报复,惩罚。它的颜色是红的一条布,像条毒蛇;它确是有颜色的。它使我把生命变成一阵颤抖:志愿,事业,全随颤抖化为——秋风中的落叶。像这颗枫树的叶子。你大概也知道,我那次要代理校长的原因?我已运动好久,叫他不能回任。可是你说了那么一句——"

"无心中说的。"我表示歉意。

"我知道。离开小学,我在河务局谋了个差事。很清闲,钱也不少。半年之后,出了个较好的缺。我和一个姓李的争这个地位。我运动,他也运动，力量差不多是相等，所以命令多日没能下来。在这个期间，我们俩有一次在局长家里遇上了，一块打了几圈牌。局长在打牌的时候，露出点我们俩竞争很使他为难的口话。我没说什么，可是姓李的一边打出一个红中，一边说：'红的！我让了，决不计较！'红的！不计较！黄学监又立在我眼前，头上围着那条用血浸透的红布！我用尽力量打完了那圈牌，我的汗湿透了全身。我不能再见那个姓李的，他是黄学监第二，他用杀人不见血的咒诅在我魂灵上作祟：假如世上真有妖术邪法，这个便是其中的一种。我不干了。不干了！"他的头上出了汗。

"或者是你身体不大好，精神有点过敏。"我的话一半是为安慰他，一半是不信这种见神见鬼的故事。

"我起誓，我一点病没有。黄学监确是跟着我呢。他是假冒为善的人，所以他会说假冒为善的恶咒。还是用事实说明吧。我从河务局出来不久便成婚，"这一句还没说全，他的眼神变得像失了雏儿的恶鹰似的，瞪着地上一颗半黄的鸡爪草，半天，他好像神不附体了。我轻嗽了声，他一哆嗦，抹了抹头上的汗，说："很美，她很美。可是——不贞。在第一夜，洞房便变成地狱，可是没有血，你明白我的意思？没有血的洞房是地狱，自然这是老思想，可是我的婚事老式的，当然感情也是老式的。她都说了，只求我，央告我，叫我饶恕她。按说，美是可以博得一切赦免的。可是我那时铁了心；我下了不戴绿帽的决心。她越哭，我越狠，说真的，折磨她给我一些愉快。末后，她的泪已干，她的话已尽，她说出最后的一句：'请用我心中的血代替吧，'她打开了胸，'给这儿一刀吧；你有一切的理由，我死，决不计较你！'我完了，黄学监在洞房门口笑我呢。我连动一动也不能了。第二天，我离开了家，变成一个有家室的漂流者，家中放着一个没有血的女人，和一个带着血的鬼！但是我不能自杀，我跟他干到底，他劫去我一切的快乐，不能再叫他夺去这条命！"

"丁：我还以为你是不健康。你看，当年你打死他，实在不是有意的。况且黄先生的死也一半是因为耽误了，假如他登时上医院去，一定不会有性命的危险。"我这样劝解；我准知道，设若我说黄先生是好人，决不能死后作祟，丁庚一定更要发怒的。

"不错。我是出于无心，可是他是故意的对我发出假慈悲的原谅，而其实是种恶毒的诅咒。不然，一个人死在眼前，为什么还到礼堂上去说那个呢？好吧，我还是说事实吧。我既是个没家的人，自然可以随意的去玩了。我大概走了至少也有十二三省。最后，我在广东加入了革命军。打到南京，我已是团长。设若我继续工作，现在来至少也作了军长。可是，在清党的时节，我又不干了。是这么回事，一个好朋友姓王，他是左倾的。他比我职分高。设若我能推倒他，我登时便能取得他的地位。陷害他，是极容易的事，我有许多对他不利的证据，但是我不忍下手。我们俩出死入生的在一处已一年多，一同入医院就有两次。可是我又不能抛弃这个机会；志愿使英雄无论如何也得辣些。我不是个十足的英雄，所以我想个不太激进的办法来。我托了一个人向他去说，他的危险怎样的大，不如及早逃走，把一切事务交给我，我自会代他筹画将来的安全。他不听。我火了。不能不下毒手。我正在想主意，这个不知死的鬼找我来了，没带着一个人。有些人是这样：至死总假装宽厚大方，一点不为自己的命想一想，好像死是最便宜的事，可笑。这个人也是这样，还在和我嘻嘻哈哈。我不等想好主意了，反正他的命是在我手心里，我对他直接地说了——我的手摸着手枪。他，他听完了，向我笑了笑。'要是你愿杀我，'他说，还是笑着，'请，我决不计较。'这能是他说的吗？怎能那么巧呢？我知道，我早就知道了，凡是我要成功的时候，'他'老借着个笑脸来报仇，假冒为善的鬼会拿柔软的方法来毁人。我的手连抬也抬不起来了，不要说还要拿枪打人。姓王的笑着，笑着，走了。他走了，能有我的好处吗？他的地位比我高。拿证据去告发他恐怕已来不及了，他能不马上想对待我的法子吗？结果，我得跑！到现在，我手下的小卒都有作团长的了，我呢？我只是个有妻室而没家，不当和尚而住在庙里的——我也说不清我是什么！"

乘他喘气，我问了一句："哪个庙事？"

"跟前的大悲寺！为是离着他近，"他指着坟头。

看我没往下问，他自动的说明：

"离他近，我好天天来诅咒他！"

不记得我又和他说了什么，还是什么也没说，无论怎样吧！我是踏着金黄的秋色下了山，斜阳在我的背后。我没敢回头，我怕那株枫树，叶子不是怎么红得似血！

马裤先生

火车在北平东站还没开,同屋那位睡上铺的穿马裤,戴平光的眼镜,青缎子洋服上身,胸袋插着小楷羊毫,足登青绒快靴的先生发了问:"你也是从北平上车?"很和气的。

我倒有点迷了头,火车还没动呢,不从北平上车,难道由——由哪儿呢?我只好反攻了:"你从哪儿上车?"很和气的。我希望他说是由汉口或绥远上车,因为果然如此,那么中国火车一定已经是无轨的,可以随便走去;那多么自由!

他没言语。看了看铺位,用尽全身——假如不是全身——的力气喊了声,"茶房!"

茶房正忙着给客人搬东西,找铺位。可是听见这么紧急的声喊,就是有天大的事也得放下,茶房跑来了。

"拿毯子!"马裤先生喊。

"请少待一会儿,先生,"茶房很和气的说,"一开车,马上就给您铺好。"

马裤先生用食指挖了鼻孔一下,别无动作。

茶房刚走开两步。

"茶房!"这次连火车好似都震得直动。

茶房像旋风似的转过身来。

"拿枕头,"马裤先生大概是已经承认毯子可以迟一下,可是枕头总该先拿来。

"先生,请等一等,您等我忙过这会儿去,毯子和枕头就一齐全到。"茶房说得很快,可依然是很和气。

茶房看马裤客人没任何表示,刚转过身去要走,这次火车确是哗啦了半天,"茶房!"

茶房差点吓了个跟头,赶紧转回身来。

"拿茶!"

"先生请略微等一等,一开车茶水就来。"

马裤先生没任何的表示。茶房故意地笑了笑,表示歉意。然后搭讪着慢慢地转身,以免快转又吓个跟头。转好了身,腿刚预备好要走,背后打了个霹雳,"茶房!"

茶房不是假装没听见,便是耳朵已经震聋,竟自没回头,一直地快步走开。

"茶房!茶房!茶房!"马裤先生连喊,一声比一声高:站台上送客的跑过一群来,以为车上失了火,要不然便是出了人命。茶房始终没回头。马裤先生又挖了鼻孔一下,坐在我的床下。刚坐下,"茶房!"茶房还是没来。看着自己的磕膝,脸往下沉,沉到最长的限度,手指一挖鼻孔,脸好似刷的一下又纵回去了。然后,"你坐二等?"这是问我呢。我又毛了,我确是买的二等,难道上错了车?

"你呢?"我问。

"二等。这是二等。二等有卧铺。快开车了吧?茶房!"

我拿起报纸来。

他站起来,数他自己的行李,一共八件,全堆在另一卧铺上——两个上铺都被他占了。数了两次,又说了话,"你的行李呢?"

我没言语。原来我误会了:他是善意,因为他跟着说,"可恶的茶房,怎么不给你搬行李?"

我非说话不可了:"我没有行李。"

"呕?!"他确是吓了一跳,好像坐车不带行李是大逆不道似的。"早知道,我那四只皮箱也可以不打行李票了!"

这回该轮着我了,"呕?!"我心里说,"幸而是如此,不然的话,把四只皮箱也搬进来,还有睡觉的地方啊?!"

我对面的铺位也来了客人,他也没有行李,除了手中提着个扁皮夹。

"呕?!"马裤先生又出了声,"早知道你们都没行李,那口棺材也可以不另起票了!"

我决定了。下次旅行一定带行李;真要陪着棺材睡一夜,谁受得了!

茶房从门前走过。

"茶房!拿毛巾把!"

"等等,"茶房似乎下了抵抗的决心。

马裤先生把领带解开,摘下领子来,分别挂在铁钩上:所有的钩子都被占了,他的帽子,大衣,已占了两个。

车开了,他顿时想起买报,"茶房!"

茶房没有来。我把我的报赠给他;我的耳鼓出的主意。

他爬上了上铺,在我的头上脱靴子,并且击打靴底上的土。枕着个手提箱,用我的报纸盖上脸,车还没到永定门,他睡着了。

我心中安坦了许多。

到了丰台,车还没站住,上面出了声,"茶房!"

没等茶房答应,他又睡着了;大概这次是梦话。

过了丰台,茶房拿来两壶热茶。我和对面的客人——一位四十来岁平平无奇的人,脸上的肉还可观——吃茶闲扯。大概还没到廊房,上面又打了雷,"茶房!"

茶房来了,眉毛拧得好像要把谁吃了才痛快。

"干吗?先——生——"

"拿茶!"上面的雷声响亮。

"这不是两壶?"茶房指着小桌说。

"上边另要一壶!"

"好吧!"茶房退出去。

"茶房!"

茶房的眉毛拧得直往下落毛。

"不要茶,要一壶开水!"

"好啦!"

"茶房!"

我直怕茶房的眉毛脱净!

"拿毯子,拿枕头,打手巾把,拿——"似乎没想起拿什么好。

"先生,您等一等。天津还上客人呢;过了天津我们一总收拾,也耽误不了您睡觉!"

茶房一气说完,扭头就走,好像永远不再想回来。

待了会儿,开水到了,马裤先生又入了梦乡,呼声只比"茶房"小一点。可是匀调,继续不断,有时呼声稍低一点。用咬牙来补上。

"开水,先生!"

"茶房！"

"就在这儿：开水！"

"拿手纸！"

"厕所里有。"

"茶房！厕所在哪边？"

"哪边都有。"

"茶房！"

"回头见。"

"茶房！茶房！！茶房！！！"

没有应声。

"呼——呼呼——呼"又睡了。

有趣！

到了天津。又上来些旅客。马裤先生醒了，对着壶嘴喝了一气水。又在我头上击打靴底。穿上靴子，溜下来，食指挖了鼻孔一下，看了看外面。"茶房！"

恰巧茶房在门前经过。

"拿毯子！"

"毯子就来。"

马裤先生出去，呆呆地立在走廊中间，专为阻碍来往的旅客与脚夫。忽然用力挖了鼻孔一下，走了。下了车，看看梨，没买；看看报，没买；看看脚行的号衣，更没作用。又上来了，向我招呼了声，"天津，唉？"我没言语。他向自己说，"问问茶房，"紧跟着一个雷，"茶房！"我后悔了，赶紧地说，"是天津，没错儿。"

"总得问问茶房;茶房!"

我笑了,没法再忍住。

车好容易又从天津开走。

刚一开车,茶房给马裤先生拿来头一份毯子枕头和手巾把。马裤先生用手巾把耳鼻孔全钻得到家,这一把手巾擦了至少有一刻钟,最后用手巾擦了擦手提箱上的土。

我给他数着,从老站到总站的十来分钟之间,他又喊了四五十声茶房。茶房只来了一次,他的问题是火车向哪面走呢?茶房的回答是不知道;于是又引起他的建议,车上总该有人知道,茶房应当负责去问。茶房说,连驶车的也不晓得东西南北。于是他几乎变了颜色,万一车走迷了路?!茶房没再回答,可是又掉了几根眉毛。

他又睡了,这次是在头上摔了摔袜子,可是一口痰并没往下唾,而是照顾了车顶。

我睡不着是当然的,我早已看清,除非有一对"避呼耳套"当然不能睡着。可怜的是别屋的人,他们并没预备来熬夜,可是在这种带钩的呼声下,还只好是白瞪眼一夜。

我的目的地是德州,天将亮就到了。谢天谢地!

车在此处停半点钟,我雇好车,进了城,还清清楚楚地听见"茶房!"

一个多礼拜了,我还惦记着茶房的眉毛呢。

微　神

　　清明已过了，大概是；海棠花不是都快开齐了吗？今年的节气自然是晚了一些，蝴蝶们还很弱；蜂儿可是一出世就那么挺拔，好像世界确是甜蜜可喜的。天上只有三四块不大也不笨重的白云，燕儿们给白云上钉小黑丁字玩呢。没有什么风，可是柳枝似乎故意地轻摆，像逗弄着四外的绿意。田中的清绿轻轻地上了小山，因为娇弱怕累得慌，似乎是，越高绿色越浅了些；山顶上还是些黄多于绿的纹缕呢。山腰中的树，就是不绿的也显出柔嫩来，山后的蓝天也是暖和的，不然，大雁们为何唱着向那边排着队去呢？石凹藏着些怪害羞的三月兰，叶儿还赶不上花朵大。

　　小山的香味只能闭着眼吸取，省得劳神去找香气的来源，你看，连去年的落叶都怪好闻的。那边有几只小白山羊，叫的声儿恰巧使欣喜不至过度，因为有些悲意。偶尔走过一只来，没长犄角就留下须的小动物，向一块大石发了会儿愣，又颠颠着俏式的小尾巴跑了。

　　我在山坡上晒太阳，一点思念也没有，可是自然而然地从心中滴下些诗的珠子，滴在胸中的绿海上，没有声响，只有些波纹走不到腮上便散了的微笑；可是始终也没成功一整句。一个诗的宇宙里，连我自己好似只是诗的什么地方的一个小符号。

　　越晒越轻松，我体会出蝶翅是怎样的欢欣。我搂着膝，和柳枝同一律动前后左右的微动，柳枝上每一黄绿的小叶都是听着春声的小耳勺儿。有时看看天空，啊，谢谢那块白云，它的边上还有个小燕呢，小得已经快和蓝天化在一处了，像万顷蓝光中的一粒黑痣，我的心灵像要往那儿飞似的。

远处山坡的小道，像地图上绿的省份里一条黄线。往下看，一大片麦田，地势越来越低，似乎是由山坡上往那边流动呢，直到一片暗绿的松树把它截住，很希望松林那边是个海湾。及至我立起来，往更高处走了几步，看看，不是；那边是些看不甚清的树，树中有些低矮的村舍；一阵小风吹来极细的一声鸡叫。

春晴的远处鸡声有些悲惨，使我不晓得眼前一切是真还是虚，它是梦与真实中间的一道用声音作的金线；我顿时似乎看见了个血红的鸡冠：在心中，村舍中，或是哪儿，有只——希望是雪白的——公鸡。

我又坐下了；不，随便的躺下了。眼留着个小缝收取天上的蓝光，越看越深，越高；同时也往下落着光暖的蓝点，落在我那离心不远的眼睛上。不大一会儿，我便闭上了眼，看着心内的晴空与笑意。

我没睡去，我知道已离梦境不远，但是还听得清清楚楚小鸟的相唤与轻歌。说也奇怪，每逢到似睡非睡的时候，我才看见那块地方——不晓得一定是哪里，可是在入梦以前它老是那个样儿浮在眼前。就管它叫作梦的前方吧。

这块地方并没有多大，没有山，没有海。像一个花园，可又没有清楚的界限。差不多是个不甚规则的三角，三个尖端浸在流动的黑暗里。一角上——我永远先看见它——是一片金黄与大红的花，密密层层；没有阳光，一片红黄的后面便全是黑暗，可是黑的背景使红黄更加深厚，就好像大黑瓶上画着红牡丹，深厚得至于使美中有一点点恐怖。黑暗的背景，我明白了，使红黄的一片抱住了自己的彩色，不向四外走射一点；况且没有阳光，彩色不飞入空中，而完全贴染在地上。我老先看见这块，一看见它，其余的便不看也会知道的，正好像一看见香山，准知道碧云寺在哪儿藏着呢。

其余的两角，左边是一个斜长的上坡，满盖着灰紫的野花，在不漂亮中有些深厚的力量，或者月光能使那灰的部分多一些银色，显出点诗的灵空；但是我不记得在哪儿有个小月亮。无论怎样，我也不厌恶它。不，我爱这个似乎被霜弄暗了的紫色，像年轻的母亲穿着暗紫长袍。右边的一角是最漂亮的，一处小草房，门前有一架细蔓的月季，满开着单纯的花，全是浅粉的。

设若我的眼由左向右转，灰紫、红黄、浅粉，像是由秋看到初春，时候倒流；生命不但不是由盛而衰，反倒是以玫瑰作香色双艳的结束。

三角的中间是一片绿草，深绿、软厚、微湿；每一短叶都向上挺着，似乎是听着远处的雨声。没有一点风，没有一个飞动的小虫；一个鬼艳的小世界，活着的只有颜色。

在真实的经验中，我没见过这么个境界。可是它永远存在，在我的梦前。英格兰的深绿，苏格兰的紫草小山，德国黑林的幽晦，或者是它的祖先们，但是谁准知道呢。从赤道附近的浓艳中减去阳光，也有点像它，但是它又没有虹样的蛇与五彩的禽，算了吧，反正我认识它。

我看见它多少多少次了。它和"山高月小，水落石出"，是我心中的一对画屏。可是我没到那个小房里去过。我不是被那些颜色吸引得不动一动，便是由它的草地上恍惚的走入另种色彩的梦境。它是我常遇到的朋友，彼此连姓名都晓得，只是没细细谈过心。我不晓得它的中心是什么颜色的，是含着一点什么神秘的音乐——真希望有点响动！

这次我决定了去探险。

一想就到了月季花下，或也许因为怕听我自己的足音？月季花对于我是有些端阳前后的暗示，我希望在哪儿贴着张深黄纸，印着个朱红的判官，在两束香艾的中间。没有。只在我心中听见了声"樱桃"的吆喝。这个地方是太静了。

小房子的门闭着，窗上门上都挡着牙白的帘儿，并没有花影，因为阳光不足。里边什么动静也没有，好像它是寂寞的发源地。轻轻地推开门，静寂与整洁双双地欢迎我进去，是欢迎我；室中的一切是"人"的，假如外面景物是"鬼"的——希望我没用上过于强烈的字。

一大间，用幔帐截成一大一小的两间。幔帐也是牙白的，上面绣着些小蝴蝶。外间只有一条长案，一个小椭圆桌儿，一把椅子，全是暗草色的，没有油饰过。椅上的小垫是浅绿的，桌上有几本书。案上有一盆小松，两方古铜镜，锈色比小松浅些。内间有一个小床，罩着一块快垂到地上的绿毯。床首悬着一个小篮，有些快干的茉莉花。地上铺着一块长方的蒲垫，垫的旁边放着一双绣白花的小绿拖鞋。

我的心跳起来了！我决不是入了复杂而光灿的诗境；平淡朴美是此处的音调，也不是幻景，因为我认识那只绣着白花的小绿拖鞋。

爱情的故事往往是平凡的，正如春雨秋霜那样平凡。可是平凡的人们偏爱在这些平凡的事中找些诗意；那么，想必是世界上多数的事物是更缺乏色彩的；可怜的人们！希望我的故事也有些应有的趣味吧。

没有像那一回那么美的了。我说"那一回"，因为在那一天那一会儿的一切都是美的。她家中的那株海棠花正开成一个大粉白的雪球；沿墙的细竹刚拔出新笋；天上一片娇晴；她的父母都没在家；大白猫在花下酣睡。听见我来了，她像燕儿似的从帘下飞出来；没顾得换鞋，脚下一双小绿拖鞋像两片嫩绿的叶儿。她喜欢得像清早的阳光，腮上的两片苹果比往常红着许多倍，似乎有两颗香红的心在脸上开了两个小井，溢着红润的胭脂泉。那时她还梳着长黑辫。

她父母在家的时候，她只能隔着窗儿望我一望，或是设法在我走去的时节，和我笑一笑。这一次，她就像一个小猫遇上了个好玩的伴儿；我一向不晓得她"能"这样的活泼。在一同往屋中走的工夫，她的肩挨上了我的。我们都才十七岁。我们都没说什么，可是四只眼彼此告诉我们是欣喜到万分。我最爱看她家壁上那张工笔百鸟朝凤；这次，我的眼匀不出工夫来。我看着那双小绿拖鞋；她往后收了收脚，连耳根儿都有点红了；可是仍然笑着。我想问她的功课，没问；想问新生的小猫有全白的没有，没问；心中的问题多了，只是口被一种什么力量给封起来，我知道她也是如此，因为看见她的白润的脖儿直微微地动，似乎要将些不相干的言语咽下去，而真值得一说的又不好意思说。

她在临窗的一个小红木凳上坐着，海棠花影在她半个脸上微动。有时候她微向窗外看看，大概是怕有人进来。及至看清了没人，她脸上的花影都被欢悦给浸渍得红艳了。她的两手交换着轻轻地摸小凳的沿，显着不耐烦，可是欢喜的不耐烦。最后，她深深地看了我一眼，极不愿意而又不得不说地说，"走吧！"我自己已忘了自己，只看见，不是听见，两个什么字由她的口中出来？可是在心的深处猜对那两个字的意思，因为我也有点那样的关切。我的心不愿动，我的脑知道非走不可。我的眼盯住了她的。她要低头，还没低下去，便又勇敢地抬起来，故意地，不怕地，羞而不肯羞地，迎着我的眼。直到不约而同地垂下头去，又不约而同地抬起来，又那么看。心似乎已碰着心。

我走,极慢的,她送我到帘外,跟上蒙了一层露水。我走到二门,回了回头,她已赶到海棠花下。我像一个羽毛似的飘荡出去。

以后,再没有这种机会。

有一次,她家中落了,并不使人十分悲伤的丧事。在灯光下我和她说了两句话。她穿着一身孝衣。手放在胸前,摆弄着孝衣的扣带。站得离我很近,几乎能彼此听得见脸上热力的激射,像雨后的禾谷那样带着声儿生长。可是,只说了两句极没有意思的话——口与舌的一些动作:我们的心并没管它们。

我们都二十二岁了,可是五四运动还没降生呢。男女的交际还不是普通的事。我毕业后便作了小学的校长,平生最大的光荣,因为她给了我一封贺信。信笺的末尾——印着一枝梅花——她注了一行:不要回信。我也就没敢写回信。可是我好像心中燃着一束火把,无所不尽其极地整顿学校。我拿办好了学校作为给她的回信;她也在我的梦中给我鼓着得胜的掌——那一对连腕也是玉的手!

提婚是不能想的事。许多许多无意识而有力量的阻碍,像个专以力气自雄的恶虎,站在我们中间。

有一件足以自慰的,我那系在心上的耳朵始终没听到她的定婚消息。还有件比这更好的事,我兼任了一个平民学校的校长,她担任着一点功课。我只希望能时时见到她,不求别的。她呢,她知道怎么躲避我——已经是个二十多岁的大姑娘。她失去了十七八岁时的天真与活泼,可是增加了女子的尊严与神秘。

又过了二年,我上了南洋。到她家辞行的那天,她恰巧没在家。

在外国的几年中，我无从打听她的消息。直接通信是不可能的。间接探问，又不好意思。只好在梦里相会了。说也奇怪，我在梦中的女性永远是"她"。梦境的不同使我有时悲泣，有时狂喜；恋的幻境里也自有一种味道。她，在我的心中，还是十七岁时的样子：小圆脸，眉眼清秀中带着一点媚意。身量不高，处处都那么柔软，走路非常的轻巧。那一条长黑的发辫，造成最动心的一个背影。我也记得她梳起头来的样儿，但是我总梦见那带辫的背影。

回国后，自然先探听她的一切。一切消息都像谣言，她已作了暗娼！

就是这种刺心的消息，也没减少我的热情；不，我反倒更想见她，更想帮助她。我到她家去。已不在那里住，我只由墙外看见那株海棠树的一部分。房子早已卖掉了。

到底我找到她了。她已剪了发，向后梳拢着，在项部有个大绿梳子。穿着一件粉红长袍，袖子仅到肘部，那双臂，已不是那么活软的了。脸上的粉很厚，脑门和眼角都有些褶子。可是她还笑得很好看，虽然一点活泼的气象也没有了。设若把粉和油都去掉，她大概最好也只像个产后的病妇。她始终没正眼看我一次，虽然脸上并没有羞愧的样子，她也说也笑，只是心没在话与笑中，好像完全应酬我。我试着探问她些问题与经济状况，她不大愿意回答。她点着一支香烟，烟很灵通地从鼻孔出来，她把左膝放在右膝上，仰着头看烟的升降变化，极无聊而又显着刚强。我的眼湿了，她不会看不见我的泪，可是她没有任何表示。她不住地看自己的手指甲，又轻轻地向后按头发，似乎她只是为它们活着呢。提到家中的人，她什么也没告诉我。我只好走吧。临出来的时候，我把住址告诉给她——深愿她求我，或是命令我，作点事。她似乎根本没往心里听，一笑，眼看看别处，没有往外送我的意思。她以为我是出去了，其实我是立在门口没动，这么着，她一回头，我们对了眼光。只是那么一擦似的她转过头去。

初恋是青春的第一朵花，不能随便掷弃。我托人给她送了点钱去。留下了，并没有回话。

朋友们看出我的悲苦来，眉头是最会出卖人的。他们善意的给我介绍女友，惨笑地摇首是我的回答。我得等着她。初恋像幼年的宝贝永远是最甜蜜的，不管那个宝贝是一个小布人，还是几块小石子。慢慢的，我开始和几个最知己的朋友谈论她，他们看在我的面上没说她什么，可是假装闹着玩似的暗刺我，他们看我太愚，也就是说她不配一恋。他们越这样，我越顽固。是她打开了我的爱的园门，我得和她走到山穷水尽。怜比爱少着些味道，可是更多着些人情。不久，我托友人向她说明，我愿意娶她。我自己没胆量去。友人回来，带回来她的几声狂笑。她没说别的，只狂笑了一阵。她是笑谁？笑我的愚，很好，多情的人不是每每有些傻气吗？这足以使人得意。笑她自己，那只是因为不好意思哭，过度的悲郁使人狂笑。

愚痴给我些力量，我决定自己去见她。要说的话都详细的编制好，演习了许多次，我告诉自己——只许胜，不许败。她没在家。又去了两次，都没见着。第四次去，屋门里停着小小的一口薄棺材，装着她。她是因打胎而死。

一篮最鲜的玫瑰，瓣上带着我心上的泪，放在她的灵前，结束了我的初恋，开始终生的虚空。为什么她落到这般光景？我不愿再打听。反正她在我心中永远不死。

我正呆看着那小绿拖鞋，我觉得背后的幔帐动了一动。一回头，帐子上绣的小蝴蝶在她的头上飞动呢。她还是十七八岁时的模样，还是那么轻巧，像仙女飞降下来还没十分立稳那样立着。我往后退了一步，似乎是怕一往前凑就能把她吓跑。这一退的工夫，她变了，变成二十多岁的样子。她也往后退了，随退随着脸上加着皱纹。她狂笑起来。我坐在那个小床上。刚坐下，我又起来了，扑过她去，极快；她在这极短的时间内，又变回十七岁时的样子。在一秒种里我看见她半生的变化，她像是不受时间的拘束。我坐在椅子上，她坐在我的怀中。我自己也恢复了十五六年前脸上的红色，我觉得出。我们就这样坐着，听着彼此心血的潮荡。不知有多么久。最后，我找到声音，唇贴着她的耳边，问：

"你独自住在这里？"

"我不住在这里；我住在这儿，"她指着我的心说。

"始终你没忘了我，那么？"我握紧了她的手。

"被别人吻的时候，我心中看着你！"

"可是你许别人吻你？"我并没有一点妒意。

"爱在心里，唇不会闲着；谁教你不来吻我呢？"

"我不是怕得罪你的父母吗？不是我上了南洋吗？"

她点了点头，"惧怕使你失去一切，隔离使爱的心慌了。"

她告诉了我，她死前的光景。在我出国的那一年，她的母亲死去。她比较得自由了一些。出墙的花枝自会招来蜂蝶，有人便追求她。她还想念着我，可是肉体往往比爱少些忍耐力，爱的花不都是梅花。她接受了一个青年的爱，因为他长得像我。他非常地爱她，可是她还忘不了我，肉体的获得不就是爱的满足，相似的容貌不能代替爱的真形。他疑心了，她承认了她的心是在南洋。他们俩断绝了关系。这时候，她父亲的财产全丢了。

她非嫁人不可。她把自己卖给一个阔家公子，为是供给她的父亲。

"你不会去教学挣钱？"我问。

"我只能教小学，那点薪水还不够父亲买烟吃的！"

我们俩都愣起来。我是想：假使我那时候回来，以我的经济能力说，能供给得起她的父亲吗？我还不是大睁白眼地看着她卖身？

"我把爱藏在心中，"她说，"拿肉体挣来的茶饭营养着它。我深恐肉体死了，爱便不存在，其实我是错了；先不用说这个吧。他非常的妒忌，永远跟着我，无论我是干什么。上哪儿去，他老随着我。他找不出我的破绽来，可是觉得出我是不爱他。慢慢的，他由讨厌变为公开地辱骂我，甚至于打我，他逼得我没法不承认我的心是另有所寄。忍无可忍也就顾不及饭碗问题了。他把我赶出来，连一件长衫也没给我留。我呢，父亲照样和我要钱，我自己得吃得穿，而且我一向吃好的穿好的惯了。为满足肉体，还得利用肉体，身体是现成的本钱。凡给我钱的便买去我点筋肉的笑。我很会笑：我照着镜子练习那迷人的笑。环境的不同使人作退一步想，这样零卖，到是比终日叫那一个阔公子管着强一些。在街上，有多少人指着我的后影叹气，可是我到底是自由的，有时候我与些打扮得不漂亮的女子遇上，我也有些得意。我一共打过四次胎，但是创痛过去便又笑了。"

"最初，我颇有一些名气，因为我既是作过富宅的玩物，又能识几个字，新派旧派的人都愿来照顾我。我没工夫去思想，甚至于不想积蓄一点钱，我完全为我的服装香粉活着。今天的漂亮是今天的生活，明天自有明天管照着自己，身体的疲倦，只管眼前的刺激，不顾将来。不久，这种生活也不能维持了。父亲的烟是无底的深坑。打胎需要花许多费用。以前不想剩钱；钱自然不会自己剩下。我连一点无聊的傲气也不敢存了。我得极下贱地去找钱了，有时是明抢。有人指着我的后影叹气，我也回头向他笑一笑了。打一次胎增加两三岁。镜子是不欺人的，我已老丑了。疯狂足以补足衰老。我尽着肉体的所能伺候人们，不然，我没有生意。我敞着门睡着，我是大家的，不是我自己的。一天二十四小时，什么时间也可以买我的身体。我消失在欲海里。在清醒的世界中我并不存在。我的手指算计着钱数。我不思想，只是盘算——怎能多进五毛钱。我不哭，哭不好看。只为钱着急，不管我自己。"

她休息了一会儿，我的泪已滴湿她的衣襟。

"你回来了！"她继续着说，"你也三十多了；我记得你是十七岁的小学生。你的眼已不是那年——多少年了？——看我那双绿拖鞋的眼。可是，你，多少还是你自己，我，早已死了。你可以继续做那初恋的梦，我已无梦可做。我始终一点也不怀疑，我知道你要是回来，必定要我。及至见着你，我自己已找不到我自己，拿什么给你呢？你没回来的时候，我永远不拒绝，不论是对谁说，我是爱你；你回来了，我只好狂笑。单等我落到这样，你才回来，这不是有意戏弄人？假如你永远不回来，我老有个南洋做我的梦景，你老有个我在你的心中，岂不很美？你偏偏回来了，而且回来这样迟——"

"可是来迟了并不就是来不及了，"我插了一句。

"晚了就是来不及了。我杀了自己。"

"什么？"

"我杀了我自己。我命定的只能住在你心中，生存在一首诗里，生死有什么区别？在打胎的时候我自己下了手。有你在我左右，我没法子再笑。不笑，我怎么挣钱？只有一条路，名字叫死。你回来迟了，我别再死迟了；我再晚死一会儿，我便连住在你心中的希望也没有了。我住在这里，这里便是你的心。这里没有阳光，没有声响，只有一些颜色。颜色是更持久的，颜色画成咱们的记忆，看那双小鞋，绿的，是点颜色，你我永远认识它们。"

"但是我也记得那双脚。许我看看吗？"

她笑了，摇摇头。

我很坚决，我握住她的脚，扯下她的袜，露出没有肉的一支白脚骨。

"去吧！"她推了我一把。"从此你我无缘再见了！我愿住在你的心中，现在不行了；我愿在你心中永远是青春。"

太阳已往西斜去；风大了些，也凉了些，东方有些黑云。青光在一个梦中惨淡了许多。我立起来，又看见那片暗绿的松树。立了不知有多久。远处来了些蠕动的小人，随着一些听不甚真的音乐。越来越近了，田中惊起许多白翅的鸟，哀鸣着向山这边飞。我看清了，一群人们匆匆地走，带起一些灰土。三五鼓手在前，几个白衣人在后，最后是一口棺材。春天也要埋人的。撒起一把纸钱，蝴蝶似的落在麦田上。东方的黑云更厚了，柳条的绿色加深了许多，绿得有些凄惨。心中茫然，只想起那双小绿拖鞋，像两片树叶在永生的树上做着春梦。

开市大吉

我，老王，和老邱，凑了点钱，开了个小医院。老王的夫人作护士主任，她本是由看护而高升为医生太太的。老邱的岳父是庶务兼会计。我和老王是这么打算好，假如老丈人报花账或是携款潜逃的话，我们俩就揍老邱；合着老邱是老丈人的保证金。我和老王是一党，老邱是我们后约的，我们俩总得防备他一下。办什么事，不拘多少人，总得分个党派，留下心眼。不然，看着便不大像回事儿。加上王太太，我们是三个打一个，假如必须打老邱的话。老丈人自然是帮助老邱喽，可是他年岁大了，有王太太一个人就可把他的胡子扯净了。老邱的本事可真是不错，不说屈心的话。他是专门割痔疮，手术非常的漂亮，所以请他合作。不过他要是找揍的话，我们也不便太厚道了。

我治内科，老王花柳，老邱专门痔漏兼外科，王太太是看护士主任兼产科，合着我们一共有四科。我们内科，老老实实的讲，是地道二五八。一分钱一分货，我们的内科收费可少呢。要敲是敲花柳与痔疮，老王和老邱是我们的希望。我和王太太不过是配搭，她就根本不是大夫，对于生产的经验她有一些，因为她自己生过两个小孩。至于接生的手术，反正我有太太决不叫她接生。可是我们得设产科，产科是最有利的。只要顺顺当当的产下来，至少也得住十天半月的；稀粥烂饭的对付着，住一天拿一天的钱。要是不顺顺当当的生产呢，那看事作事，临时再想主意。活人还能叫尿憋死？

我们开了张。"大众医院"四个字在大小报纸已登了一个半月。名字起的好——办什么赚钱的事儿，在这个年月，就是别忘了"大众"。不赚大众的钱，赚谁的？这不是真情实理吗？自然在广告上我们没这么说，因为大众不爱听实话的；我们说的是："为大众而牺牲，为同胞谋幸福。一切科学化，一切平民化，沟通中西医术，打破阶级思想。"真花了不少广告费，本钱是得下一些的。把大众招来以后，再慢慢收拾他们。专就广告上看，谁也不知道我们的医院有多大。院图是三层大楼，那是借用近邻转运公司的像片，我们一共只有六间平房。

我们开张了。门诊施诊一个星期，人来的不少，还真是"大众"，我挑着那稍像点样子的都给了点各色的苏打水，不管害的是什么病。这样，延迟过一星期好正式收费呀；那真正老号的大众就干脆连苏打水也不给，我告诉他们回家洗洗脸再来，一脸的滋泥，吃药也是白搭。

忙了一天，晚上我们开了紧急会议，专替大众不行啊，得设法找"二众"。我们都后悔了，不该叫"大众医院"。有大众而没贵族，由哪儿发财去？医院不是煤油公司啊，早知道还不如干脆叫"贵族医院"呢。老邱把刀子沾了多少回消毒水，一个割痔疮的也没来！长痔疮的阔老谁能上"大众医院"来割？

老王出了主意：明天包一辆能驶的汽车，我们轮流的跑几趟，把二姥姥接来也好，把三舅母装来也行。一到门口看护赶紧往里搀，接上这么三四十趟，四邻的人们当然得佩服我们。

我们都很佩服老王。

"再赁几辆不能驶的，"老王接着说。

"干吗？"我问。

"和汽车行商量借给咱们几辆正在修理的车,在医院门口放一天。一会儿叫咕嘟一阵。上咱们这儿看病的人老听外面咕嘟咕嘟的响,不知道咱们又来了多少坐汽车的。外面的人呢,老看着咱们的门口有一队汽车,还不唬住?"

我们照计而行,第二天把亲戚们接了来,给他们碗茶喝,又给送走。两个女看护是见一个搀一个,出来进去,一天没住脚。那几辆不能活动而能咕嘟的车由一天亮就运来了,五分钟一阵,轮流的咕嘟,刚一出太阳就围上一群小孩。我们给汽车队照了个像,托人给登晚报。老邱的丈人作了篇八股,形容汽车往来的盛况。当天晚上我们都没能吃饭,车咕嘟得太厉害了,大家都有点头晕。

不能不佩服老王,第三天刚一开门,汽车,进来位军官。老王急于出去迎接,忘了屋门是那么矮,头上碰了个大包。花柳;老王顾不得头上的包了,脸笑得一朵玫瑰似的,似乎再碰它七八个包也没大关系。三言五语,卖了一针六〇六。我们的两位女看护给军官解开制服,然后四只白手扶着他的胳臂,王太太过来先用小胖食指在针穴轻轻点了两下,然后老王才给用针。军官不知道东西南北了,看着看护一个劲儿说:"得劲!得劲!得劲!"我在旁边说了话,再给他一针。老邱也是福至心灵,早预备好了——香片茶加了点盐。老王叫看护扶着军官的胳臂,王太太又过来用小胖食指点了点,一针香片下去了。军官还说得劲,老王这回是自动的又给了他一针龙井。我们的医院里吃茶是讲究的,老是香片龙井两着沏。两针茶,一针六〇六,我们收了他二十五块钱。本来应当是十元一针,因为三针,减收五元。我们告诉他还得接着来,有十次管保除根。反正我们有的是茶,我心里说。

把钱交了，军官还舍不得走，老王和我开始跟他瞎扯，我就夸奖他的不瞒着病——有花柳，赶快治，到我们这里来治，准保没危险。花柳是伟人病，正大光明，有病就治，几针六〇六，完了，什么事也没有。就怕像铺子里的小伙计，或是中学的学考，得了药藏藏掩掩，偷偷的去找老虎大夫，或是袖口来袖口去买私药——广告专贴在公共厕所里，非糟不可。军官非常赞同我的话，告诉我他已上过二十多次医院。不过哪一回也没有这一回舒服。我没往下接碴儿。

老王接过去，花柳根本就不算病，自要勤扎点六〇六。军官非常赞同老王的话，并且有事实为证——他老是不等完全好了便又接着去逛；反正再扎几针就是了。老王非常赞同军官的话，并且愿拉个主顾，军官要是长期扎针的话，他愿减收一半药费；五块钱一针。包月也行，一月一百块钱，不论扎多少针。军官非常赞同这个主意，可是每次得照着今天的样子办，我们都没言语，可是笑着点了点头。

军官汽车刚开走，迎头来了一辆，四个丫环搀下一位太太来。一下车，五张嘴一齐问：有特别房没有？我推开一个丫环，轻轻地托住太太的手腕，搀到小院中。我指着转运公司的楼房说，"那边的特别室都住满了。您还算得凑巧，这里——我指着我们的几间小房说——还有两间头等房，您暂时将就一下吧。其实这两间比楼上还舒服，省得楼上楼下的跑，是不是，老太太？"

老太太的第一句话就叫我心中开了一朵花，"唉，这还像个大夫——病人不为舒服，上医院来干吗？东生医院那群大夫，简直的不是人！"

"老太太，您上过东生医院？"我非常惊异的问。

"刚由那里来，那群王八羔子！"

乘着她骂东生医院——凭良心说，这是我们这里最大最好的医院——我把她搀到小屋里，我知道，我要是不引着她骂东生医院，她决不会住这间小屋，"您在那儿住了几天？"我问。

"两天，两天就差点要了我的命！"老太太坐在小床上。

我直用腿顶着床沿，我们的病床都好，就是上了点年纪，爱倒。"怎么上那儿去了呢？"我的嘴不敢闲着，不然，老太太一定会注意到我的腿的。

"别提了！一提就气我个倒仰——你看，大夫，我害的是胃病，他们不给我东西吃！"老太太的泪直要落下来。

"不给您东西吃？"我的眼都瞪圆了。"有胃病不给东西吃？蒙古大夫！就凭您这个年纪？老太太您有八十了吧？"

老太太的泪立刻收回去许多，微微的笑着："还小呢，刚五十八岁。"

"和我的母亲同岁，她也是有时候害胃口疼！"我抹了抹眼睛。"老太太，您就在这儿住吧，我准把那点病治好了。这个病全仗着好保养，想吃什么就吃：吃下去，心里一舒服，病就减去几分，是不是，老太太？"

老太太的泪又回来了，这回是因为感激我。"大夫，你看，我专爱吃点硬的，他们偏叫我喝粥，这不是故意气我吗？"

"您的牙口好，正应当吃口硬的呀！"我郑重的说。

"我是一会儿一饿，他们非到时候不准我吃！"

"糊涂东西们！"

"半夜里我刚睡好，他们把小玻璃棍放在我嘴里，试什么度。"

"不知好歹！"

"我要便盆,那些看护说,等一等,大夫就来,等大夫查过病去再说!"

"该死的玩艺儿!"

"我刚挣扎着坐起来,看护说,躺下。"

"讨厌的东西!"

我和老太太越说越投缘,就是我们的屋子再小一点,大概她也不走了。爽性我也不再用腿顶着床了,即使床倒了,她也能原谅。

"你们这里也有看护呀?"老太太问。

"有,可是没关系,"我笑着说,"您不是带来四个丫环吗?叫她们也都住院就结了。您自己的人当然伺候的周到;我干脆不叫看护们过来,好不好?"

"那敢情好啦,有地方呀?"老太太好像有点过意不去了。

"有地方,您干脆包了这个小院吧。四个丫环之外,不妨再叫个厨子来,您爱吃什么吃什么。我只算您一个人的钱,丫环厨子都白住,就算您五十块钱一天。"

老太太叹了口气:"钱多少的没有关系,就这么办吧。春香,你回家去把厨子叫来,告诉他就手儿带两只鸭子来。"

我后悔了:怎么才要五十块钱呢?真想抽自己一顿嘴巴!幸而我没说药费在内;好吧,在药费上找齐儿就是了;反正看这个来派,这位老太太至少有一个儿子当过师长。况且,她要是天天吃火烧夹烤鸭,大概不会三五天就出院,事情也得往长里看。

医院很有个样子了:四个丫环穿梭似的跑出跑入,厨师傅在院中墙根砌起一座炉灶,好像是要办喜事似的。我们也不客气,老太太的果子随便拿起就尝，全鸭子也吃它几块。始终就没人想起给她看病，因为注意力全用在看她买来什么好吃食。

老王和我总算开了张，老邱可有点挂不住了。他手里老拿着刀子。我都直躲他，恐怕他拿我试试手。老王直劝他不要着急，可是他太好胜，非也给医院弄个几十块不甘心。我佩服他这种精神。

吃过午饭，来了！割痔疮的！四十多岁，胖胖的，肚子很大。王太太以为他是来生小孩，后来看清他是男性，才把他让给老邱。老邱的眼睛都红了。三言五语，老邱的刀子便下去了。四十多岁的小胖子疼得直叫唤，央告老邱用点麻药。老邱可有了话：

"咱们没讲下用麻药哇！用也行，外加十块钱，用不用？快着！"

小胖子连头也没敢摇。老邱给他上了麻药。又是一刀，又停住了："我说，你这可有管子，刚才咱们可没讲下割管子，还往下割不割？往下割的话，外加三十块钱。不的话，这就算完了。"

我在一旁，暗伸大指，真有老邱的！拿住了往下敲，是个办法！

四十多岁的小胖子没有驳回，我算计着他也不能驳回。老邱的手术漂亮，话也说得脆，一边割管子一边宣传："我告诉你，这点事儿值得你二百块钱；不过，我们不敲人；治好了只求你给传传名。赶明天你有工夫的时候，不妨来看看。我这些家伙用四万五千倍的显微镜照，照不出半点微生物！"

胖子一声也没出，也许是气糊涂了。

老邱又弄了五十块。当天晚上我们打了点酒，托老太太的厨子给做了几样菜。菜的材料多一半是利用老太太的。一边吃一边讨论我们的事业，我们决定添设打胎和戒烟。老王主张暗中宣传检查身体，凡是要考学校或保寿险的，哪怕已经做下寿衣，预备下棺材，我们也把体格表填写得好好的；只要交五元的检查费就行。这一案也没费事就通过了。老邱的老丈人最后建议，我们匀出几块钱，自己挂块匾。老人出老办法。可是总算有心爱护我们的医院，我们也就没反对。老丈人已把匾文拟好——仁心仁术。陈腐一点，不过也还恰当。我们议决，第二天早晨由老丈人上早市去找块旧匾。王太太说，把匾油饰好，等门口有过娶妇的，借着人家的乐队吹打的时候，我们就挂匾。到底妇女的心细，老王特别显着骄傲。

柳家大院

这两天我们的大院里又透着热闹，出了人命。

事情可不能由这儿说起，得打头儿来。先交代我自己吧，我是个算命的先生。我也卖过酸枣，落花生什么的，那可是先前的事了。现在我在街上摆卦摊，好了呢，一天也抓弄个三毛五毛的。老伴儿早死了，儿子拉洋车。我们爷儿俩住着柳家大院的一间北房。

除了我这间北房，大院里还有二十多间房呢。一共住着多少家子？谁记得清！住两间房的就不多，又搭上今天搬来，明天又撤走，我没有那么好记性。大家见面招呼声"吃了吗"，透着和气；不说呢，也没什么。大家一天到晚为嘴奔命，没有工夫扯闲话儿。爱说话的自然也有啊，可是也得先吃饱了。

还就是我们爷儿俩和王家可以算作老住户，都住了一年多了。早就想搬家，可是我这间屋子下雨还算不十分漏；这个世界哪去找不十分漏水的屋子？不漏的自然有哇，也得住得起呀！再说，一搬家又得花三份儿房钱，莫如忍着吧。晚报上常说什么"平等"，铜子儿不平等，什么也不用说。这是实话，就拿媳妇们说吧，娘家要是不使彩礼，她们一定少挨点揍，是不是？

王家是住两间房。老王和我算是柳家大院里最"文明"的人了。"文明"是三孙子，话先说在头里。我是算命的先生，眼前的字儿颇念一气。天天我看俩大子的晚报。"文明"人，就凭看篇晚报，别装孙子啦！老王是给一家洋人当花匠，总算混着洋事。其实他会种花不会，他自己晓得；若是不会的话，大概他也不肯说。给洋人院里剪草皮的也许叫作花匠；无论怎说吧，老王有点好吹。有什么意思？剪草皮又怎么低下呢？老王想不开这一层。要不怎么我们这种穷人没起色呢，穷不是，还好吹两句！大院里这样的人多了，老跟"文明"人学；好像"文明"人的吹胡子瞪眼睛是应当应分。反正他挣钱不多，花匠也罢，草匠也罢。

老王的儿子是个石匠，脑袋还没石头顺溜呢，没见过这么死巴的人。他可是好石匠，不说屈心话。小王娶了媳妇，比他小着十岁，长得像搁陈了的窝窝头，一脑袋黄毛，永远不乐，一挨揍就哭，还是不短挨揍。老王还有个女儿，大概也有十四五岁了，又贼又坏。他们四口住两间房。

除了我们两家，就得算张二是老住户了；已经在这儿住了六个多月。虽然欠下俩月的房钱，可是还对付着没叫房东给撵出去。张二的媳妇嘴真甜甘，会说话；这或者就是还没叫撵出去的原因。自然她只是在要房租来的时候嘴甜甘；房东一转身，你听她那个骂。谁能不骂房东呢；就凭那么一间狗窝，一月也要一块半钱？！可是谁也没有她骂得那么到家，那么解气。连我这老头子都有点爱上她了，不是为别的，她真会骂。可是，任凭怎么骂，一间狗窝还是一块半钱。这么一想，我又不爱她了。没有真力量，骂骂算得了什么呢。

张二和我的儿子同行，拉车。他的嘴也不善，喝俩铜子的"猫尿"能把全院的人说晕了；穷嚼！我就讨厌穷嚼，虽然张二不是坏心肠的人。张二有三个小孩，大的捡煤核，二的滚车辙，三的满院爬。

提起孩子来了，简直的说不上来他们都叫什么。院子里的孩子足够一混成旅，怎能记得清楚呢？男女倒好分，反正能光眼子就光着。在院子里走道总得小心点；一慌，不定踩在谁的身上呢。踩了谁也得闹一场气。大人全别着一肚子委屈，可不就抓个碴儿吵一阵吧。越穷，孩子越多，难道穷人就不该养孩子？不过，穷人也真得想个办法。这群小光眼子将来都干什么去呢？又跟我的儿子一样，拉洋车？我倒不是说拉洋车就低贱，我是说人就不应当拉车；人嘛，当牛马？可是，好些个还活不到能拉车的年纪呢，今年春天闹瘟疹，死了一大批。最爱打孩子的爸爸也咧着大嘴哭，自己的孩子哪有不心疼的？可是哭完也就完了，小席头一卷，夹出城去；死了就死了，省吃是真的。腰里没钱心似铁，我常这么说。这不像一句话，总得想个办法！

　　除了我们三家子，人家还多着呢。可是我只提这三家子就够了。我不是说柳家大院出了人命吗？死的就是王家那个小媳妇。我说过她像窝窝头，这可不是拿死人打哈哈。我也不是说她"的确"像窝窝头。我是替她难受，替和她差不多的姑娘媳妇们难受。我就常思索，凭什么好好的一个姑娘，养成像窝窝头呢？从小儿不得吃，不得喝，还能油光水滑的吗？是，不错，可是凭什么呢？

　　少说闲话吧；是这么回事：老王第一个不是东西。我不是说他好吹吗？是，事事他老学那些"文明"人。娶了儿媳妇，喝，他不知道怎么好了。一天到晚对儿媳妇挑鼻子弄眼睛，派头大了。为三个钱的油，两个大的醋，他能闹得翻江倒海。我知道，穷人肝气旺、爱吵架。老王可是有点存心找毛病；他闹气，不为别的专为学学"文明"人的派头。他是公公；妈的，公公几个铜子儿一个！我真不明白，为什么穷小子单要充"文明"，这是哪一股儿毒气呢？早晨，他起得早，总得也把小媳妇叫起来，其实有什么事呢？他要立这个规矩，穷酸！她稍微晚起来一点，听吧，这一顿揍！

　　我知道，小媳妇的娘家使了一百块的彩礼。他们爷儿俩大概再有一年也还不清这笔亏空，所以老拿小媳妇出气。可是要专为这一百块钱闹气，也倒罢了，虽然小媳妇已经够冤枉的。他不是专为这点钱。他是学"文明"人呢，他要作足了当公公的气派。他的老伴不是死了吗，他想把婆婆给儿媳妇的折磨也由他承办。他变着方儿挑她的毛病，她呢，一个十七岁的孩子可懂得什么？跟她耍排场？我知道他那些排场是打哪儿学来的：在茶馆里听那些"文明"人说的。他就是这么个人——和"文明"人要是过两句话，替别人吹几句，脸上立刻能红堂堂的。在洋人家里剪草皮的时候，洋人要是跟他过一句半句的话，他能把尾巴摆动三天三夜。他确是有尾巴。可是他摆一辈子的尾巴了，还是他妈的住破大院啃窝窝头。我真不明白！

　　老王上工去的时候，把折磨儿媳妇的办法交给女儿替他办。那个贼丫头！我一点也没有看不起穷人家的姑娘的意思；她们给人家做丫环去呀，做二房去呀，是常有的事（不是应该的事），那能怨她们吗？不能！可是我讨厌王家这个二妞，她和她爸爸一样的讨人嫌，能钻天觅缝地给她嫂子小鞋穿，能大睁白眼地乱造谣言给嫂子使坏。我知道她为什么这么坏，她是由那个洋人供给着在一个学校念书，她一万多个看不上她的嫂子。她也穿一双整鞋，头发上也戴着一把梳子，瞧她那个美！我就这么琢磨这回事：世界上不应当有穷有富。可是穷人要是狗着①有钱的，往高处爬，比什么也坏。老王和二妞就是好例子。她嫂子要是做一双青布新鞋，她变着方儿给踩上泥，然后叫他爸爸骂儿媳妇。我没工夫细说这些事儿，反正这个小媳妇没有一天得着好气；有的时候还吃不饱。

小王呢，石厂子在城外，不住在家里。十天半月地回来一趟，一定揍媳妇一顿。在我们的柳家大院，揍儿媳妇是家常便饭。谁叫老婆吃着男子汉呢，谁叫娘家使了彩礼呢，挨揍是该当的。可是小王本来可以不揍媳妇，因为他轻易不家来，还愿意回回闹气吗？哼，有老王和二妞在旁边挑拨啊。老王罚儿媳妇挨饿，跪着；到底不能亲自下手打，他是自居为"文明"人的，哪能落个公公打儿媳妇呢？所以挑唆儿子去打；他知道儿子是石匠，打一回胜似别人打五回的。儿子打完了媳妇，他对儿子和气极了。二妞呢，虽然常拧嫂子的胳臂，可也究竟是不过瘾，恨不能看着哥哥把嫂子当作石头，一下子捶碎才痛快。我告诉你，一个女人要是看不起另一个女人的，那就是活对头。二妞自居女学生；嫂子不过是花一百块钱买来的一个活窝窝头。

王家的小媳妇没有活路。心里越难受，对人也越不和气；全院里没有爱她的人。她连说话都忘了怎么说了。也有痛快的时候，见神见鬼地闹撞客②。总是在小王揍完她走了以后，她又哭又说，一个人闹欢了。我的差事来了，老王和我借宪书，抽她的嘴巴。他怕鬼，叫我去抽。等我进了她的屋子，把她安慰得不哭了——我没抽过她，她要的是安慰，几句好话——他进来了，掐她的人中，用草纸熏；其实他知道她已缓醒过来，故意的惩治她。每逢到这个节骨眼，我和老王吵一架。平日他们吵闹我不管；管又有什么用呢？我要是管，一定是向着小媳妇；这岂不更给她添毒？所以我不管。不过，每逢一闹撞客，我们俩非吵不可了，因为我是在那儿，眼看着，还能一语不发？奇怪的是这个，我们俩吵架，院里的人总说我不对；妇女们也这么说。他们以为她该挨揍。他们也说我多事。男的该打女的，公公该管教儿媳妇，小姑子该给嫂子气受，他们这群男女信这个！怎么会信这个呢？谁教给他们的呢？哪个王八蛋的"文明"可笑，又可哭！

前两天，石匠又回来了。老王不知怎么一时心顺，没叫儿子揍媳妇，小媳妇一见大家欢天喜地，当然是喜欢，脸上居然有点像要笑的意思。二妞看见了这个，仿佛是看见天上出了两个太阳。一定有事！她嫂子正在院子里做饭，她到嫂子屋里去搜开了。一定是石匠哥哥给嫂子买来了贴己的东西，要不然她不会脸上有笑意。翻了半天，什么也没翻出来。我说"半天"，意思是翻得很详细；小媳妇屋里的东西还多得了吗？我们的大院里一共也没有两张整桌子来，要不怎么不闹贼呢。我们要是有钱票，是放在袜筒儿里。

二妞的气大了。嫂子脸上敢有笑容？不管查得出私弊查不出，反正得惩治她！

小媳妇正端着锅饭澄米汤，二妞给了她一脚。她的一锅饭出了手。"米饭"！不是丈夫回来，谁敢出主意吃"饭！"她的命好像随着饭锅一同出去了。米汤还没澄干，稀粥似的白饭摊在地上。她拚命用手去捧，滚烫，顾不得手；她自己还不如那锅饭值钱呢。实在太热，她捧了几把，疼到了心上，米汁把手糊住。她不敢出声，咬上牙，扎着两只手，疼得直打转。

"爸！瞧她把饭全洒在地上啦！"二妞喊。

爷儿俩全出来了。老王一眼看见饭在地上冒热气，登时就疯了。他只看了小王那么一眼，已然是说明白了："你是要媳妇，还是要爸爸？"

小王的脸当时就涨紫了，过去揪住小媳妇的头发，拉倒在地。小媳妇没出一声，就人事不知了。

"打！往死了打！打！"老王在一旁嚷，脚踢起许多土来。

二妞怕嫂子是装死，过去拧她的大腿。

院子里的人都出来看热闹，男人不过来劝解，女的自然不敢出声；男人就是喜欢看别人揍媳妇——给自己的那个老婆一个榜样。

我不能不出头了。老王很有揍我一顿的意思。可是我一出头，别的男人也蹭过来。好说歹说，算是劝开了。

第二天一清早，小王老王全去工作。二妞没上学，为是继续给嫂子气受。

张二嫂动了善心，过来看看小媳妇。因为张二嫂自信会说话，所以一安慰小媳妇，可就得罪了二妞。她们俩抬起来了。当然二妞不行，她还说得过张二嫂！"你这个丫头要不……，我不姓张！"一句话就把二妞骂闷过去了，"三秃子给你俩大子，你就叫他亲嘴；你当我没看见呢？有这么回事没有？有没有？"二嫂的嘴就堵着二妞的耳朵眼，二妞直往后退，还说不出话来。

这一场过去，二妞搭讪着上了街，不好意思再和嫂子闹了。

小媳妇一个人在屋里，工夫可就大啦。张二嫂又过来看一眼，小媳妇在炕上躺着呢，可是穿着出嫁时候的那件红袄。张二嫂问了她两句，她也没回答，只扭过脸去。张家的小二，正在这么工夫跟个孩子打起来，张二嫂忙着跑去解围，因为小二被敌人给按在底下了。

二妞直到快吃饭的时候才回来，一直奔了嫂子的屋子去，看看她做好了饭没有。二妞向来不动手做饭，女学生嘛！一开屋门，她失了魂似的喊了一声，嫂子在房梁上吊着呢！一院子的人全吓惊了，没人想起把她摘下来，谁肯往人命事儿里搀合呢？

二妞捂着眼吓成孙子了。"还不找你爸爸去？！"不知道谁说了这么一句，她扭头就跑，仿佛鬼在后头追她呢。

老王回来也傻了。小媳妇是没有救儿了；这倒不算什么，脏了房，人家房东能饶得了他吗？再娶一个，只要有钱，可是上次的债还没归清呢！这些个事叫他越想越气，真想咬吊死鬼儿几块肉才解气！

娘家来了人，虽然大嚷大闹，老王并不怕。他早有了预备，早问明白了二妞，小媳妇是受张二嫂的挑唆才想上吊；王家没逼她死，王家没给她气受。你看，老王学"文明"人真学得到家，能瞪着眼扯谎。

张二嫂可抓了瞎，任凭怎么能说会道，也禁不住贼咬一口，入骨三分！人命，就是自己能分辩，丈夫回来也得闹一阵。打官司自然是不会打的，柳家大院的人还敢打官司？可是老王和二妞要是一口咬定，小媳妇的娘家要是跟她要人呢，这可不好办！柳家大院的人是有眼睛的，不过，人命关天，大家不见得敢帮助她吧？果然，张二一回来就听说了，自己的媳妇惹了祸。谁还管青红皂白，先揍完再说，反正打媳妇是理所当然的事。张二嫂挨了顿好的。

小媳妇的娘家不打官司；要钱；没钱再说厉害的。老王怕什么偏有什么；前者娶儿媳妇的钱还没还清，现在又来了一档子！可是，无论怎样，也得答应着拿钱，要不然屋里放着吊死鬼，才不像句话。

小王也回来了，十分像个石头人，可是我看得出，他的心里很难过，谁也没把死了的小媳妇放在心上，只有小王进到屋中，在尸首旁边坐了半天。要不是他的爸爸"文明"，我想他决不会常打她。可是，爸爸"文明"，儿子也自然是要孝顺了，打吧！一打，他可就忘了他的胳臂本是砸石头的。他一声没出，在屋里坐了好大半天，而且把一条新裤子——就是没补钉呀——给媳妇穿上,他的爸爸跟他说什么,他好像没听见。他一个劲儿地吸蝙蝠牌的烟,眼睛不错眼珠地看着点什么——别人都看不见的一点什么。

娘家要一百块钱——五十是发送小媳妇的,五十归娘家人用。小王还是一语不发。老王答应了拿钱。他第一个先找了张二去。"你的媳妇惹的祸,没什么说的,你拿五十,我拿五十,要不然我把吊死鬼搬到你屋里来。"老王说得温和,可又硬张。

张二刚喝了四个大子的猫尿,眼珠子红着。他也来得不善:"好王大爷的话,五十?我拿!看见没有?屋里有什么你拿什么好了。要不然我把这两个大孩子卖给你。还不值五十块钱?小三的妈!把两个大的送到王大爷屋里去!会跑会吃,决不费事,你又没个孙子,正好嘛!"

老王碰了个软的。张二屋里的陈设大概一共值不了几个铜子儿!俩孩子叫张二留着吧。可是,不能这么轻轻地便宜了张二;拿不出五十呀,三十行不行?张二唱开了打牙牌③,好像很高兴似的。"三十干吗?还是五十好了,先写在账上,多咱我叫电车轧死,多咱还你。"

老王想叫儿子揍张二一顿。可是张二也挺壮,不一定能揍得了他。张二嫂始终没敢说话,这时候看出一步棋来,乘机会自己找找脸:"姓王的,你等着好了,我要不上你屋里去上吊,我不算好老婆,你等着吧!"

老王是"文明"人,不能和张二嫂斗嘴皮子。而且他也看出来,这种野娘们什么也干得出来。真要再来个吊死鬼,可得更吃不了兜着走了。老王算是没敲上张二。

其实老王早有了"文明"主意,跟张二这一场不过是虚晃一刀。他上洋人家里去,洋大人没在家,他给洋太太跪下了,要一百块钱。洋太太给了他，可是其中的五十是要由老王的工钱扣的，不要利钱。

老王拿着回来了，鼻子朝着天。

开张殃榜就使了八块；阴阳先生要不开这张玩艺，麻烦还小得了吗。这笔钱不能不花。

小媳妇总算死得"值"。一身新红洋缎的衣裤，新鞋新袜子，一头银白铜的首饰。十二块钱的棺材。还有五个和尚念了个光头三[④]。娘家弄了四十多块去；老工无论如何不能照着五十的数给。

事情算是过去了，二妞可遭了报，不敢进屋子。无论干什么，她老看见嫂子在房梁上挂着呢。老王得搬家。可是，脏房谁来住呢？自己住着，房东也许马马虎虎不究真儿；搬家，不叫赔房才怪呢。可是二妞不敢进屋睡觉也是个事儿。况且儿媳妇已经死了，何必再住两间房？让出那一间去，谁肯住呢？这倒难办了。

老王又有了高招儿，儿媳妇一死，他更看不起女人了。四五十块花在死鬼身上，还叫她娘家拿走四十多，真堵得慌。因此，连二妞的身分也落下来了。干脆把她打发了，进点彩礼，然后赶紧再给儿子续上一房。二妞不敢进屋子呀，正好，去她的。卖个三百二百的除给儿子续娶之外，自己也得留点棺材本儿。

他搭讪着跟我说这个事。我以为要把二妞给我的儿子呢；不是，他是托我给留点神，有对事的外乡人肯出三百二百的就行。我没说什么。

正在这个时候，有人来给小王提亲，十八岁的大姑娘，能洗能做，才要一百二十块钱的彩礼。老王更急了，好像立刻把二妞铲出去才痛快。

房东来了，因为上吊的事吹到他耳朵里。老王把他唬回去了；房脏了，我现在还住着呢！这个事怨不上来我呀，我一天到晚不在家；还能给儿媳妇气受？架不住有坏街坊，要不是张二的娘们，我的儿媳妇能想得起上吊？上吊也倒没什么，我呢。现在又给儿子张罗着，反正混着洋事，自己没钱呀，还能和洋人说句话，接济一步。就凭这回事说吧，洋人送了我一百块钱！

房东叫他给唬住了，跟旁人一打听，的的确确是由洋人那儿拿来的钱。房东没再对老王说什么，不便于得罪混洋事的。可是张二这个家伙不是好调货，欠下两个月的房租，还由着娘们拉舌头扯簸箕，撵他搬家！张二嫂无论怎么会说，也得补上俩月的房钱，赶快滚蛋！

张二搬走了，搬走的那天，他又喝得醉猫似的。张二嫂臭骂了房东一大阵。

等着看吧。看二妞能卖多少钱，看小王又娶个什么样的媳妇。什么事呢！"文明"是孙子，还是那句！

【注释】

①狗着：巴结。

②撞客：神志昏迷，哭闹、说胡话，迷信的认为是撞见鬼了。

③打牙牌：娼妓中流行的黄色小调、小曲。

④光头三：死了人，在第三天上念经超度亡魂。

抱 孙

难怪王老太太盼孙子呀；不为抱孙子，娶儿媳妇干吗？也不能怪儿媳妇成天着急；本来吗，不是不努力生养呀，可是生下来不活，或是不活着生下来，有什么法儿呢！就拿头一胎说吧：自从一有孕，王老太太就禁止儿媳妇有任何操作，夜里睡觉都不许翻身。难道这还算不小心？哪里知道，到了五个多月，儿媳妇大概是因为多眨巴了两次眼睛，小产了！还是个男胎；活该就结了！再说第二胎吧，儿媳妇连眨巴眼都拿着尺寸；打哈欠的时候有两个丫环在左右扶着。果然小心谨慎没错处，生了个大白胖小子。可是没活了五天，小孩不知为了什么，竟自一声没出，神不知鬼不觉的与世长辞了。那是十一月天气，产房里大小放着四个火炉，窗户连个针尖大的窟窿也没有，不要说是风，就是风神，想进来是怪不容易的。况且小孩还盖着四床被，五条毛毯，按说够温暖的了吧？哼，他竟自死了。命该如此！

现在，王少奶奶又有了喜，肚子大得惊人，看着颇像轧马路的石碾。看着这个肚子，王老太太心里仿佛长出两只小手，成天抓弄得自己怪要发笑的。这么丰满体面的肚子，要不是双胎才怪呢！子孙娘娘有灵，赏给一对白胖小子吧！王老太太可不只是祷告烧香呀，儿媳妇要吃活人脑子，老太太也不驳回。半夜三更还给儿媳妇送肘子汤，鸡丝挂面……儿媳妇也真作脸，越躺着越饿，点心点心就能吃二斤翻毛月饼；吃得顺着枕头往下流油，被窝的深处能扫出一大碗什锦来。孕妇不多吃怎么生胖小子呢？婆婆儿媳对于此点完全同意。婆婆这样，娘家妈也不能落后啊。她是七趟八趟来"催生"，每次至少带来八个食盒。两亲家，按着哲学上说，永远应当是对仇人。娘家妈带来的东西越多，婆婆越觉得这是有意羞辱人；婆婆越加紧张罗吃食，娘家妈越觉得女儿的嘴亏。这样一竞争，少奶奶可得其所哉，连嘴犄角都吃烂了。

收生婆已经守了七天七夜，压根儿生不下来。偏方儿，丸药，子孙娘娘的香灰，吃多了；全不灵验。到第八天头上，少奶奶连鸡汤都顾不得喝了，疼得满地打滚。王老太太急得给子孙娘娘烧了一股香，娘家妈把天仙庵的尼姑接来念催生咒；还是不中用。一直闹到半夜，小孩算是露出头发来。收生婆施展了绝技，除了把少奶奶的下部全抓破了别无成绩。小孩一定不肯出来。长似一年的一分钟，竟自过了五六十来分，还是只见头发不见孩子。有人说，少奶奶得上医院。上医院？王老太太不能这么办。好吗，上医院去开肠破肚不自自然然的产出来，硬由肚子里往外掏！洋鬼子，二毛子，能那么办；王家要"养"下来的孙子，不要"掏"出来的。娘家妈也发了言，养小孩还能快了吗？小鸡生个蛋也得到了时候呀！况且催生咒还没念完，忙什么？不敬尼姑就是看不起神仙！

又耗了一点钟，孩子依然很固执。少奶奶直翻白眼。王老太太眼中含着老泪，心中打定了主意：保小的不保大人。媳妇死了，再娶一个；孩子更要紧。她翻白眼呀，正好一狠心把孩子拉出来，找奶妈养着一样的好，假如媳妇死了的话。告诉了收生婆，拉！娘家妈可不干了呢，眼看着女儿翻了两点钟的白眼！孙子算老几，女儿是女儿，上医院吧，别等念完催生咒了；谁知道尼姑们念的是什么呢，假如不是催生咒，岂不坏了事子把尼姑打发了。婆婆还是不答应；"掏"，行不开！婆婆不赞成，娘家妈还真没主意。嫁出的女儿泼出的水，活是王家的人，死是王家的鬼呀。两亲家彼此瞪着，恨不能咬下谁一块肉才解气。

又过了半点多钟，孩子依然不动声色，干脆就是不肯出来。收生婆见事不好，抓了一个空儿溜了。她一溜，王老太太有点拿不住劲儿了。娘家妈的话立刻增加了许多分量："收生婆都跑了，不上医院还等什么呢？等小孩死在胎里哪！"

"死"和"小孩"并举，打动了王老太太的心。可是"掏"到底是行不开的。

"上医院去生产的多了，不是个个都掏。"娘家妈力争，虽然不一定信自己的话。

王老太太当然不信这个；上医院没有不掏的。

幸而娘家爹也赶到了。娘家妈的声势立刻浩大起来。娘家爹也主张上医院。他既然也这样说，只好去吧。无论怎说，他到底是个男人。虽然生小孩是女人的事，可是在这生死关头，男人的主意多少有些力量。

两亲家，王少奶奶，和只露着头发的孙子，一同坐汽车上了医院。刚露了头发就坐汽车，真可怜的慌，两亲家不住的落泪。

一到医院，王老太太就炸了烟①。怎么，还得挂号？什么叫挂号呀？生小孩子来了，又不是买官米打粥，按哪门子号头呀？王老太太气坏了，孙子可以不要了，不能挂这个号。可是继而一看，若是不挂号，人家大有不叫进去的意思。这口气难咽，可是还得咽；为孙子什么也得忍受。设若自己的老爷还活着，不立刻把医院拆个土平才怪；寡妇不行，有钱也得受人家的欺侮。没工夫细想心中的委屈，赶快把孙子请出来要紧。挂了号，人家要预收五十块钱。王老太太可抓住了："五十？五百也行，老太太有钱！干脆要钱就结了，挂哪门子浪号，你当我的孙子是封信呢！"

医生来了。一见面，王老太太就炸了烟，男大夫？男医生当收生婆？我的儿媳妇不能叫男子大汉给接生。这一阵还没炸完，又出来两个大汉，抬起儿媳妇就往床上放。老太太连耳朵都哆嗦开了！这是要造反呀，人家一个年轻轻的孕妇，怎么一群大汉来动手脚的？"放下，你们这儿有懂人事的没有？要是有的话，叫几个女的来！不然，我们走！"

恰巧遇上个顶和气的医生，他发了话："放下，叫她们走吧！"

王老太太咽了口凉气，咽下去砸得心中怪热的，要不是为孙子，至少得打大夫几个最响的嘴巴！现官不如现管，谁叫孙子故意闹脾气呢。抬吧，不用说废话。两个大汉刚把儿媳妇放在帆布床上，看！大夫用两只手在她肚子上这一阵按！王老太太闭上了眼，心中骂亲家母；你的女儿，叫男子这么按，你连一声也不发，德行！刚要骂出来，想起孙子；十来个月的没受过一点委屈，现在被大夫用手乱杵，嫩皮嫩骨的，受得住吗？她睁开了眼，想警告大夫。哪知道大夫反倒先问下来了："孕妇净吃什么来着？这么大的肚子！你们这些人没办法，什么也给孕妇吃，吃得小孩这么肥大。平日也不来检验，产不下来才找我们！"他没等王老太太回答，向两个大汉说："抬走！"

王老太太一辈子没受过这个。"老太太"到哪儿不是圣人，今天竟自听了一顿教训！这还不提，话总得说得近情近理呀；孕妇不多吃点滋养品，怎能生小孩呢，小孩怎会生长呢？难道大夫在胎里的时候专喝西北风？西医全是二毛子！不便和二毛子辩驳；拿娘家妈杀气吧，瞪着她！娘家妈没有意思挨瞪，跟着女儿就往里走。王老太太一看，也忙赶上前去。那位和气生财的大夫转过身来："这儿等着！"

两亲家的眼都红了。怎么着，不叫进去看看？我们知道你把儿媳妇抬到哪儿去啊？是杀了，还是剐了啊？大夫走了。王老太太把一肚子邪气全照顾了娘家妈："你说不掏，看，连进去看看都不行！掏？还许大切八块呢！宰了你的女儿活该！万一要把我的孙子——我的老命不要了。跟你拼了吧！"

嫁家妈心中打了鼓，真要把女儿切了，可怎办？大切八块不是没有的事呀，那回医学堂开会不是大玻璃箱里装着人腿人腔子吗？没办法！事已至此，跟女儿的婆婆干吧！"你倒怨我？是谁一天到晚填我的女儿来着？没听大夫说吗？老叫儿媳妇的嘴不闲着，吃出毛病来没有？我见人见多了，就没看见一个像你这样的婆婆！"

"我给她吃？她在你们家的时候吃过饱饭吗？"王老太太反攻。

"在我们家里没吃过饱饭，所以每次看女儿去得带八个食盒！"

"可是呀，八个食盒，我填她，你没有？"

两亲家混战一番，全不示弱，骂得也很具风格。

大夫又回来了。果不出王老太太所料，得用手术。手术二字虽听着耳生，可是猜也猜着了，手要是竖起来，还不是开刀问斩？大夫说：用手术，大人小孩或者都能保全。不然，全有生命的危险。小孩已经误了三小时，而且决不能产下来，孩子太大。不过，要施手术，得有亲族的签字。

王老太太一个字没听见。掏是行不开的。

"怎样！快决定！"大夫十分的着急。

"掏是行不开的！"

"愿意签字不？快着！"大夫又紧了一板。

"我的孙子得养出来！"

娘家妈急了:"我签字行不行?"

王老太太对亲家母的话似乎特别的注意:"我的儿媳妇!你算哪道?"

大夫真急了,在王老太太的耳根子上扯开脖子喊:"这可是两条人命的关系!"

"掏是不行的!"

"那么你不要孙子了?"大夫想用孙子打动她。

果然有效,她半天没言语。她的眼前来了许多鬼影,全似乎是向她说:"我们要个接续香烟的,掏出来的也行!"

她投降了。祖宗当然是愿要孙子;掏吧!"可有一样,掏出来得是活的!"她既是听了祖宗的话,允许大夫给掏孙子,当然得说明了——要活的。掏出个死的来干吗用?只要掏出活孙子来,儿媳妇就是死了也没大关系。

娘家妈可是不放心女儿:"准能保大小都活着吗?"

"少说话!"王老太太教训亲家太太。

"我相信没危险,"大夫急得直流汗,"可是小孩已经耽误了半天,难保没个意外;要不然请你签字干吗?"

"不保准呀?乘早不用费这道手!"王老太太对祖宗非常的负责任;好吗,掏了半天都再不会活着,对的起谁!

"好吧,"大夫都气晕了,"请把她拉回去吧!你可记住了,两条人命!"

"两条三条吧,你又不保准,这不是瞎扯!"

大夫一声没出,抹头就走。

王老太太想起来了，试试也好。要不是大夫要走，她决想不起这一招儿来。"大夫，大夫！你回来呀，试试吧！"

大夫气得不知是哭好还是笑好。把单子念给她听，她画了个十字儿。

两亲家等了不晓得多么大的时候，眼看就天亮了，才掏了出来，好大的孙子，足分量十三磅！王老太太不晓得怎么笑好了，拉住亲家母的手一边笑一边刷刷的落泪。亲家母已不是仇人了，变成了老姐姐。大夫也不是二毛子了，是王家的恩人，马上赏给他一百块钱才合适。假如不是这一掏，叫这么胖的大孙子生生的憋死，怎对祖宗呀？恨不能跪下就磕一阵头，可惜医院里没供着子孙娘娘。

胖孙子已被洗好，放在小儿室内。两位老太太要进去看看。不只是看看，要用一夜没洗过的老手指去摸摸孙子的胖脸蛋。看护不准两亲家进去，只能隔着玻璃窗看着。眼看着自己的孙子在里面，自己的孙子，连摸摸都不准！娘家妈摸出个红封套来——本是预备赏给收生婆的——递给看护；给点运动费，还不准进去？事情都来得邪，看护居然不收。王老太太揉了揉眼，细端详了看护一番，心里说："不像洋鬼子妞呀，怎么给赏钱都不接着呢？也许是面生，不好意思的？有了，先跟她闲扯几句，打开了生脸就好办了。"指着屋里的一排小篮说："这些孩子都是掏出来的吧？"

"只是你们这个，其余的都是好好养下来的。"

"没那个事，"王老太太心里说，"上医院来的都得掏。"

"给孕妇大油大肉吃才掏呢，"看护有点爱说话。

"不吃，孩子怎能长这么大呢！"娘家妈已和王老太太立在同一战线上。

"掏出来的胖宝贝总比养下来的瘦猴儿强！"王老太太有点觉得不掏出来的孩子没有住医院的资格。"上医院来'养'，脱了裤子放屁，费什么两道手！"

无论怎说，两亲家干瞪眼进不去。

王老太太有了主意，"丫环，"她叫那个看护，"把孩子给我，我们家去。还得赶紧去预备洗三请客呢！"

"我既不是丫环，也不能把小孩给你。"看护也够和气的。

"我的孙子，你敢不给我吗？医院里能请客办事吗？"

"用手术取出来的，大人一时不能给小孩奶吃，我们得给他奶吃。"

"你会，我们不会？我这快六十的人了，生过儿养过女，不比你懂得多；你养过小孩吗？"老太太也说不清看护是姑娘，还是媳妇，谁知道这头戴小白盔的是什么呢。

"没大夫的话，反正小孩不能交给你！"

"去把大夫叫来好了，我跟他说：还不愿意跟你费话呢！"

"大夫还没完事呢，割开肚子还得缝上呢。"

看护说到这里，娘家妈想起来女儿。王老太太似乎还想不起儿媳妇是谁。孙子没生下来的时候，一想起孙子便也想到媳妇；孙子生下来了，似乎把媳妇忘了也没什么。娘家妈可是要看看女儿，谁知道女儿的肚子上开了多大一个洞呢？割病室不许闲人进去，没法，只好陪着王老太太瞭望着胖小子吧。

好容易看见大夫出来了。王老太太赶紧去交涉。

"用手术取小孩，顶好在院里住一个月，"大夫说。

"那么三天满月怎么办呢？"王老太太问。

"是命要紧，还是办三天要紧呢？产妇的肚子没长上，怎能去应酬客人呢？大夫反问。

王老太太确是以为办三天比人命要紧，可是不便于说出来，因为娘家妈在旁边听着呢。至于肚子没长好，怎能招待客人，那有办法："叫她躺着招待，不必起来就是了。"

大夫还是不答应。王老太太悟出一条理来："住院不是为要钱吗？好，我给你钱，叫我们娘们走吧，这还不行？"

"你自己看看去，她能走不能？"大夫说。

两亲家反都不敢去了。万一儿媳妇肚子上还有个盆大的洞，多么吓人？还是娘家妈爱女儿的心重，大着胆子想去看看。王老太太也不好意思不跟着。

到了病房，儿媳妇在床上放着的一张卧椅上躺着呢，脸就像一张白纸。娘家妈哭得放了声，不知道女儿是活还是死。王老太太到底心硬，只落了一半个泪，紧跟着炸了烟："怎么不叫她平平正正地躺下呢？这是受什么洋刑罚呢？"

"直着呀，肚子上缝的线就绷了，明白没有？"大夫说。

"那么不会用胶粘上点吗？"王老太太总觉得大夫没有什么高明主意。

娘家妈想和女儿说几句话，大夫也不允许。两亲家似乎看出来，大夫不定使了什么坏招儿，把产妇弄成这个样。无论怎说吧，大概一时是不能出院。好吧。先把孙子抱走，回家好办三天呀。

大夫也不答应，王老太太急了。"医院里洗三不洗？要是洗的话，我把亲友全请到这儿来；要是不洗的话，再叫我抱走；头大的孙子，洗三不请客办事，还有什么脸得活着？"

"谁给小孩奶吃呢？"大夫问。

"雇奶妈子！"王老太太完全胜利。

到底把孙子抱出来了。王老太太抱着孙子上了汽车，一上车就打嚏喷，一直打到家，每个嚏喷都是照准了孙子的脸射去的。到了家，赶紧派人去找奶妈子，孙子还在怀中抱着，以便接收嚏喷。不错，王老太太知道自己是着了凉；可是至死也不能放下孙子。到了晌午，孙子接了至少有二百多个嚏喷，身上慢慢的热起来。王老太太更不肯撒手了。到了下午三点来钟，孙子烧得像块火炭了。到了夜里，奶妈子已雇妥了两个，可是孙子死了，一口奶也没有吃。

王老太太只哭了一大阵；哭完了，她的老眼瞪圆了："掏出来的！掏出来的能活吗？跟医院打官司！那么沉重的孙子会只活了一天，哪有的事？全是医院的坏，二毛子们！"

王老太太约上亲家母，上医院去闹。娘家妈也想把女儿赶紧接出来，医院是靠不住的！

把儿媳妇接出来了；不接出来怎好打官司呢？接出来不久，儿媳妇的肚子裂了缝，贴上"产后回春膏"也没什么用，她也不言不语的死了。好吧，两案归一，王老太太把医院告了下来。老命不要了，不能不给孙子和媳妇报仇！

【注释】

①炸了烟：大发脾气。

黑白李

爱情不是他们兄弟俩这档子事的中心，可是我得由这儿说起。

黑李是哥，白李是弟，哥哥比弟弟大着五岁。俩人都是我的同学，虽然白李一入中学，黑李和我就毕业了。黑李是我的好友；因为常到他家去，所以对白李的事儿我也略知一二。五年是个长距离，在这个时代。这哥儿俩的不同正如他们的外号——黑，白。黑李要是"古人"，白李是现代的。他们俩并不因此打架吵嘴，可是对任何事的看法也不一致。黑李并不黑；只是在左眉上有个大黑痣。因此他是"黑李"；弟弟没有那么个记号，所以是"白李"；这在给他们送外号的中学生们看，是很逻辑的。其实他俩的脸都很白，而且长得极相似。

他俩都追她——恕不道出姓名了——她说不清到底该爱谁，又不肯说谁也不爱。于是大家替他们弟兄捏着把汗。明知他俩不肯吵架，可是爱情这玩艺是不讲交情的。

可是，黑李让了。

我还记得清清楚楚：正是个初夏的晚间，落着点小雨，我去找他闲谈，他独自在屋里坐着呢，面前摆着四个红鱼细瓷茶碗。我们俩是用不着客气的，我坐下吸烟，他摆弄那四个碗。转转这个，转转那个，把红鱼要一点不差地朝着他。摆好，身子往后仰一仰，像画家设完一层色那么退后看看。然后，又逐一的转开，把另一面的鱼们摆齐。又往后仰身端详了一番，回过头来向我笑了笑，笑得非常天真。

他爱弄这些小把戏。对什么也不精通，可是什么也爱动一动。他并不假充行家，只信这可以养性。不错，他确是个好脾性的人。有点小玩艺，比如粘补旧书等等，他就平安地消磨半日。

叫了我一声，他又笑了笑，"我把她让给老四了，"按着大排行，白李是四爷，他们的伯父屋中还有弟兄呢。"不能因为个女子失了兄弟们的和气。"

"所以你不是现代人，"我打着哈哈说。

"不是；老狗熊学不会新玩艺了。三角恋爱，不得劲儿。我和她说了，不管她是爱谁，我从此不再和她来往。觉得很痛快！"

"没看见过这么讲恋爱的。"

"你没看见过？我还不讲了呢。干她的去，反正别和老四闹翻了。将来咱俩要来这么一出的话，希望不是你收兵，就是我让了。"

"于是天下就太平了？"

我们笑开了。

过了有十天吧，黑李找我来了。我会看，每逢他的脑门发暗，必定是有心事。每逢有心事，我俩必喝上半斤莲花白。我赶紧把酒预备好，因为他的脑门不大亮嘛。

喝到第二盅上，他的手有点哆嗦。这个人的心里存不住事。遇上点事，他极想镇定，可是脸上还泄露出来。他太厚道。

"我刚从她那儿来，"他笑着，笑得无聊；可还是真的笑，因为要对个好友道出胸中的闷气。这个人若没有好朋友，是一天也活不了的。

我并不催促他；我俩说话用不着忙，感情都在话中间那些空子里流露出来呢。彼此对看着，一齐微笑，神气和默默中的领悟，都比言语更有分量。要不怎么白李一见我俩喝酒就叫我们"一对糟蛋"呢。

"老四跟我好闹了一场，"他说，我明白这个"好"字——第一他不愿说兄弟间吵了架，第二不愿只说弟弟不对，即使弟弟真是不对。这个字带出不愿说而又不能不说的曲折。"因为她。我不好，太不明白女子心理。那天不是告诉你，我让了吗？我是居心无愧，她可出了花样。她以为我是特意羞辱她。你说对了，我不是现代人，我把恋爱看成该怎样就怎样的事，敢情人家女子愿意'大家'在后面追随着。她恨上了我。这么报复一下——我放弃了她，她断绝了老四。老四当然跟我闹了。所以今天又找她去，请罪。她骂我一顿，出出气，或者还能和老四言归于好。我这么希望。哼，她没骂我。她还叫我和老四都作她的朋友。这个，我不能干，我并没这么明对她讲，我上这儿跟你说说。我不干，她自然也不再理老四。老四就得再跟我闹。"

"没办法！"我替他补上这一小句。过了一会儿，"我找老四一趟，解释一下？"

"也好。"他端着酒盅愣了会儿，"也许没用。反正我不再和她来往。老四再跟我闹呢，我不言语就是了。"

我们俩又谈了些别的，他说这几天正研究宗教。我知道他的读书全凭兴之所至，我决不会因为谈到宗教而想他有点厌世，或是精神上有什么大的变动。

哥哥走后，弟弟来了。白李不常上我这儿来，这大概是有事。他在大学还没毕业，可是看起来比黑李精明着许多。他这个人，叫你一看，你就觉得他应当到处作领袖。每一句话，他不是领导着你走上他所指出的路子，便是把你绑在断头台上。他没有客气话，和他哥哥正相反。

我对他也不便太客气了，省得他说我是糟蛋。

"老二当然来过了？"他问；黑李是大排行行二。"也当然跟你谈到我们的事？"我自然不便急于回答，因为有两个"当然"在这里。果然，没等我回答，他说了下去："你知道，我是借题发挥？"

我不知道。

"你以为我真要那个女人吗？"他笑了，笑得和他哥哥一样，只是黑李的笑向来不带着这不屑于对我笑的劲儿。"我专为和老二捣乱，才和她来往；不然，谁有工夫招呼她？男与女的关系，从根儿上说，还不是……？为这个，我何必非她不行？老二以为这个关系应当叫作神圣的，所以他郑重地向她磕头，及至磕了一鼻子灰，又以为我也应当去磕，对不起，我没那个瘾！"他哈哈的笑起来。

我没笑，也不敢插嘴。我很留心听他的话，更注意看他的脸。脸上处处像他哥哥，可是那股神气又完全不像他的哥哥。这个，使我忽而觉得是和一个顶熟识的人说话，忽而又像和个生人对坐着。我有点不舒坦——看着个熟识的面貌，而找不到那点看惯了的神气。

"你看，我不磕头；得机会就吻她一下。她喜欢这个，至少比受几个头更过瘾。不过，这不是正笔。正文是这个，你想我应当老和二爷在一块儿吗？"

我当时回答不出。

他又笑了笑——大概心中是叫我糟蛋呢。"我有我的志愿，我的计划；他有他的。顶好是各走各的路，是不是？"

"是；你有什么计划？"我好容易想起这么一句；不然便太僵得慌了。

"计划，先不告诉你。得先分家，以后你就明白我的计划了。"

"因为要分居，所以和老二吵；借题发挥？"我觉得自己很聪明似的。

他笑着点了头；没说什么，好像准知道我还有一句呢。我确是有一句："为什么不明说，而要吵呢？"

"他能明白我吗？你能和他一答一和的说，我不行。我一说分家，他立刻就得落泪。然后，又是那一套——母亲去世的时候，说什么来着？不是说咱俩老得和美吗？他必定说这一套，好像活人得叫死人管着似的。还有一层，一听说分家，他管保不肯，而愿把家产都给了我，我不想占便宜，他老拿我当作'弟弟'，老拿自己的感情限定住别人的行动，老假装他明白我，其实他是个时代落伍者。这个时代是我的，用不着他来操心管我。"他的脸上忽然的很严肃了。

看着他的脸，我心中慢慢地起了变化——白李不仅是看不起"俩糟蛋"的狂傲少年了，他确是要树立住自己。我也明白过来，他要是和黑李慢慢地商量，必定要费许多动感情的话，要讲许多弟兄间的情义；即使他不讲，黑李总要讲的。与其这样，还不如吵，省得拖泥带水；他要一刀两断，各自奔前程。再说，慢慢地商议，老二决不肯干脆地答应。老四先吵嚷出来，老二若还不干，便是显着要霸占弟弟的财产了。猜到这里，我心中忽然一亮：

"你是不是叫我对老二去说？"

"一点不错。省得再吵。"他又笑了。"不愿叫老二太难堪了，究竟是弟兄。"似乎他很不喜欢说这末后的两个字弟兄。

我答应了给他办。

"把话说得越坚决越好。二十年内，我俩不能作弟兄。"他停了一会儿，嘴角上挤出点笑来。"也给老二想了，顶好赶快结婚，生个胖娃娃就容易把弟弟忘了。二十年后，我当然也落伍了，那时候，假如还活着的话，好回家作叔叔。不过，告诉他，讲恋爱的时候要多吻，少磕头，要死追，别死跪着。"他立起来，又想了想，"谢谢你呀。"他叫我明明的觉出来，这一句是特意为我说的，他并不负要说的责任。

为这件事，我天天找黑李去。天天他给我预备好莲花白。吃完喝完说完，无结果而散。至少有半个月的工夫是这样。我说的，他都明白，而且愿意老四去创练创练。可是临完的一句老是"舍不得老四呀！"

"老四的计划？计划？"他走过来，走过去，这么念道。眉上的黑痣夹陷在脑门的皱纹里，看着好似缩小了些。"什么计划呢？你问问他，问明白我就放心了。"

"他不说，"我已经这么回答过五十多次了。

"不说便是有危险性！我只有这么一个弟弟！叫他跟我吵吧，吵也是好的。从前他不这样，就是近来才和我吵。大概还是为那个女的！劝我结婚？没结婚就闹成这样，还结婚！什么计划呢？真！分家？他爱要什么拿什么好了。大概是我得罪了他，我虽不跟他吵，我知道我也有我的主张。什么计划呢？他要怎样就怎样好了，何必分家……"

这样来回磨，一磨就是一点多钟。他的小玩艺也一大比一大增多：占课、打卦、测字、研究宗教……什么也没能帮助他推测出老四的计划，只添了不少的小恐怖。这可并不是说，他显着怎样的慌张。不，他依旧是那么婆婆妈妈的。他的举止动作好像老追不上他的感情，无论心中怎样着急，他的动作是慢的，慢得仿佛是拿生命当作玩艺儿似的逗弄着。

我说老四的计划是指着将来的事业而言，不是现在有什么具体的办法。他摇头。

就这么耽延着，差不多又过了一个多月。

"你看，"我抓住了点理，"老四也不催我，显然他说的是长久之计，不是马上要干什么。"

他还是摇头。

时间越长，他的故事越多。有一个礼拜天的早晨，我看见他进了礼拜堂。也许是看朋友，我想。在外面等了他一会儿。他没出来。不便再等了，我一边走一边想：老李必是受了大的刺激失恋，弟兄不和，或者还有别的。只就我知道的这两件事说，大概他已经支持不下去了。他的动作仿佛是拿生命当作小玩艺，那正是因他对任何小事都要慎重地考虑。茶碗上的花纹摆不齐都觉得不舒服。哪一件小事也得在他心中摆好，摆得使良心上舒服。上礼拜堂去祷告，为是坚定良心。良心是古圣先贤给他制备好了的，可是他又不愿将一切新事新精神一笔抹杀。结果，他"想"怎样，老不如"已是"怎样来得现成，他不知怎样才好。他大概是真爱她，可是为了弟弟，不能不放弃她，而且失恋是说不出口的。他常对我说，"咱们也坐一回飞机。"说完，他一笑，不是他笑呢，是"身体发肤，受之父母"的笑呢。

过了晌午，我去找他。按说一见面就得谈老四，在过去的一个多月都是这样。这次他变了花样，眼睛很亮，脸上有点极静适的笑意，好像是又买着一册善本的旧书。

"看见你了，"我先发了言。

他点了点头，又笑了一下，"也很有意思！"

什么老事情被他头次遇上，他总是说这句。对他讲个闹鬼的笑话，也是"很有意思！"他不和人家辩论鬼的有无，他信那个故事，"说不定世上还有比这更奇怪的事"。据他看，什么事都是可能的。因此，他接受的容易，可就没有什么精到的见解。他不是不想多明白些，但是每每在该用脑筋的时候，他用了感情。

"道理都是一样的，"他说，"总是劝人为别人牺牲。"

"你不是已经牺牲了个爱人？"我愿多说些事实。

"那不算，那是消极的割舍，并非由自己身上拿出点什么来。这十来天，我已经读完'四福音书'。我也想好了，我应当分担老四的事，不应当只是不准他离开我。你想想吧，设若真是专为分家产，为什么不来跟我明说？"

"他怕你不干，"我回答。

"不是！这几天我用心想过了，他必是真有个计划，而且是有危险性的。所以他要一刀两断，以免连累了我。你以为他年轻，一冲子性？他正是利用这个骗咱们：他实在是体谅我，不肯使我受屈。把我放在安全的地方，他好独作独当地去干。必定是这样！我不能撒手他，我得为他牺牲，母亲临去世的时候"他没往下说，因为知道我已听熟了那一套。

我真没想到这一层。可是还不深信他的话；焉知他不是受了点宗教的刺激而要充分地发泄感情呢？

我决定去找白李，万一黑李猜得不错呢！是，我不深信他的话，可也不敢耍玄虚。

怎样找也找不到白李。学校、宿舍、图书馆、网球场、小饭铺，都看到了，没有他的影儿。和人们打听，都说好几天没见着他。这又是白李之所以为白李；黑李要是离家几天，连好朋友们他也要通知一声。白李就这么人不知鬼不觉地不见了。我急出一个主意来上"她"那里打听打听。

她也认识我，因为我常和黑李在一块儿。她也好几天没见着白李。她似乎很不满意李家兄弟，特别是对黑李。我和她打听白李，她偏跟我谈论黑李。我看出来，她确是注意假如不是爱黑李。大概她是要圈住黑李，作个标本。有比他强的呢，就把他免了职；始终找不到比他高明的呢，最后也许就跟了他。这么一想，虽然只是一想，我就没乘这个机会给他和她再撮合一下；按理说应当这么办，可是我太爱老李，总觉得他值得娶个天上的仙女。

从她那里出来，我心中打开了鼓。白李上哪儿去了呢？不能告诉黑李！一叫他知道了，他能立刻登报找弟弟，而且要在半夜里起来占课测字。可是，不说吧，我心中又痒痒。干脆不找他去？也不行。

走到他的书房外边，听见他在里面哼唧呢。他非高兴的时候不哼唧着玩。可是他平日哼唧，不是诗便是那句代表一切歌曲的"深闺内，端的是玉无瑕"，这次的哼唧不是这些。我细听了听，他是练习圣诗呢。他没有音乐的耳朵，无论什么，到他耳中都是一个调儿。他唱出的时候，自然也还是一个调儿。无论怎样吧，反正我知道他现在是很高兴。为什么事高兴呢？

我进到屋中，他赶紧放下手中的圣诗集，非常的快活："来得正好，正想找你去呢！老四刚走。跟我要了一千块钱去。没提分家的事，没提！"

显然他是没问过弟弟，那笔钱是干什么用的。要不然他不能这么痛快。他必是只求弟弟和他同居，不再管弟弟的行动；好像即使弟弟有带危险性的计划，只要不分家，便也没什么可怕的了。我看明白了这点。

"祷告确是有效，"他郑重地说，"这几天我天天祷告，果然老四就不提那回事了。即使他把钱都扔了，反正我还落下个弟弟！"

我提议喝我们照例的一壶莲花白。他笑着摇摇头："你喝吧，我陪着吃菜，我戒了酒。"

我也就没喝，也没敢告诉他，我怎么各处去找老四。老四既然回来了，何必再说？可是我又提起"她"来。他连接碴儿也没接，只笑了笑。

对于老四和"她"，似乎全没有什么可说的了。他给我讲了些《圣经》上的故事。我一面听着，一面心中嘀咕老李对弟弟与爱人所取的态度似乎有点不大对；可是我说不出所以然来。我心中不十分安定，一直到回在家中还是这样。

又过了四五天，这点事还在我心中悬着。有一天晚上，王五来了。他是在李家拉车，已经有四年了。

王五是个诚实可靠的人，三十多岁，头上有块疤据说是小时候被驴给啃了一口。除了有时候爱喝口酒，他没有别的毛病。

他又喝多了点，头上的疤都有点发红。

"干吗来了，王五？"我和他的交情不错，每逢我由李家回来得晚些，他总张罗把我拉回来，我自然也老给他点"酒钱"。

"来看看你，"说着便坐下了。

我知道他是来告诉我点什么。"刚沏上的茶，来碗？"

"那敢情好；我自己倒；还真有点渴。"

我给了他支烟卷,给他提了个头儿:"有什么事吧?"

"哼,又喝了两壶,心里痒痒;本来是不应当说的事!"他用力吸了口烟。

"要是李家的事,你对我说了准保没错。"

"我也这么想,"他又停顿了会儿,可是被酒气催着,似乎不能不说:"我在李家四年零三十五天了!现在叫我很为难。二爷待我不错,四爷呢,简直是我的朋友。所以不好办。四爷的事,不准告诉二爷;二爷又是那么傻好的人。对二爷说吧,又对不起四爷我的朋友。心里别提多么为难了!论理说呢,我应当向着四爷。二爷是个好人,不错;可究竟是个主人呢。多么好的主人也还是主人,不能肩膀齐为弟兄。他真待我不错,比如说吧,在这老热天,我拉二爷出去,他总设法在半道上耽搁会儿,什么买包洋火呀,什么看看书摊呀,为什么?为是叫我歇歇,喘喘气。要不,怎说他是好主人呢。他好,咱也得敬重他,这叫作以好换好。久在街上混,还能不懂这个?"

我又让了他碗茶,显出我不是不懂"外面"的人。他喝完,用烟卷指着胸口说:"这儿,咱这儿可是爱四爷。怎么呢?四爷年轻,不拿我当个拉车的看。他们哥儿俩的劲儿心里的劲儿不一样。二爷吧,一看天气热就多叫我歇会儿,四爷就不管这一套,多么热的天也得拉着他飞跑。可是四爷和我聊起来的时候,他就说,凭什么人应当拉着人呢?他是为我们拉车的天下的拉车的都算在一块儿抱不平。二爷对'我'不错,可想不到大家伙儿。所以你看,二爷来的小,四爷来的大。四爷不管我的腿,可是管我的心;二爷是家长里短,可怜我的腿,可不管这儿。"他又指了指心口。

我晓得他还有话呢,直怕他的酒气教酽茶给解去,所以又紧了他一板："往下说呀，王五！都说了吧，反正我还能拉老婆舌头？"

他摸了摸头上的疤，低头想了会儿。然后把椅子往前拉了拉，声音放得很低："你知道，电车道快修完了？电车一开，我们拉车的全玩完！这可不是为我自个儿发愁，是为大家伙儿。"他看了我一眼。

我点了点头。

"四爷明白这个；要不怎么我俩是朋友呢。四爷说：王五，想个办法呀！我说：四爷，我就有一个主意，揍！四爷说：王五，这就对了！揍！一来二去，我们可就商量好了。这我不能告诉你。我要说的是这个，"他把声音放得更低了，"我看见了，侦探跟上了四爷！未必是为这件事，可是叫侦探跟着总不妥当。这就来到难办的地方了：我要告诉二爷吧？对不起四爷；不告诉吧？又怕把二爷也饶在里面。简直的没法儿！"

把王五支走，我自己琢磨开了。

黑李猜的不错，白李确是有个带危险性的计划。计划大概不一定就是打电车，他必定还有厉害的呢。所以要分家，省得把哥哥拉扯在内。他当然是不怕牺牲，也不怕别人牺牲，可是还不肯一声不发的牺牲了哥哥把黑李牺牲了并无济于事。现在，电车的事来到眼前，连哥哥也顾不得了。

我怎办呢？警告黑李是适足以激起他的爱弟弟的热情。劝白李，不但没用，而且把王五搁在里边。

事情越来越紧了，电车公司已宣布出开车的日子。我不能再耗着了，得告诉黑李去。

他没在家，可是王五没出去。

"二爷呢？"

"出去了。"

"没坐车？"

"好几天了，天天出去不坐车！"

由王五的神气，我猜着了："王五，你告诉了他？"

王五头上的疤都紫了："又多喝了两盅，不由的就说了。"

"他呢？"

"他直要落泪。"

"说什么来着？"

"问了我一句老五，你怎样？我说，王五听四爷的。他说了声，好。别的没说，天天出去，也不坐车。"

我足足的等了三点钟，天已大黑，他才回来。

"怎样？"我用这两个字问到了一切。

他笑了笑，"不怎样。"

决没想到他这么回答我。我无须再问了，他已决定了办法。我觉得非喝点酒不可。但是独自喝有什么味呢。我只好走吧。临别的时候，我提了句："跟我出去玩几天，好不好？"

"过两天再说吧。"他没说别的。

感情到了最热的时候是会最冷的。想不到他会这样对待我。

电车开车的头天晚上，我又去看他。他没在家，直等到半夜，他还没回来。大概是故意地躲我。

王五回来了，向我笑了笑，"明天！"

"二爷呢？"

"不知道。那天你走后，他用了不知什么东西，把眉毛上的黑痦子烧去了，对着镜子直出神。"

完了，没了黑痣，便是没有了黑李，不必再等他了。

我已经走出大门，王五把我叫住："明天我要是"他摸了摸头上的疤，"你可照应着点我的老娘！"

约摸五点多钟吧，王五跑进来，跑得连裤子都湿了。"全揍了！"他再也说不出话来。直喘了不知有多少工夫，他才缓过气来，抄起茶壶对着嘴喝了一气。"啊！全揍了！马队冲下来，我们才散。小马六叫他们拿去了，看得真真的。我们吃亏没有家伙，专仗着砖头哪行！小马六要玩完。"

"四爷呢？"我问。

"没看见，"他咬着嘴唇想了想。"哼，事闹得不小！要是拿的话呀，准保是拿四爷，他是头目。可也别说，四爷并不傻，别看他年轻。小马六要玩完，四爷也许不能。"

"也没看见二爷？"

"他昨天就没回家。"他又想了想，"我得在这儿藏两天。"

"那行。"

第二天早晨，报纸上登出砸车暴徒首领李当场被获，一同被获的还有一个学生，五个车夫。

王五看着纸上那些字，只认得一个"李"字，"四爷玩完了！四爷玩完了！"低着头假装抓那块疤，泪落在报上。

消息传遍了全城，枪毙李和小马六，游街示众。

毒花花的太阳，把路上的石子晒得烫脚，街上可是还挤满了人。一辆敞车上坐着两个人，手在背后捆着。土黄制服的巡警，灰色制服的兵，前后押着，刀光在阳光下发着冷气。车越走越近了，两个白招子随着车轻轻地颤动。前面坐着的那个，闭着眼，额上有点汗，嘴唇微动，像是祷告呢。车离我不远，他在我面前坐着摆动过去。我的泪迷住了我的心。等车过去半天，我才醒了过来，一直跟着车走到行刑场。他一路上连头也没抬一次。

他的眉皱着点，嘴微张着，胸上汪着血，好像死的时候正在祷告。我收了他的尸。

过了两个月，我在上海遇见了白李，要不是我招呼他，他一定就跑过去了。

"老四！"我喊了他一声。

"啊？"他似乎受了一惊。"呕，你？我当是老二复活了呢。"

大概我叫得很像黑李的声调，并非有意的，或者是在我心中活着的黑李替我叫了一声。

白李显着老了一些，更像他的哥哥了。我们俩并没说多少话，他好似不大愿意和我多谈。只记得他的这么两句：

"老二大概是进了天堂，他在那里顶合适了；我还在这儿砸地狱的门呢。"

歪毛儿

　　小的时候，我们俩我和白仁禄下了学总到小茶馆去听评书。我俩每天的点心钱不完全花在点心上，留下一部分给书钱。虽然茶馆掌柜孙二大爷并不一定要我们的钱，可是我俩不肯白听。其实，我俩真不够听书的派儿：我那时脑后梳着个小坠根，结着红绳儿；仁禄梳俩大歪毛。孙二大爷用小笸萝打钱的时候，一到我俩面前便低声的说，"歪毛子！"把钱接过去，他马上笑着给我们抓一大把煮毛豆角，或是花生米来："吃吧，歪毛子！"他不大爱叫我小坠根，我未免有点不高兴。可是说真的，仁禄是比我体面的多。他的脸正像年画上的白娃娃的，虽然没有那么胖。单眼皮，小圆鼻子，清秀好看。一跑，俩歪毛左右开弓的敲着脸蛋，像个拨浪鼓儿。青嫩头皮，剃头之后，谁也想轻敲他三下剃头打三光。就是稍打重了些，他也不急。

　　他不淘气，可是也有背不上书来的时候。歪毛仁禄背不过书来本可以不挨打，师娘不准老师打他，他是师娘的歪毛宝贝：上街给她买一缕白棉花线，或是打俩小钱的醋，都是仁禄的事儿。可是他自己找打。每逢背不上书来，他比老师的脾气还大。他把小脸憋红，鼻子皱起一块儿，对先生说："不背！不背！"不等老师发作，他又添上："就是不背，看你怎样！"老师磨不开脸了，只好拿板子吧。仁禄不擦磨手心，也不迟宕，单眼皮眨巴的特别快，摇着俩歪毛，过去领受手板。打完，眼泪在眼眶里转，转好大半天，像水花打旋而渗不下去的样儿。始终他不许泪落下来。

过了一会儿,他的脾气消散了,手心搓着膝盖,低着头念书,没有声音,小嘴像热天的鱼,动得很快很紧。

奇怪,这么清秀的小孩,脾气这么硬。

到了入中学的年纪,他更好看了。还不甚胖,眉眼可是开展了。我们脸上都起了小红脓泡,他还是那么白净。后一天入中学,上一班的学生便有一个挤了他一膀子,然后说:"对不起,姑娘!"仁禄一声没出,只把这位学友的脸打成酸面包子。他不是打架呢,是拚命,连劝架的都受了点罣误伤。第二天,他没来上课。他又考入别的学校。

一直有十几年的工夫,我们俩没见面。听说,他在大学毕了业,到外边去作事。

去年旧历年前的末一次集,天很冷。千佛山上盖着些厚而阴寒的黑云。尖溜溜的小风,鬼似的掐人鼻子与耳唇。我没事,住的又离山水沟不远,想到集上看看。集上往往也有几本好书什么的。

我以为天寒人必少,其实集上并不冷静;无论怎冷,年总是要过的。我转了一圈,没看见什么对我的路子的东西大堆的海带菜,财神的纸像,冻得铁硬的猪肉片子,都与我没有多少缘分。本想不再绕,可是极南边有个地摊,摆着几本书,引起我的注意,这个摊子离别的买卖有两三丈远,而且地点是游人不大来到的。设若不是我已走到南边,设若不是我注意书籍,我决不想过去。我走过去,翻了翻那几本书都是旧英文教科书,我心里说,大年底下的谁买旧读本?看书的时候,我看见卖书人的脚,一双极旧的棉鞋,可是缎子的:袜子还是夏季的单线袜。别人都跺跺着脚,天是真冷;这双脚好像冻在地上,不动。把书合上我便走开了。

大概谁也有那个时候:一件极不相干的事,比如看见一群蚁擒住一个绿虫，或是一个癞狗被打，能使我们不痛快半天，那个挣扎的虫或是那条癞狗好似贴在我们心上，像块病似的。这双破缎子鞋就是这样贴在我的心上。走了几步，我不由的回了头。卖书的正弯身摆那几本书呢。其实我并没给弄乱：只那么几本，也无从乱起。我看出来，他不是久干这个的。逢集必赶的卖零碎的不这样细心。他穿着件旧灰色棉袍，很单薄，头上戴着顶没人要的老式帽头。由他的身上，我看到南圩子墙，千佛山，山上的黑云，结成一片清冷。我好似被他吸引住了。决定回去，虽然觉得不好意思的。我知道，走到他跟前，我未必敢端详他。他身上有那么一股高傲劲儿，像破庙似的，虽然破烂而仍令人心中起敬。我说不上来那几步是怎样走回去的，无论怎说吧，我又立在他面前。

我认得那两只眼，单眼皮儿。其余的地方我一时不敢相认，最清楚的记忆也不敢反抗时间，我俩已十几年没见了。他看了我一眼，赶快把眼转向千佛山去：一定是他了，我又认出这个神气来。

"是不是仁禄哥？"我大着胆问。

他又扫了我一眼，又去看山，可是极快的又转回来。他的瘦脸上没有任何表示，只是腮上微微的动了动，傲气使他不愿与我过话，可是"仁禄哥"三个字打动了他的心。他没说一个字，拉住我的手。手冰硬。脸朝着山，他无声的笑了笑。

"走吧，我住的离这儿不远。"我一手拉着他，一手拾起那几本书。

他叫了我一声。然后待了一会儿，"我不去！"

我抬起头来，他的泪在眼内转呢。我松开他的手，把几本书夹起来，假装笑着，"你走也得走，不走也得走！"

"待一会儿我找你去好了，"他还是不动。

"你不用！"我还是故意打哈哈似的说："待一会儿？管保再也找不到你了？"

他似乎要急，又不好意思；多么高傲的人也不能不原谅梳着小辫时候的同学。一走路，我才看出他的肩往前探了许多。他跟我来了。

没有五分钟便到了家。一路上，我直怕他和我转了影壁。他坐在屋中了，我才放心，仿佛一件宝贝确实落在手中。可是我没法说话了。问他什么呢？怎么问呢？他的神气显然的是很不安，我不肯把他吓跑了。

想起来了，还有瓶白葡萄酒呢。找到了酒，又发现了几个金丝枣。好吧，就拿这些待客吧。反正比这么僵坐着强。他拿起酒杯，手有点颤。喝下半杯去，他的眼中湿了一点，湿得像小孩冬天下学来喝着热粥时那样。

"几时来到这里的？"我试着步说。

"我？有几天了吧？"他看着杯沿上一小片木塞的碎屑，好像是和这片小东西商议呢。

"不知道我在这里？"

"不知道。"他看了我一眼，似乎表示有许多话不便说，也不希望我再问。

我问定了。讨厌，但我俩是幼年的同学。"在哪儿住呢？"

他笑了，"还在哪儿住？凭我这个样？"还笑着，笑得极无聊。

"那好了，这儿就是你的家，不用走了。咱们一块儿听鼓书去。趵突泉有三四处唱大鼓的呢：《老残游记》，嗳？"我想把他哄喜欢了。"记得小时候一同去听《施公案》？"

我的话没得到预期的效果，他没言语。但是我不失望。劝他酒，酒会打开人的口。还好，他对酒倒不甚拒绝，他的俩脸渐渐有了红色。我的主意又来了："说，吃什么？面条？饺子？饼？说，我好去预备。"

"不吃，还得卖那几本书去呢！"

"不吃？你走不了！"

待了老大半天，他点了点头，"你还是这么活泼！"

"我？我也不是咱们梳着小辫时的样子了！光阴多么快，不知不觉的三十多了，想不到的事！"

"三十多也就该死了。一个狗才活十来年。"

"我还不那么悲观，"我知道已把他引上了路。

"人生还就不是个好玩艺！"他叹了口气。

随着这个往下说，一定越说越远；我要知道的是他的遭遇。我改变了战略，开始告诉他我这些年的经过，好歹的把人生与悲观扯在里面，好不显着生硬。费了许多周折，我才用上了这个公式"我说完了，该听你的了。"

其实他早已明白我的意思，始终他就没留心听我的话。要不然，我在引用公式以前还得多绕几个弯儿呢。他的眼神把我的话删短了好多。我说完，他好似没法子了，问了句：

"你叫我说什么吧？"

这真使我有点难堪。律师不是常常逼得犯人这样问么？可是我扯长了脸，反正我俩是有交情的。爽性直说了吧，这或者倒合他的脾气：

"你怎么落到这样？"

他半天没回答出。不是难以出口，他是思索呢。生命是没有什么条理的，老朋友见面不是常常相对无言么？

"从哪里说起呢？"他好像是和生命中那些小岔路商议呢。"你记得咱们小的时候，我也不短挨打？"

"记得，都是你那点怪脾气。"

"还不都在乎脾气，"他微微摇着头。"那时候咱俩还都是小孩子，所以我没对你说过；说真的那时节我自己也还没觉出来是怎回事。后来我才明白了，是我这两只眼睛作怪。"

"不是一双好好的眼睛吗？"我说。

"平日是好好的一对眼；不过，有时候犯病。"

"怎样犯病？"我开始怀疑莫非他有点精神病。

"并不是害眼什么的那种肉体上的病，是种没法治的毛病。有时候忽然来了，我能看见些我叫不出名儿来。"

"幻象？"我想帮他的忙。

"不是幻象，我并没看见什么绿脸红舌头的。是些形象。也还不是形象；是一股神气。举个例说，你就明白了，你记得咱们小时候那位老师？很好的一个人，是不是？可是我一犯病，他就非常的可恶，我所以跟他横着来了。过了一会儿，我的病犯过去，他还是他，我白挨一顿打。只是一股神气，可恶的神气。"

我没等他说完就问："你有时候你也看见我有那股神气吧？"

他微笑了一下："大概是，我记不甚清了。反正咱俩吵过架，总有一回是因为我看你可恶。万幸，我们一入中学就不在一处了。不然……你知道，我的病越来越深。小的时候，我还没觉出这个来，看见那股神气只闹一阵气就完了；后来，我管不住自己了，一旦看出谁可恶来，就是不打架，也不能再和他交往，连一句话也不肯过。现在，在我的记忆中只有幼年的一切是甜蜜的,因为那时病还不深。过了二十,凡是可恶的都记在心里!我的记忆是一堆丑恶像片!"他楞起来了。

"人人都可恶?"我问。

"在我犯病的时节,没有例外。父母兄弟全可恶。要是敷衍,得敷衍一切,生命那才难堪。要打算不敷衍,得见一个打一个,办不到。慢慢的,我成了个无家无小没有一个朋友的人。干吗再交朋友呢?怎能交朋友呢?明知有朝一日便看出他可恶!"

我插了一句:"你所谓的可恶或者应当改为软弱,人人有个弱点,不见得就可恶。"

"不是弱点。弱点足以使人生厌,可也能使人怜悯。譬如对一个爱喝醉了的人,我看见的不是这个。其实不用我这对眼也能看出点来,你不信这么试试,你也能看出一些,不过不如我的眼那么强就是了。你不用看人脸的全部,而单看他的眼,鼻子,或是嘴,你就看出点可恶来。特别是眼与嘴,有时一个人正和你讲道德说仁义,你能看见他的眼中有张活的春画正在动。那嘴,露着牙喷粪的时节单要笑一笑!越是上等人越可恶。没受过教育的好些,也可恶,可是可恶得明显一些;上等人会遮掩。假如我没有这么一对眼,生命岂不是个大骗局?还举个例说吧,有一回我去看戏,旁边来了个三十多岁的人,很体面,穿得也讲究。我的眼一斜,看出来,他可恶。我的心中冒了火。不干我的事,诚然;可是,为什么可恶的人单要一张体面的脸呢?这是人生的羞耻与错处。正在这么个当儿,查票了。这位先生没有票,瞪圆了眼向查票员说:"我姓王,没买过票,就是日本人查票,我姓王的还是不买!"我没法管束自己了。我并不是要惩罚他,是要把他的原形真面目打出来。我给了他一个顶有力的嘴巴。你猜他怎样？他嘴里嚷着，走了。要不怎说他可恶呢。这不是弱点，是故意的找打只可惜没人常打他。他的原形是追着叫化子乱咬的母狗。幸而我那时节犯了病，不然，他在我眼中也是个体面的雄狗了。"

"那么你很愿意犯病！"我故意的问。

他似乎没听见，我又重了一句，他又微笑了笑。"我不能说我以这个为一种享受；不过，不犯病的时候更难堪明知人们可恶而看不出，明知是梦而醒不了。病来了，无论怎样吧，我不至于无聊。你看，说打就打，多少有点意思。最有趣的是打完了人，人们还不敢当面说我什么，只在背后低声的说，这是个疯子。我没遇上一个可恶而硬正的人；都是些虚伪的软蛋。有一回我指着个军人的脸说他可恶，他急了，把枪掏出来，我很喜欢。我问他：你干什么？哼，他把枪收回去了，走出老远才敢回头看我一眼；可恶而没骨头的东西！"他又楞了一会儿。"当初，我是怕犯病。一犯病就吵架，事情怎会作得长远？久而久之，我怕不犯病了。不犯病就得找事去作，闲着是难堪的事。可是有事便有人，有人就可恶。一来二去，我立在了十字路口：长期的抵抗呢？还是敷衍一下？不能决定。病犯了不由的便惹是非，可是也有一月两月不犯的时候。我能专等着犯病，什么也不干？不能！刚要干点什么，病又来了。生命仿佛是拉锯玩呢。有一回，半年多没犯病。好了，我心里说，再找回人生的旧辙吧；既然不愿放火，烟还是由烟筒出去好。我回了家，老老实实去作孝子贤孙。脸也常刮一刮，表示出诚意的敷衍。既然看不见人中的狗脸，我假装看见狗中的人脸，对小猫小狗都很和气，闲着也给小猫梳梳毛，带着狗去溜个圈。我与世界复和了。人家世界本是热热闹闹的混，咱干吗非硬拐硬碰不可呢。这时候，我的文章作多了。第一，我想组织家庭，把油盐柴米的责任加在身上也许会治好了病。况且，我对妇人的印象比较的好。在我的病眼中经过的多数是男人。虽然这也许是机会不平的关系，可是我硬认定女子比男子好一些。作文章吗？人们大概都很会替生命作文章。我想，自要找到个理想的女子，大概能马马虎虎的混几十年。文章还不尽于此，原先我不是以眼的经验断定人人可恶吗，现在改了。我这么想了：人人可恶是个推论，我并没亲眼看见人人可恶呀。也许人人可恶，而我不永远是犯着病，所以看不出。可也许世上确有好人，完全人，就是立在我的病眼前面，我也看不出他可恶来。我并不晓得哪时犯病；看见面前的人变了样，我才晓得我是犯了病？焉知没有我已犯病而看不出人家可恶的时候呢？假如那是个根本不可恶的人。这么一作文章，我的希望更大了。我决定不再硬了，结婚，组织家庭，生胖小子；人家都快活的过日子，我干吗放着熟葡萄不吃，单检酸的吃呢？文章作得不错。"

他休息了一会儿，我没敢催促他。给他满上了酒。

"还记得我的表妹？"他突然的问："咱们小时候和她一块儿玩耍过。"

"小名叫招弟儿？"我想起来，那时候她耳上戴着俩小绿玉艾叶儿。

"就是。她比我小两岁，还没出嫁；等着我呢，好像是。想作文章就有材料，你看她等着我呢。我对她说了一切，她愿意跟我。我俩定了婚。"他又半天没言语，连喝了两三口酒。"有一天，我去找她，在路上我又犯了病。一个七八岁小女孩，拿着个粗碗，正在路中走。来了辆汽车。听见喇叭响，她本想往前跑，可是跑了一步，她又退回来了。车到了跟前，她蹲下了。车幸而猛的收住。在这个工夫，我看见车夫的脸，非常的可恶。在事实上他停住了车；心里很愿意把那个小女孩轧死，轧，来回的轧,轧碎了。作文章才无聊呢。我不能再找表妹去了。我的世界是个丑恶的,我不能把她也拉进来。我又跑了出来;给她一封极简短的信不必再等我了。有过希望以后,我硬不起来了。我忽然的觉到,焉知我自己不可恶呢,不更可恶呢?这一疑虑,把硬气都跑了。以前,我见着可恶的便打,至少是瞪他那么一眼,使他哆嗦半天。我虽不因此得意,可是非常的自信信我比别人强。及至一想结婚,与世界共同敷衍,坏了;我原来不比别人强,不过只多着双病眼罢了。我再没有勇气去打人了,只能消极的看谁可恶就躲开他。很希望别人指着脸子说我可恶,可是没人肯那么办。"

他又楞了一会儿。"生命的真文章比人作的更周到?你看,我是刚从狱里出来。是这么回事,我和土匪们一块混来着。我既是也可恶,跟谁在一块不可以呢。我们的首领总算可恶得到家,接了赎款还把票儿撕了。绑来票砌在炕洞里。我没打他,我把他卖了,前几天他被枪毙了。在公堂上,我把他的罪恶都抖出来。他呢,一句也没扳我,反倒替我解脱。所以我只住了几天狱,没定罪。顶可恶的人原来也有点好心:撕票儿的恶魔不卖朋友!我以前没想到过这个。耶稣为仇人,为土匪祷告:他是个人物。他的眼或者就和我这对一样,可是他能始终是硬的,因为他始终是软的。普通人只能软,不能硬,所以世界没有骨气。我只能硬,不能软,现在没法安置我自己。人生真不是个好玩艺。"

他把酒喝净,立起来。

"饭就好,"我也立起来。

"不吃!"他很坚决。

"你走不了,仁禄!"我有点急了。"这儿就是你的家!"

"我改天再来,一定来!"他过去拿那几本书。"一定得走?连饭也不吃?"我紧跟着问。

"一定得走!我的世界没有友谊。我既不认识自己,又好管教别人。我不能享受有秩序的一个家庭,像你这个样。只有瞎走乱撞还舒服一些。"

我知道,无须再留他了。楞了一会儿,我掏出点钱来。

"我不要!"他笑了笑:"饿不死。饿死也不坏。"

"送你件衣裳横是行了吧?"我真没法儿了。

他楞了会儿。"好吧,谁叫咱们是幼时同学呢。你准是以为我很奇怪,其实我已经不硬了。对别人不硬了。对自己是没法不硬的,你看那个最可恶的土匪也还有点骨气。好吧,给我件你自己身上穿着的吧。那件毛衣便好。有你身上的一些热气便不完全像礼物了。我太好作文章!"

我把毛衣脱给他。他穿在棉袍外边,没顾得扣上钮子。

空中飞着些雪片,天已遮满了黑云。我送他出去,谁也没说什么,一个阴惨的世界,好像只有我们俩的脚步声儿。到了门口,他连头也没回,探着点身在雪花中走去。

铁牛和病鸭

王明远的乳名叫"铁柱子"。在学校里他是"铁牛"。好像他总离不开铁。这个家伙也真是有点"铁"。大概他是不大爱吃石头罢了；真要吃上几块的话，那一定也会照常的消化。

他的浑身上下，看哪儿有哪儿，整像匹名马。他可比名马还泼辣一些，既不娇贵，又没脾气。一年到头，他老笑着。两排牙，齐整洁白，像个小孩儿的。可是由他说话的时候看，他的嘴动得那么有力量，你会承认这两排牙，看着那么白嫩好玩，实在能啃碎石头子儿。

认识他的人们都知道这么一句老王也得咧嘴。这是形容一件最累人的事。王铁牛几乎不懂什么叫累得慌。他要是咧了嘴，别人就不用想干了。

铁牛不念《红楼梦》——"受不了那套妞儿气！"他永远不闹小脾气，真的。"看看这个，"他把袖子搂到肘部，敲着筋粗肉满的胳臂，"这么粗的小棒锤，还闹小性，羞不羞？"顺势砸自己的胸口两拳，咚咚的响。

他有个志愿，要和和平平的作点大事。他的意思大概是说，作点对别人有益的事，而且要自自然然作成，既不锣鼓喧天，也不杀人流血。

由他的谈吐举动上看，谁也看不出他曾留过洋，念过整本的洋书，他说话的时候永不夹杂着洋字。他看见洋餐就挠头，虽然请他吃，他也吃得不比别人少。不服洋服，不会跳舞，不因为街上脏而堵上鼻子，不必一定吃美国橘子。总而言之，他既不闹中国脾气，也不闹外国脾气。比如看电影,《火烧红莲寺》和《三剑客》,对他,并没有多少分别。除了"妞儿气"的片子,都"不坏"。

他是学农的。这与他那个"和和平平的作点大事"颇有关系。他的态度大致是这样:无论政治上怎样革命,人反正得吃饭。农业改良是件大事。他不对人们用农学上的专名词;他研究的是农业,所以心中想的是农民,他的感情把研究室的工作与农民的生活联成一气。他不自居为学者。遇上好转文的人,他有句善意的玩笑话:"好不好由武松打虎说起?"《水浒传》是他的"文学"。

自从留学回来,他就在一个官办的农场作选种的研究与试验。这个农场的成立,本是由几个开明官儿偶然灵机一动,想要关心民瘼,所以经费永远没有一定的着落。场长呢,是照例每七八个月换一位,好像场长的来去与气候有关系似的。这些来来往往的场长们,人物不同,可是风格极相似,颇似秀才们作的八股儿。他们都是咧着嘴来,咧着嘴去,设若不是"场长"二字在履历上有点作用,他们似乎还应当痛哭一番。场长既是来熬资格,自然还有愿在他们手下熬更小一些资格的人。所以农场虽成立多年,农场试验可并没有作过。要是有的话,就是铁牛自己那点事儿。

为他,这个农场在用人上开了个官界所不许的例子——场长到任,照例不撤换铁牛。这已有五六年的样子了。

铁牛不大记得场长们的姓名,可是他知道怎样央告场长。在他心中,场长,不管姓甚名谁,是必须央告的。"我的试验需要长的时间。我爱我的工作。能不撤换我,是感激不尽的!请看看我的工作来,请来看看!"场长当然是不去看的;提到经费的困难;铁牛请场长放心,"减薪我也乐意干,我爱这个工作!"场长手下的人怎么安置呢?铁牛也有办法:"只要准我在这儿工作，名义倒不拘。"薪水真减了，他照常的工作，而且作得颇高兴。

可有一回，他几乎落了泪。场长无论如何非撤他不可。可是头天免了职，第二天他照常去作试验，并且拉着场长去看他的工作："场长，这是我的命！再有些日子，我必能得到好成绩；这不是一天半天能作成的。请准我上这里作试验好了，什么我也不要。到别处去，我得从头另作，前功尽弃。况且我和这个地方有了感情，这里的一切是我的手，我的脚。我永不对它们发脾气，它们也老爱我。这些标本，这些仪器，都是我的好朋友！"他笑着，眼角里有个泪珠。耶稣收税吏作门徒必是真事，要不然场长怎会心一软，又留下了铁牛呢？从此以后，他的地位稳固多了，虽然每次减薪，他还是跑不了。"你就是把钱都减了去，反正你减不去铁牛！"他对知己的朋友总这样说。

他虽不记得场长们的姓名，他们可是记住了他的。在他们天良偶尔发现的时候，他们便想起铁牛。因此，很有几位场长在高升了之后，偶尔凭良心作某件事，便不由的想"借重"铁牛一下，向他打个招呼。铁牛对这种"抬爱"老回答这么一句："谢谢善意，可是我爱我的工作，这是我的命！"他不能离开那个农场，正像小孩离不开母亲。

为维持农场的存在，总得作点什么给人们瞧瞧，所以每年必开一次农品展览会。职员们在开会以前，对铁牛特别的和气。"王先生，多偏劳！开完会请你吃饭！"吃饭不吃饭，铁牛倒不在乎；这是和农民与社会接触的好机会。他忙开了：征集，编制，陈列，讲演，招待，全是他，累得"四脖子汗流"。有的职员在旁边看着，有点不大好意思。所以过来指摘出点毛病，以便表示他们虽没动手，可是眼睛没闲着。铁牛一边擦汗一边道歉："幸亏你告诉我！幸亏你告诉我！"对于来参观的农民，他只恨长着一张嘴，没法儿给人人掰开揉碎的讲。

有长官们坐在中间，好像兔儿爷摊子的开会纪念像片里，十回有九回没铁牛。他顾不得照像。这一点，有些职员实在是佩服了他。所以会开完了，总有几位过来招呼一声："你可真累了，这两天！"铁牛笑得像小姑娘穿新鞋似的："不累，一年才开一次会，还能说累？"

因此，好朋友有时候对他说，"你也太好脾性了，老王！"

他笑着，似乎是要害羞："左不是多卖点力气，好在身体棒。"他又搂起袖子来，展览他的胳臂。他决听不出朋友那句话是有不满而故意欺侮他的意思。他自己的话永远是从正面说，所以想不到别人会说偏锋话。有的时候招得朋友不能不给他解释一下，他这才听明白。可是"谁有工夫想那么些个弯子！我告诉你，我的头一放在枕头上，就睡得像个球；要是心中老绕弯儿，怎能睡得着？人就仗着身体棒；身体棒，睁开眼就唱。"他笑开了。

铁牛的同学李文也是个学农的。李文的腿很短，嘴很长，脸很瘦，心眼很多。被同学们封为"病鸭"。病鸭是牢骚的结晶，袋中老带着点"补丸"之类的小药，未曾吃饭先叹口气。他很热心的研究农学，而且深信改良农事是最要紧的。可是他始终没有成绩。他倒不愁得不到地位，而是事事人人总跟他闹别扭。就了一个事，至多半年就得散伙。即使事事人人都很顺心，他所坐的椅子，或头上戴的帽子，或作试验用的器具，总会跟他捣乱；于是他不能继续工作。世界上好像没有给他预备下一个可爱的东西，一个顺眼的地方，一个可以交往的人；他只看他自己好，而人人事事和样样东西都跟他过不去。不是他作不出成绩来，是到处受人们的排挤，没法子再作下去。比如他刚要动手作工,旁边有位先生说了句:"天很冷啊!"于是他的脑中转开了螺丝:什么意思呢,这句话?是不是说我刚才没有把门关严呢?他没法安心工作下去。受了欺侮是不能再作工的。早晚他要报复这个,可是马上就得想办法,他和这位说天气太冷的先生势不两立。

他有时候也能交下一两位朋友,可是交过了三个月,他开始怀疑,然后更进一步去试探,结果是看出许多破绽,连朋友那天穿了件蓝大衫都有作用。三几个月的交情于是吵散。一来二去,他不再想交友。他慢慢把人分成三等,一等是比他位分高的,一等是比他矮的,一等是和他一样儿高的。他也决定了,他可以成功,假如他能只交比他高的人,不理和他肩膀齐的,管辖着奴使着比他矮的。"人"既选定,对"事"便也有了办法。"拿过来"成了他的口号。非自己拿到一种或多种事业,终身便一无所成。拿过来自己办,才能不受别人的气。拿过来自己办,椅子要是成心捣乱,砸碎了兔崽子!非这样不可,他是热心于改良农事的;不能因受闲气而抛弃了一生的事业;打算不受闲气,自己得站在高处。

有志者事竟成,几年的工夫他成了个重要的人物,"拿过来"不少的事业。原先本是想拿过来便去由自己作,可是既拿过来一样,还觉得不稳固。还有斜眼看他的人呢!于是再去拿。越拿越多,越多越复杂,各处的椅子不同,一种椅子有一种气人的办法。他要统一椅子都得费许多时间。因此,每拿过来一个地方,他先把椅子都漆白了,为是省得有污点不易看见。椅子倒是都漆白了,别的呢?他不能太累了,虽然小药老在袋中,到底应当珍惜自己;世界上就是这样,除了你自己爱你自己,别人不会关心。

他和铁牛有好几年没见了。

正赶上开农业学会年会。堂中坐满了农业专家。台上正当中坐着病鸭，头发挺长，脸色灰绿，长嘴放在胸前，眼睛时开时闭，活像个半睡的鸭子。他自己当然不承认是个鸭子；时开时闭的眼，大有不屑于多看台下那群人的意思。他明知道他们的学问比他强，可是他坐在台上，他们坐在台下；无论怎说，他是个人物，学问不学问的，他们不过是些小兵小将。他是主席，到底他是主人。他不能不觉着得意，可是还要露出有涵养，所以眼睛不能老睁着，好像天下最不要紧的事就是作主席。可是，眼睛也不能老闭着，也得留神下边有斜眼看他的人没有。假如有的话，得设法收拾他。就是在这么一睁眼的工夫，他看见了铁牛。

铁牛仿佛不是来赴会，而是料理自家的丧事或喜事呢。出来进去，好似世上就忙了他一个人了。

有人在台上宣读论文。病鸭的眼闭死了，每隔一分多钟点一次头，他表示对论文的欣赏，其实他是琢磨铁牛呢。他不愿承认他和铁牛同过学，他在台上闭目养神，铁牛在台下当"碎催"，好像他们不能作过学友；现在距离这么远，原先也似乎相离不应当那么近。他又不能不承认铁牛确是他的同学，这使他很难堪：是可怜铁牛好呢，还是夸奖自己好呢？铁牛是不是看见了他而故意的躲着他？或者也许铁牛自惭形秽不敢上前？是不是他应当显着大度包容而先招呼铁牛？他不能决定，而越发觉得"同学"是件别扭事。

台下一阵掌声，主席睁开了眼。到了休息的时间。

病鸭走到会场的门口，迎面碰上了铁牛。病鸭刚看见他，便赶紧拿着尺寸一低头，理铁牛不理呢？得想一想。可是他还没想出主意，就觉出右手像掩在门缝里那么疼了一阵。一抽手的工夫,他听见了:"老李!还是这么瘦?老李——"

病鸭把手藏在衣袋里,去暗中舒展舒展;翻眼看了铁牛一下,铁牛脸上的笑意像个开花弹似的,从脸上射到空中。病鸭一时找不到相当的话说。他觉得铁牛有点过于亲热。可又觉得他或者没有什么恶意——"还是这么瘦"打动了自怜的心,急于找话说,往往就说了不负责任的话。"老王,跟我吃饭去吧?"说完很后悔,只希望对方客气一下。可是铁牛点了头。病鸭脸上的绿色加深了些。"几年没有见了,咱们得谈一谈!"铁牛这个家伙是赏不得脸的。

两个老同学一块儿吃饭,在铁牛看,是最有意思的。病鸭可不这样看——两个人吵起来才没法下台呢!他并不希望吵,可是朋友到一块儿,有时候不由的不吵。脑子里一转弯,不能不吵;谁还能禁止得住脑子转弯?

铁牛是看见什么吃什么,病鸭要了不少的菜。病鸭自己可是不吃,他的筷子只偶尔的夹起一小块锅贴豆腐。"我只能吃点豆腐,"他说。他把"豆腐"两个字说得不像国音,也不像任何方音,听着怪像是外国字。他有好些字这么说出来。表示他是走南闯北,自己另制了一份儿"国语"。

"哎?"铁牛听不懂这两个字。继而一看他夹的是豆腐,才明白过来:"咱可不行;豆腐要是加上点牛肉或者还沉重点儿。我说,老李,你得注意身体呀。那么瘦还行?"

太过火了!提一回正足以打动自怜的情感。紧自说人家瘦,这是看不起人!病鸭的脑子里皱上了眉。不便往下接着说,换换题目吧:

"老王,这几年净在哪儿呢?"

"——农场,不坏的小地方。"

"场长是谁？"

幸而铁牛这回没忘了——"赵次江。"

病鸭微微点了点头，唯恐怕伤了气。"他呀？待你怎样？"

"无所谓，他干他的，我干我的；只希望他别撤换我。"铁牛为是显着和气。也动了一块豆腐。

"拿过来好了。"病鸭觉得说了这半天，只有这一句还痛快些。"老王，你干吧！"

"我当然是干哪，我就怕干不下去，前功尽弃。咱们这种工作要是没有长时间，是等于把钱打了水漂儿。"

"我是让你干场长。现成的事，为什么不拿过来？拿过来，你爱怎办怎办；赵次江是什么玩艺！"

"我当场长，"铁牛好像听见了一件奇事。"等过个半年来的，好被别人顶了？"

有点给脸不兜着！病鸭心里默演对话："你这小子还不晓得李老爷有多大势力？轻看我？你不放心哪，我给你一手儿看看。"他略微一笑，说出声来："你不干也好，反正咱们把它拿过来好了。咱们有的是人。你帮忙好了。你看看，我说不叫赵次江干，他就干不了！这话可不用对别人说。"

铁牛莫名其妙。

病鸭又补上一句："你想好了，愿意干呢，我还是把场长给你。"

"我只求能继续作我的试验；别的我不管。"铁牛想不出别的话。

"好吧，"病鸭又"那么"说了这两个字，好像德国人在梦里练习华语呢。

直到年会开完，他们俩没再坐在一块谈什么。从铁牛那面儿说，他觉得病鸭是拿着一点精神病作事呢。"身体弱，见了喜神也不乐。"编好了这么句唱儿，就把病鸭忘了。

铁牛回到农场不久，场长果然换了。新场长对他很客气，头一天到任便请他去谈话：

"王先生，李先生的老同学。请多帮忙，我们得合作。老实不客气的讲，兄弟对于农学是一窍不通。不过呢，和李先生的关系还那个。王先生帮忙就是了，合作，我们合作。"

铁牛想不出，他怎能和个不懂农学的人合作。"精神病！"他想到这么三个字，就顺口说出来。

新场长好像很明白这三个字的意思，脸沉下去："兄弟老实不客气的讲，王先生，这路话以后请少说为是。这倒与我没关系，是为你好。你看，李先生打发我到这儿来的时候，跟我谈了几句那天你怎么与他一同吃饭，说了什么。李先生露出一点意思，好像是说你有不合作的表示。不过他决不因为这个便想——啊，同学的面子总得顾到。请原谅我这样太不客气！据我看呢，大家既是朋友，总得合作。我们对于李先生呢，也理当拥护。自然我们不拥护他，那也没什么。不过是我们——不是李先生——先吃亏罢了。"

铁牛莫名其妙。

新场长到任后第一件事是撤换人，第二件事是把椅子都漆白了。第一件与铁牛无关，因为他没被撤职。第二件可不这样，场长派他办理油饰椅子，因这是李先生视为最重要的事，所以选派铁牛，以表示合作的精神。

铁牛既没那个工夫，又看不出漆刷椅子的重要，所以不管。

新场长告诉了他："我接收你的战书；不过，你既是李先生的同学，我还得留个面子，请李先生自己处置这回事。李先生要是——什么呢，那我可也就爱莫能助了！"

"老李——"铁牛刚一张嘴，被场长给截住：

"你说的是李先生？原谅我这样爽直，李先生大概不甚喜欢你这个'老李'。"

"好吧，李先生知道我的工作，他也是学农的。场长就是告诉他，我不管这回事，他自然会晓得我什么不管。假如他真不晓得，他那才真是精神病呢。"铁牛似乎说高了兴："我一见他的面，就看出来，他的脸是绿的。他不是坏人，我知道他；同学好几年，还能不知道这个？假如他现在变了的话，那一定是因为身体不好。我看见不是一位了，因为身体弱常闹小性。我一见面就劝了他一顿，身体弱，脑子就爱转弯。看我，身体棒，睁开眼就唱。"他哈哈的笑起来。

场长一声没出。

过了一个星期，铁牛被撤了差。

他以为这一定不能是病鸭的主意，因此他并不着慌。他计划好：援据前例，第二天还照常来工作；场长真禁止他进去呢，再找老李——老李当然要维持老同学的。

可是，他临出来的时候，有人来告诉他："场长交派下来，你要明天是——的话，可别说用巡警抓你。"

他要求见场长，不见。

他又回到试验室，呆呆的坐了半天，几年的心血……

不能，不能是老李的主意，老李也是学农的，还能不明白我的工作的重要？他必定能原谅咱铁牛，即使真得罪了他。什么地方得罪了他呢？想不出来。除非他真是精神病。不能，他那天不是还请我吃饭来着？不论怎着吧，找老李去，他必定能原谅我。

铁牛越这样想越心宽，一见到病鸭，必能回职继续工作。他看着试验室内东西，心中想象着将来的成功——再有一二年，把试验的结果拿到农村去实地应用，该收一个粮的便收两个……和和平平的作了件大事！他到农场去绕了一圈，地里的每一棵谷每一个小木牌，都是他的儿女。回到屋内，给老李写了封顶知己的信，告诉他在某天去见他。把信发了，他觉得已经是一天云雾散。

按着信上规定的时间去见病鸭，病鸭没在家。可是铁牛不肯走，等一等好了。

等到第四个钟头上，来了个仆人："请不用等我们老爷了，刚才来了电话，中途上暴病，入了医院。"

铁牛顾不得去吃饭，一直跑到医院去。

病人不能接见客人。

"什么病呢？"铁牛和门上的人打听。

"没病，我们这儿的病人都没病。"门上的人倒还和气。

"没病干吗住院？"

"那咱们就不晓得了，也别说，他们也多少有点病。"铁牛托那个人送进张名片。

待了一会，那个人把名片拿起来，上面有几个铅笔写的字："不用再来，咱们不合作。"

"和和平平的作件大事！"铁牛一边走一面低声的念道。

眼　镜

宋修身虽然是学着科学，可是在日常生活上不管什么科学科举的那一套。他相信饭馆里苍蝇都是消过毒的，所以吃芝麻酱拌面的时候不劳手挥目送的瞎讲究。他有对儿近视眼，也有对儿近视镜。可是他除非读书的时候不戴上它们。据老说法：越戴镜子眼越坏。他信这个。得不戴就不戴，譬如走路逛街，或参观运动会的时候，他的镜子是在手里拿着。即使什么也看不见，而且脑袋常常的发晕，那也活该。

他正往学校里走。溜着墙根，省得碰着人；不过有时候踩着狗腿。这回，眼镜盒子是卷在两本厚科学杂志里。他准知道这个办法不保险，所以走几步，站住摸一摸。把镜子丢了，上堂听课才叫抓瞎。况且自己的财力又不充足，买对眼镜说不定就会破产。本打算把盒子放在袋里，可是身上各处的口袋都没有空地方：笔记本，手绢，铅笔，橡皮，两个小瓶，一块吃剩下的烧饼，都占住了地盘。还是这么拿着吧，小心一点好了；好在盒子即使掉在地上也会有响声的。

一拐弯，碰上了个同学。人家招呼他，他自然不好不答应。站住说了几句。来了辆汽车，他本能的往里手一躲，本来没有躲的必要，可是眼力不济，得特别的留神，于是把鼻子按在墙上。汽车和朋友都过去了，他紧赶了几步，怕是迟到。走到了校门，一摸，眼镜盒子没啦！登时头上见了汗。抹回头去找，哪里有个影儿。拐弯的地方，老放着几辆洋车。问拉车的，他们都没看见，好像他们也都是近视眼似的。又往回找到校门，只摸了两手的土。心里算是别扭透了！掏出那块干烧饼狠命的摔在校门上，假如口袋里没这些零碎？假如不是遇上那个臭同学？假如不躲那辆闯丧的汽车？巧！越巧心里越堵得慌！一定是被车夫拾了去，瞪着眼不给，什么世界！天天走熟了的路，掉了东西会连告诉一声都不告诉，而捡起放在自己的袋里？一对近视镜有什么用？

宋修身的鼻子按在墙上的时候，眼镜盒子落在墙根。车夫王四看见了。

王四本想告诉一声，可是一看是"他"，一年到头老溜墙根，没坐过一回车。话到了嘴边，又回去了。汽车刚拐过去，他顺手捡起盒子，放在腰中。

当着别的车夫，不便细看，可是心中不由得很痛快，坐在车上舒舒服服的微笑。

他看见宋修身回来了，满头是汗，怪可怜的。很想拿出来还给他。可是别人都说没看见，自己要是招认了，吃了又吐，怪不好意思的。况且给他也是白给，他还能给点报酬？白叫他拿去，而且还得叫朋友们奚落一场——喝，拾了东西连一声都不出，怕我们抢你的？喝，拾了又白给了人家，真大方？莫若也说没看见。拾了就是拾了，活该。学生反正比拉车的阔。

宋修身往回走，王四拉起车来，搭讪着说，"别这儿耗着啦，东边去搁会儿。"心里可是说，"今儿个咱算票不了啦，连盒子带镜子还不卖个块儿八七的？！"到了个僻静地方，放下车，把盒子掏出来。

好破的盒子，大概换洋火也就是换上一小包。盒子上面的布全磨没了，倒好，油汪汪的，上边还好像粘着点柿子汁儿。打开，眼镜框子还不坏，挺粗挺黑——王四就是不喜欢细铁丝似的那路镜框，看见戴稀软活软的镜框的人，他连"车"也不问一声。用手弹了弹耳插子，不像是铁的，可也不是木头的——许是玳瑁的！他心中一跳。

镜子真脏，往外凸着，上面净是一圈一圈的纹，腻着一圈圈的土，越到镜边上越厚。镜子底下还压着半根火柴。他把火柴划着，扔在地上。从车厢里拿出小破蓝布掸子来。给镜子哈了两口气，开始用掸子布擦。连哈了四次气，镜子才有个样儿；又沾了一回唾沫，才完全擦干净。自己戴了戴，不行，架子太小，戴不上；宋修身本是个小头小脸的人。"卖不出去，连自己戴着玩都不行！"王四未免有点失望。可是继而一想：拉车戴眼镜，不大像样儿；再说，怎能卖不出去呢？

拉着车，找着一个破货摊。"嗐，卖给你这个。"

"不要。"摆摊的人——一个红鼻子黄眼的家伙——连看也没看，虽然他的摊上有许多眼镜，而且有老式绣花的镜套子呢。

王四不想打架，连"妈的真和气！"都没说出声来。

又遇上个挑筐买卖破烂的，"嗐！卖给你这个，玳瑁框子！"

"没见过这样的玳瑁！"挑筐的看了一眼，"干脆要多少钱？"

"干脆你给多少？"王四把镜子递过去。

"二十子儿。"

"什么？"王四把镜子抢回来。

"给的不少。平光好卖，老花镜也好卖；这是近视镜。框子是化学的，说不定挑来挑去就弄碎了；白赔二十枚。"

王四的心凉了，可是还不肯卖；二十子？早知道还送给那个溜墙根的学生呢！

不卖了，他决定第二天把镜子送归原主；也许倒能得几毛钱的报酬。

第二天早晨，王四把车放在拐弯的地方。学校打了钟，溜墙根的近视眼还没来。一直等到十点多，还是没他的影儿。拉了趟买卖，约摸有十二点多了，又特意放回来。学生下了课，只是不见那个近视眼。

宋修身没来上课。

眼镜丢了以后，他来到教室里。虽然坐在前面，黑板上的字还是模糊不清。越看不清，越用力看；下了课，他的脑袋直抽着疼。他越发心里堵得慌。第二堂是算术习题。他把眼差不多贴在纸上，算了两三个题，他的心口直发痒，脑门非常的热。他好像把自己丢失了。平日最欢喜算术，现在他看着那些字码心里起急。心中熟记的那些公式，都加上了点新东西——眼镜，汽车，车夫。公式和懊恼搀杂在一块，把最喜爱的一门功课变成了最讨厌的一些气人的东西。他不能再安坐在课室里，他想跑到空旷的地方去嚷一顿才痛快。平日所不爱想的事，例如生命观等，这时候都在心中冒出来。一个破近视镜，拾去有什么用？可是竟自拾去！经济的压迫，白拾一根劈柴也是好的。不怨那个车夫。虽然想到这个，心中究竟是难过。今天的功课交不上。明天当然还是头疼。配镜子去，作不到。学期开始的时候，只由家中拿来七十几块钱，下俩月的饭费还没有着落。家中打的粮不少，可是卖不出去。想到了父亲，哥哥，一天到头受苦受累，粮可是卖不出去。平日他没工夫想这些问题，也不肯想这些问题；今天，算术的公式好像给它们匀出来点地方。他想不出一个办法，他头一次觉得生命没着落，好像一切稳定的东西都随着眼镜丢了，眼前事事模糊不清。他不想退学，也想不出继续求学的意义。

长极了的一点钟，好容易才过去。下课的钟声好像不和平日一样，好像有点特别的声调，是一种把大家都叫到野地去喊叫的口令。他出了教室，有一股怨气引着他走出校门；第三堂不上了，也没去请假。他就没想到还有什么第三堂，什么请假的规则。

溜着墙根，他什么也没想，又像想着点什么。到了拐弯的地方，他想起眼镜。几个车夫在那儿说话呢，他想再过去问问他们，可是低着头走了过去。

第二天，他没去上课。

王四没有等到那个近视眼。一天的工夫，心老在车箱里——那里有那个破眼镜盒子。不知道为什么老忘不了它。

将要收车的时候，小赵来了。小赵家里开着个小杂货铺，可是他不大管铺子里的事。他的父亲很希望他能管点事，可是叫他管事他就偷钱；儿子还不如伙计可靠呢。小赵的父亲每逢行个人情，或到庙里烧香，必定戴上平光的眼镜——八毛钱在小摊儿上买的。大铺户的掌柜和先生们都戴平光的眼镜，以便在戏馆中，庙会上，表示身分。所以小铺掌柜也不能落伍。小赵并不希望他父亲一病身亡，虽然死了也并没大关系。假如父亲马上死了，他想不出怎样表示出他变成了正式的掌柜，除非他也戴上平光的眼镜。八毛钱买的眼镜，价值不限于八毛。那是掌权立业，袋中老带着几块现洋的象征。

他常和王四们在一块儿。每逢由小铺摸出几毛来，他便和王四们押个宝，或者有时候也去逛个土窑子。车夫们都管他叫"小赵"，除非赌急红了脸才称呼他"少掌柜"，而在这种争斗的时节，他自己也开始觉到身分。平日，他没有什么脾气，对王四们都很"自己"。

"押押？我的庄？"小赵叫他们看了看手中的红而脏的毛票，然后掏出烟卷，吸着。

王四从耳朵上取下半截烟，就着小赵的火儿吸着。

大家都蹲在车后面。

不大一会儿，王四那点铜子全另找到了主人。他脑袋上的筋全不服气的涨起来。想往回捞一捞——"嘻，红眼，借给我几个子儿！"

红眼把手中的铜子押上，押了五道；手中既空，自然不便再回答什么，挤着红眼专等看骰子。

王四想不出招儿来。赌气子立起来，向四外看了看，看有巡警往这里来没有。虽然自己是输了，可是巡警要抓的话，他也跑不了。

小赵赢了，问大家还接着干不。大家还愿意干，可是小赵得借给他们资本。小赵满手是土，把铜子和毛票一齐放在腰里："别套着烂，要干，拿钱。"

大家快要称呼他"少掌柜"了。卖烧白薯的李六过来了。"每人一块，赵掌柜的给钱！"小赵要宴请众朋友。"这还不离，小赵！"大家围上了白薯挑子。王四也弄了块，深呼吸的吃着。

吃完白薯，王四想起来了："小赵，给你这个。"从车箱里把眼镜找出来："别看盒子破，里面有好玩艺儿。"

小赵一见眼镜，"掌柜的"在心中放大起来；把没吃完的白薯扔在地上，请了野狗的客。果然是体面的镜子，比父亲的还好。戴上试试。不行，"这是近视镜，戴上发晕！""戴惯就好了，"王四笑着说。

"戴惯？为戴它，还得变成近视眼？"小赵觉得不上算，可是又真爱眼镜。试着走了几步。然后，摘下来，看看大家。大家都觉得戴上镜子确是体面。王四领着头说："真有个样儿！"

"就是发晕呢！"小赵还不肯撒手它。

"戴惯就好了！"王四觉得只有这一句还像话。

小赵又戴上镜子，看了看天。"不行，还是发晕！"

"你拿着吧，拿着吧。"王四透着很"自己"。"送给你的，我拿着没用。拿着吧，等过二年，你的眼神不这么足了，再戴也就合适了。"

"送给我的？"小赵钉了一句。"真的？操！换个盒子还得好几毛！"

"真送给你，我拿着没用；卖，也不过卖个块儿八七的！"王四更显着"自己"了。

"等我数数，"小赵把毛票都掏出来，给了李六白薯钱。"还有六毛，才他妈的赢了两毛！"

"你还有铜子呢！"有人提醒他一声。

"至多也就有一毛来钱的铜子，"小赵可是没往外掏它们，大家也不就深信他的话。小赵可是并不因为赢得少而不高兴；他的确很欢喜。往常，他每要必输。输几毛原不算什么，不过被大家拿他当"大头"，有些难堪。今天总算恢复了名誉，虽然连铜子算上才三毛来钱——也许是三毛多，铜子的分量怪沉的吗。"王四，我也不白要你的。看见没？有六毛。你三毛，我三毛，像回事儿不像？"

王四没想到他能给三毛。他既然开通，不妨再挤一下："把铜子再掏出点来，反正是赢去的。"

"吹！吉祥钱，腰里带着好。明儿个还得跟你们干呢！"小赵觉得明天再来，一定还要赢的。这两天运气必是不坏。

"好啦，三毛。三毛买那么好的镜子！"王四把票子接过来。放在贴肉的小兜里。

"你不是说送给我吗？这小子！"

"好啦，好啦，朋友们过得多，不在乎这个。"

小赵把眼镜放在盒子里，走开。"明儿再干！"走了几步，又把盒子打开。回头看了看，拉车的们并没把眼看着他。把镜子又戴上，眼前成了模糊的一片。可是不肯马上摘下来——戴惯就好了。他觉得王四的话有理。有眼镜不戴，心中难过。况且掌柜们都必须戴镜子的。眼镜，手表，再安上一个金门牙；南岗子的小凤要不跟我才怪呢！

刚一拐弯，猛的听见一声喇叭。他看不清，不知往哪面儿躲。他急于摘镜子……

学校附近，这些日子了，不见了溜墙根的近视学生，不见了小赵，不见了王四。"王四这些日子老在南城搁车，"李六告诉大家。

老字号

　　钱掌柜走后，辛德治——三合祥的大徒弟，现在很拿点事——好几天没正经吃饭。钱掌柜是绸缎行公认的老手，正如三合祥是公认的老字号。辛德治是钱掌柜手底下教练出来的人。可是他并不专因私人的感情而这样难过，也不是自己有什么野心。他说不上来为什么这样怕，好像钱掌柜带走了一些永难恢复的东西。

　　周掌柜到任。辛德治明白了，他的恐怖不是虚的；"难过"几乎要改成咒骂了。周掌柜是个"野鸡"，三合祥——多少年的老字号！——要满街拉客了！辛德治的嘴撇得像个煮破了的饺子。老手，老字号，老规矩——都随着钱掌柜的走了，或者永远不再回来。钱掌柜，那样正直，那样规矩，把买卖作赔了。东家不管别的，只求年底下分红。

　　多少年了，三合祥永远是那么官样大气：金匾黑字，绿装修，黑柜蓝布围子，大机凳包着蓝呢子套，茶几上永放着鲜花。多少年了，三合祥除了在灯节才挂上四只宫灯，垂着大红穗子；此外，没有半点不像买卖地儿的胡闹八光。多少年了，三合祥没有打过价钱，抹过零儿，或是贴张广告，或者减价半月；三合祥卖的是字号。多少年了，柜上没有吸烟卷的，没有大声说话的：有点响声只是老掌柜的咕噜水烟与咳嗽。

　　这些，还有许许多多可宝贵的老气度，老规矩，由周掌柜一进门，辛德治看出来，全要完！周掌柜的眼睛就不规矩，他不低着眼皮，而是满世界扫，好像找贼呢。人家钱掌柜，老坐在大机凳上合着眼，可是哪个伙计出错了口气,他也晓得。

果然,周掌柜——来了还没有两天——要把三合祥改成蹦蹦戏的棚子:门前扎起血丝胡拉的一座彩牌,"大减价"每个字有五尺见方,两盏煤气灯,把人们照得脸上发绿,好像一群大烟鬼。这还不够,门口一档子洋鼓洋号,从天亮吹到三更;四个徒弟,都戴上红帽子,在门口,在马路上,见人就给传单。这还不够,他派定两个徒弟专管给客人送烟递茶,哪怕是买半尺白布,也往后柜让,也递香烟:大兵,清道夫,女招待,都烧着烟卷,把屋里烧得像个佛堂。这还不够,买一尺还饶上一尺,还赠送洋娃娃,伙计们还要和客人随便说笑;客人要买的,假如柜上没有,不告诉人家没有,而拿出别种东西硬叫人家看;买过十元钱的东西,还打发徒弟送了去,柜上买了两个一走三歪的自行车!

辛德治要找个地方哭一大场去?在柜上十五六年了,没想到过——更不用说见过了——三合祥会落到这步田地!怎么见人呢?合街上有谁不敬重三合祥的?伙计们晚上出来,提着三合祥的大灯笼,连巡警们都另眼看待。那年兵变,三合祥虽然也被抢一空,可是没像左右的铺户那样连门板和"言无二价"的牌子都被摘了走——三合祥的金匾有种尊严!他到城里已经二十来年了,其中的十五六年是在三合祥,三合祥是他第二家庭,他的说话,咳嗽与蓝布大衫的样式,全是三合祥给他的。他因三合祥,也为三合祥而骄傲。他为铺子去索债,都被人请进去喝碗茶;三合祥虽是个买卖,可是照顾主儿似乎是些朋友。钱掌柜是常给照顾主儿行红白人情的。三合祥是"君子之风"的买卖:门凳上常坐着附近最体面的人;遇到街上有热闹的时候,照顾主儿的女眷们到这里向老掌柜借个座儿。这个光荣的历史,是长在辛德治的心里的。可是现在?

辛德治也并不是不晓得，年头是变了。拿三合祥的左右铺户说，多少家已经把老规矩舍弃，而那些新开的更是提不得的，因为根本就没有过规矩。他知道这个。可是因此他更爱三合祥，更替它骄傲，它是人造丝品中惟一的一匹道地大缎子，仿佛是。假如三合祥也下了桥，世界就没了！哼，现在三合祥和别人家一样了，假如不是更坏！

他最恨的是对门那家正香村：掌柜的踏拉着鞋，叼着烟卷，镶着金门牙。老板娘背着抱着，好像兜儿里还带着，几个男女小孩，成天出来进去，进去出来，打着南方话鸡鸡叹叹，不知喊些什么。老板和老板娘吵架也在柜上，打孩子，给孩子吃奶，也在柜上。摸不清他们是作买卖呢，还是干什么玩呢，只有老板娘的胸口老在柜前陈列着是件无可疑的事儿。那群伙计，不知是从哪儿找来的，全穿着破鞋，可是衣服多半是绸缎的。有的贴着太阳膏，有的头发梳得像漆杓，有的戴着金丝眼镜。再说那份儿厌气：一年到头老是大减价，老悬着煤气灯，老磨着留声机。买过两元钱的东西，老板便亲自让客人吃块酥糖；不吃，他能往人家嘴里送！什么东西也没一定的价钱，洋钱也没有一定的行市。辛德治永远不正眼看"正香村"那三个字，也永不到那边买点东西。他想不到世上会有这样的买卖，而且和三合祥正对门！

更奇怪的，正香村发财，而三合祥一天比一天衰微。他不明白这是什么道理。难道买卖必定得不按着规矩作才行么？果然如此，何必学徒呢？是个人就可以作生意了！不能是这样，不能；三合祥到底是不会那样的！谁知道竟自来了个周掌柜，三合祥的与正香村的煤气灯把街道照青了一大截，它们是一对儿！三合祥与正香村成了一对？！这莫非是做梦么？不是梦，辛德治也得按着周掌柜的办法走。他得和客人瞎扯，他得让人吸烟，他得把人诓到后柜，他得拿着假货当真货卖，他得等客人竞争才多放二寸，他得用手术量布——手指一捻就抽回来一块！他不能受这个！

可是多数的伙计似乎愿意这么做。有个女客进来，他们恨不能把她围上，恨不能把全铺子的东西都搬来给她瞧，等她买完——哪怕是买了二尺搪布——他们恨不能把她送回家去。周掌柜喜爱这个，他愿意看伙计们折跟头，打把式，更好能在空中飞。

周掌柜和正香村的老板成了好朋友。有时候还凑上天成的人们打打麻雀。天成也是本街上的绸缎店，开张也有个四五年了，可是钱掌柜就始终没招呼过他们。天成故意的和三合祥打对仗，并且吹出风来，非把三合祥顶爬下不成。钱掌柜一声也不出，只偶尔说一句：咱们作的是字号。天成一年倒有三百六十五天是纪念大减价。现在天成的人们也过来打牌了。辛德治不能答理他们。他有点空闲，便坐在柜里发愣，面对着货架子——原先架上的布匹都用白布包着，现在用整幅的通天扯地的作装饰，看看都眼晕，那么花红柳绿的！三合祥已经没了，他心里说。

但是，过了一节，他不能不佩服周掌柜了。节下报账，虽然没赚什么，可是没赔。周掌柜笑着给大家解释："你得记住，这是我的头一节呀！我还有好些没施展出来的呢。还有一层，扎牌楼，赁煤气灯……那个不是钱呢？所以呀！"他到说上劲来的时节总这么"所以呀"一下，"日后无须扎牌楼了，咱会用新的，还要省钱的办法，那可就有了赚头，所以呀！"辛德治看出来，钱掌柜是回不来了；世界确是变了。周掌柜和天成，正香村的人们说得来，他们都是发财的。

过了节，检查日货嚷嚷动了。周掌柜疯了似的上东洋货。检查的学生已经出来了，他把东洋货全摆在大面上，而且下了命令："进来买主，先拿日本布；别处不敢卖，咱们正好作一批生意。看见乡下人，明说这是东洋布，他们认这个；对城里的人，说德国货。"

检查的学生到了。周掌柜脸上要笑出几个蝴蝶儿来，让吃烟，让喝茶。"三合祥，冲这三个字，不是卖东洋货的地方，所以呀，诸位看吧！门口那些有德国布，也有土布；内柜都是国货绸缎，小号在南方有联号，自办自运。"

学生们疑心那些花布。周掌柜笑了："张福来，把后边剩下的那匹东洋布拿来。"

布拿来了。他扯住检查队的队长："先生，不屈心，只剩下这么一匹东洋布，跟先生穿的这件大衫一样的材料，所以呀！"他回过头来，"福来，把这匹料子扔在街上去！"

队长看着自己的大衫，头也没抬便走出去了。

这批随时可以变成德国货，国货，英国货的日本布赚了一大笔钱。有识货的人，当着周掌柜的面，把布扔在地上，周掌柜会笑着命令徒弟："拿真正西洋货去！难道就看不出先生是懂眼的人吗？"然后对买主："什么人要什么货，白给你这个，你也不要，所以呀！"于是又作了一号买卖，客人临走好像直怪舍不得周掌柜。辛德治看透了，作买卖打算要赚钱的话，得会变戏法和说相声。周掌柜是个人物。可是辛德治不想再在这儿干，他越佩服周掌柜，心里越难过。他的饭由脊梁骨下去。打算睡得安稳一些，他是离开这样的三合祥。

可是，没等到他在别处找好位置，周掌柜上天成领柜去了。天成需要这样的人，而周掌柜也愿意去，因为三合祥的老规矩太深了，仿佛是长了根，他不能充分施展他的才力。

辛德治送出周掌柜去，好像是送走了一块心病。

对于东家们，辛德治以十五六年老伙计的资格，是可以说几句话的，虽然不一定发生什么效力。他知道哪位东家是更老派些，他知道怎样打动他。他去给钱掌柜运动，也托出钱掌柜的老朋友们来帮忙。他不说钱掌柜的一切都好，而是说钱与周二位各有所长，应当折中一下，不能死守旧法，也别改变的太过火。老字号是值得保存的，新办法也得学着用。字号与利益两顾着——他知道这必能打动了东家们。

他心里，可是，另有个主意。钱掌柜回来，一切就都回来，三合祥必定是"老"三合祥，要不然便什么也不是。他想好了：减去煤气灯，洋鼓洋号，广告，传单，烟卷；至必不得已的时候，还可以减人，大概可以省去一大笔开销。况且，不出声而贱卖，尺大而货物地道。难道人们就都是傻子吗？

钱掌柜果然回来了。街上只剩了正香村的煤气灯，三合祥恢复了昔日的肃静，虽然因为欢迎钱掌柜而悬挂上那四个宫灯，垂着大红穗子。

三合祥挂上宫灯那天，大成号门口放上两支骆驼，骆驼身上披满了各色的缎条，驼峰上安着一明一灭的五彩电灯。骆驼的左右辟了抓彩部，一人一毛钱，凑足了十个人就开彩，一毛钱有得一匹摩登绉的希望。天成门外成了庙会，挤不动的人。真有笑嘻嘻夹走一匹摩登绉的嘛！

三合祥的门凳上又罩上蓝呢套，钱掌柜眼皮也不抬在那里坐着。伙计们安静的坐在柜里，有的轻轻拨弄算盘珠儿，有的徐缓的打着哈欠，辛德治口里不说什么，心中可是着急半天儿能不进来一个买主。偶尔有人在外边打一眼，似乎是要进来，可是看看金匾，往天成那边走去。有时候已经进来，看了货，因为不打价钱，又空手走了。只有几位老主顾，时常来买点东西；可也有时候只和钱掌柜说会儿话，慨叹着年月这样穷，喝两碗茶就走，什么也不买。辛德治喜欢听他们说话，这使他想起昔年的光景，可是他也晓得，昔年的光景，大概不会回来了；这条街只有天成"是"个买卖！

过了一节，三合祥非减人不可了。辛德治含着泪和钱掌柜说："我一人干五个人的活，咱们不怕！"老掌柜也说，"咱们不怕！"辛德治那晚睡得非常香甜，准备次日干五个人的活。

可是过了一年，三合祥倒给天成了。

断魂枪

"生命是闹着玩,事事显出如此;从前我这么想过,现在我懂得了。"

沙子龙的镖局已改成客栈。

东方的大梦没法子不醒了,炮声压下去马来与印度野林中的虎啸。半醒的人们,揉着眼,祷告着祖先与神灵;不大会儿,失去了国土、自由与权利。门外立着不同面色的人,枪口还热着。他们的长矛毒弩,花蛇斑彩的厚盾,都有什么用呢;连祖先与祖先所信的神明全不灵了啊!龙旗的中国也不再神秘,有了火车呀,穿坟过墓的破坏着风水。枣红色多穗的镖旗,绿鲨皮鞘的钢刀,响着串铃的口马,江湖上的智慧与黑话,义气与声名,连沙子龙,他的武艺、事业,都梦似的变成昨夜的。今天是火车,快枪,通商与恐怖。听说,有人还要杀下皇帝的头呢!

这是走镖已没有饭吃,而国术还没被革命党与教育家提倡起来的时候。

谁不晓得沙子龙是短瘦,利落,硬捧,两眼明得像霜夜的大星?可是,现在他身上放了肉。镖局改了客栈,他自己在后小院占着三间北房,大枪立在墙角,院子有几只楼鸽。只是在夜间,他把小院的门关好,熟习熟习他的"五虎断魂枪。"这条枪与这套枪,二十年的工夫,在西北一带,给他创出来:"神枪沙子龙"五个字,没遇见过敌手。现在,这条枪与这套枪不会再替他增光显胜了;只是摸摸这凉、滑、硬而发颤的杆子,使他心中少难过一些而已。只有在夜间独自拿起枪来，才能相信自己还是"神枪沙"。在白天，他不大谈武艺与往事；他的世界已被狂风吹了走。

在他手下创练起来的少年们还时常来找他。他们大多数是没落子的，都有点武艺，可是没地方去用。有的在庙会上去卖艺：踢两趟腿，练套家伙，翻几个跟头，附带着卖点大力丸，混个三吊两吊的。有的实在闲不起了，去弄筐果子，或挑些毛豆角，赶早儿在街上论斤吆喝出去。那时候，米贱肉贱，肯卖膀子力气本来可以混个肚儿圆；他们可是不成：肚量既大，而且得吃口当事儿的；干饽饽辣饼子咽不下去。况且他们还时常去走会：五虎棍，开路，太狮少狮……虽然算不了什么——比起走镖来——可是到底有个机会活动活动，露露脸。是的，走会捧场是买脸的事，他们打扮得像个样儿，至少得有条青洋绉裤子，新漂白细市布的小褂，和一双鱼鳞洒鞋——顶好是青缎子抓地虎靴子。他们是神枪沙子龙的徒弟——虽然沙子龙并不承认——得到处露脸，走会得赔上俩钱，说不定还得打场架。没钱，上沙老师那里去求。沙老师不含糊，多少不拘，不让他们空着手儿走。可是，为打架或献技去讨教一个招数，或是请给说个对子——什么空手夺刀，或虎头钩进枪——沙老师有时说句笑话，马虎过去："教什么？拿开水浇吧！"有时直接把他们逐出去。他们不大明白沙老师是怎么了，心中也有点不乐意。

可是，他们到处为沙老师吹腾，一来是愿意使人知道他们的武艺有真传授，受过高人的指教；二来是为激动沙老师：万一有人不服气而找上老师来，老师难道还不露一两手真的么？所以：沙老师一拳就砸倒了个牛！沙老师一脚把人踢到房上去，并没使多大的劲！他们谁也没见过这种事，但是说着说着，他们相信这是真的了，有年月，有地方，千真万确，敢起誓！

王三胜——沙子龙的大伙计——在土地庙拉开了场子，摆好了家伙。抹了一鼻子茶叶末色的鼻烟，他抡了几下竹节钢鞭，把场子打大一些。放下鞭，没向四围作揖，叉着腰念了两句："脚踢天下好汉，拳打五路英雄！"向四围扫了一眼："乡亲们，王三胜不是卖艺的；玩艺儿会几套，西北路上走过镖，会过绿林上的朋友。现在闲着没事，拉个场子陪诸位玩玩。有爱练的尽管下来，王三胜以武会友，有赏脸的，我陪着。神枪沙子龙是我的师傅；玩艺地道！诸位，有愿下来的没有？"他看着，准知道没人敢下来，他的话硬，可是那条钢鞭更硬，十八斤重。

王三胜，大个子，一脸横肉，努着对大黑眼珠，看着四围。大家不出声。他脱了小褂，紧了紧深月白的腰里硬，把肚子杀进去。给手心一口吐沫，抄起大刀来：

"诸位，王三胜先练趟瞧瞧。不白练，练完了，带着的扔几个；没钱，给喊个好，助助威。这儿没生意口。好，上眼！"

大刀靠了身，眼珠努出多高，脸上绷紧，胸脯子鼓出，像两块老桦木根子。一跺脚，刀横起，大红缨子在肩前摆动。削砍劈拨，蹲越闪转，手起风生，忽忽直响。忽然刀在右手心上旋转，身弯下去，四围鸦雀无声，只有缨铃轻叫。刀顺过来，猛的一个跺泥，身子直挺，比众人高着一头，黑塔似的。收了势："诸位！"一手持刀，一手叉腰，看着四围。稀稀的扔下几个铜钱，他点点头。"诸位！"他等着，等着，地上依旧是那几个亮而削薄的铜钱，外层的人偷偷散去。他咽了口气："没人懂！"他低声的说，可是大家全听见了。

"有功夫！"西北角上一个黄胡子老头儿答了话。

"啊？"王三胜好似没听明白。

"我说：你——有——功——夫！"老头子的语气很不得人心。

放下大刀，王三胜随着大家的头往西北看。谁也没看起这个老人：小干巴个儿，披着件粗蓝布大衫，脸上窝窝瘪瘪，眼陷进去很深，嘴上几根细黄胡，肩上扛着条小黄草辫子，有筷子那么细而绝对不像筷子那么直顺。王三胜可是看出这老家伙有功夫，脑门亮，眼睛亮——眼眶虽深，眼珠可黑得像两口小井，深深的闪着黑光。王三胜不怕：他看得出别人有工夫没有，可更相信自己的本事，他是沙子龙手下的大将。

"下来玩玩，大叔！"王三胜说得很得体。

点点头，老头儿往里走。这一走，四外全笑了。他的胳臂不大动；左脚往前迈，右脚随着拉上来，一步步的往前拉扯，身子整着，像是患过瘫痪病。蹭到场中，把大衫扔在地上，一点没理会四围怎样笑他。

"神枪沙子龙的徒弟，你说？好，让你使枪吧；我呢？"老头子非常的干脆，很像久想动手。

人们全回来了，邻场要狗熊的无论怎敲锣也不中用了。

"三截棍进枪吧？"王三胜要看老头子一手，三截棍不是随便就拿得起来的家伙。

老头子又点点头，拾起家伙来。

王三胜努着眼，抖着枪，脸上十分难看。

老头子的黑眼珠更深更小了，像两个香火头，随着面前的枪尖儿转，王三胜忽然觉得不舒服，那俩黑眼球似乎要把枪尖吸进去！四外已围得风雨不透，大家都觉出老头子确是有威。为躲那对眼睛，王三胜要了个枪花。老头子的黄胡子一动："请！"王三胜一扣枪，向前躬步，枪尖奔了老头子的喉头去，枪缨打了一个红旋。老人的身子忽然活展了，将身子微偏，让过枪尖，前把一挂，后把撩王三胜的手。拍，拍，两响，王三胜的枪撒了手。场外叫了好。王三胜连脸带胸口全紫了，抄起枪来，一个花子，连枪带人滚了过来，枪尖奔了老人的中部。老头子的眼亮得发着黑光；腿轻轻一屈，下把掩裆，上把打着刚要抽回的枪杆，拍，枪又落在地上。

场外又是一片彩声。王三胜流了汗，不再去拾枪，努着眼，木在那里。老头子扔下家伙，拾起大衫，还是拉拉着腿，可是走得很快了。大衫搭在臂上，他过来拍了王三胜一下："还得练哪，伙计！"

"别走！"王三胜擦着汗，"你不离，姓王的服了！可有一样，你敢会会沙老师？"

"就是为会他才来的！"老头子的干巴脸上皱起点来，似乎是笑呢。"走；收了吧；晚饭我请！"

王三胜把兵器拢在一处，寄放在变戏法二麻子那里，陪着老头子往庙外走。后面跟着不少人，他把他们骂散。

"你老贵姓？"他问。

"姓孙哪，"老头子的话与人一样，都那么干巴。"爱练，久想会会沙子龙。"

沙子龙不把你打扁了！王三胜心里说。他脚底下加了劲，可是没把孙老头落下。他看出来，老头子的腿是老走着查拳门中的连跳步；交起手来，必定很快。但是，无论他怎样快，沙子龙是没对手的。准知道孙老头要吃亏，他心中痛快了些，放慢了些脚步。

"孙大叔贵处？"

"河间的，小地方。"孙老者也和气了些，"月棍年刀一辈子枪，不容易见功夫！说真的，你那两手就不坏！"

王三胜头上的汗又回来了，没言语。

到了客栈，他心中直跳，惟恐沙老师不在家，他急于报仇。他知道老师不爱管这种事，师弟们已碰过不少回钉子，可是他相信这回必定行，他是大伙计，不比那些毛孩子；再说，人家在庙会上点名叫阵，沙老师还能丢这个脸么？

"三胜，"沙子龙正在床上看着本《封神榜》，"有事吗？"

三胜的脸又紫了，嘴唇动着，说不出话来。

沙子龙坐起来，"怎了，三胜？"

"栽了跟斗！"

只打了个长甚长的哈欠，沙老师没别的表示。

王三胜心中不平，但是不敢发作；他得激动老师："姓孙的一个老头儿，门外等着老师呢；把我的枪，枪，打掉了两次！"他知道"枪"字在老师心中有多大分量。没等吩咐，他慌忙跑出去。

客人进来，沙子龙在外间屋等着呢。彼此拱手坐下，他叫三胜去泡茶。三胜希望两个老人立刻交了手，可是不能不沏茶去。孙老者没话讲，用深藏着的眼睛打量沙子龙。沙很客气：

"要是三胜得罪了你，不用理他，年纪还轻。"

孙老者有些失望，可他看出沙子龙的精明。他不知怎样好了，不能拿一个人的精明断定他的武艺。"我来领教领教枪法！"他不由的说出来。

沙子龙没接碴儿。王三胜提着茶壶走进来——急于看二人动手，他没管水开了没有，就沏在壶中。

"三胜，"沙子龙拿起个茶碗来，"去找小顺们去，天汇见，陪孙老者吃饭。"

"什么？"王三胜的眼珠几乎掉出来。看了看沙老师的脸，他敢怒而不敢言的说了声"是啦！"走出去，撅着大嘴。

"教徒弟不易！"孙老者说。

"我没收过徒弟。走吧，这个水不开！茶馆去喝，喝饿了就吃。"沙子龙从桌子上拿起青缎子褡裢，一头装着鼻烟壶，一头装着点钱，挂在腰带上。

"不，我还不饿！"孙老者很坚决，两个"不"字把小辫从肩上抡到后边去。

"说会子话儿。"

"我来为领教领教枪法。"

"功夫早搁下了，"沙子龙指着身上，"已经放了肉！"

"这么办也行，"孙老者深深地看了沙老师一眼："不比武，教给我那趟五虎断魂枪。"

"五虎断魂枪？"沙子龙笑了，"早忘净了！早忘净了！告诉人，在我这儿住几天，咱们逛逛各处，临走，多少送点盘川。"

"我不逛，也用不着钱，我来学艺！"孙老者立起来，"我练趟给你看看，看够得上学艺不够！"一屈腰已到了院中，把楼鸽都吓飞起去。拉开架子，他打了趟查拳：腿快，手飘洒，一个飞脚起去，小辫儿飘在空中，像从天上落下来一个风筝；快之中，每个架子都摆得稳，准，利落；来回六趟，把院子满都打到，走得圆，接得紧，身子在一处，而精神贯串到四面八方。抱拳收势，身儿缩紧，好似满院的乱飞的燕子忽然归了巢。

"好！好！"沙子龙在阶上点着头喊。

"教给我那趟枪！"孙老者抱了抱拳。

沙子龙下了台阶，也抱着拳："孙老者，说真的吧；那条枪和那套枪都跟我入棺材，一齐入棺材！"

"不传？"

"不传！"

孙老者的胡子嘴动了半天，没说出什么来。到屋里抄起蓝布大衫，拉拉着腿："打搅了，再会！"

"吃过饭走！"沙子龙说。

孙老者没言语。

沙子龙把客人送到小门，然后回到屋中，对着墙角立着的大枪点了点头。

他独自上了天汇，怕是王三胜们在那里等着。他们都没有去。

王三胜和小顺们都不敢再到土地庙去卖艺，大家谁也不再为沙子龙吹腾；反之，他们说沙子龙栽了跟头，不敢和个老头儿动手；那个老头子一脚能踢死个牛。不要说王三胜输给他，沙子龙也不是"个儿"，不过呢，王三胜到底和老头子见了个高低，而沙子龙连句硬话也没敢说。"神枪沙子龙"慢慢似乎被人们忘了。

夜静人稀，沙子龙关好了小门，一气把六十四枪刺下来；而后，挂着枪，望着天上的群星，想起当年在野店荒林的威风。叹一口气，用手指慢慢摸着凉滑的枪身，又微微一笑，"不传！不传！"

且说屋里

一个二十世纪的中国人所能享受与占有的，包善卿已经都享受和占有过，现在还享受与占有着。他有钱，有洋楼，有汽车，有儿女，有姨太太，有古玩，有可作摆设用的书籍，有名望，有身分，有一串可以印在名片上与讣闻上的官衔，有各色的朋友，有电灯、电话、电铃、电扇，有寿数，有胖胖的身体和各种补药。

设若他稍微能把心放松一些，他满可以胖胖的躺在床上，姨太太与儿女们把他伺候得舒舒服服的。即使就这么死去，他的财产也够教儿孙们快乐一两辈子的，他的讣闻上也会有许多名人的题字与诗文，他的棺材也会受得住几十年水土的侵蚀，而且会有六十四名杠夫抬着他游街的。

可是包善卿不愿休息。他有他的"政治生活"。他的"政治生活"不包括着什么主义、主张、政策、计划与宗旨。他只有一个决定，就是他不应当闲着。他要是闲散无事，就是别人正在活动与拿权，他不能受这个。他认为自己所不能参预的事都是有碍于他的，他应尽力地去破坏。反之，凡是足以使他活动的，他都觉得不该放过机会。像一只渔船，他用尽方法利用风势，调动他的帆，以便早些达到鱼多的所在。他不管那些风是否有害于别人，他只为自己的帆看风，不管别的。

看准了风，够上了风，便是他的"政治生活"。够上风以后，他可以用极少的劳力而获得一个中国"政治家"所应得的利益。所以他不愿休息，也不肯休息；平白无故地把看风与用风这点眼力与天才牺牲了，太对不起自己。越到老年，他越觉出自己的眼力准确，越觉出别人的幼稚；按兵不动是冤枉的事。况且他才刚交六十；他知道，只要有口气，凭他的经验与智慧，就是坐在那儿呼吸呼吸，也应当有政治的作用。

他恨那些他所不熟识的后起的要人与新事情，越老他越觉得自己的熟人们可爱，就是为朋友们打算，他也应当随手抓到机会扩张自己的势力。对于新的事情他不大懂，于是越发感到自己的老办法高明可喜。洋人也好，中国人也好，不论是谁，自要给他事作，他就应当去拥护。同样，凡不给他权势的便是敌人。他清清楚楚地承认自己的宽宏大度，也清清楚楚地承认自己的嫉妒与褊狭；这是一个政治家应有的态度。他十分自傲有这个自知之明，这也就是他的厉害的地方；"得罪我与亲近我，你随便吧！"他的胖脸上的微笑表示着这个。

刚办过了六十整寿，他的像片又登在全国的报纸上，下面注着："新任建设委员会会长包善卿。"看看自己的像，他点了点头："还得我来！"他想起过去那些政治生活。过去的那些经验使他压得住这个新头衔，这个新头衔既能增多他的经验，又能增高了身分，而后能产生再高的头衔。想到将来的光荣与势力，他微微感到满意于现在。有一二年他的像片没这么普遍地一致地登在各报纸上了；看到这回的，他不能不感到满意；这个六十岁的照像证明出别的政客的庸碌无能，证明了自己的势力的不可轻视与必难消灭。新人新事的确出来不少，可是包善卿是青松翠柏，越老越绿。世事原无第二个办法，包善卿的办法是唯一的，过去如此，现在如此，将来还如此！他的方法是官僚的圣经，他一点不反对"官僚"这两个字；"只有不得其门而入的才叫我官僚，"他在四十岁的时候就这么说过。

看着自己的像片，他觉得不十分像自己。不错，他的胖脸，大眼睛，短须，粗脖子，与圆木筒似的身子，都在那里，可是缺乏着一些生气。这些不足以就代表包善卿。他以几十年的经验知道自己的表情与身段是怎样的玲珑可喜，像名伶那样晓得自己哪一个姿态最能叫好；他不就是这么个短粗胖子。至少他以为也应该把两个姿态照下来，两个最重要的，已经成为习惯而仍自觉地利用着，且时时加以修正的姿态。一个是在面部：每逢他遇到新朋友，或是接见属员，他的大眼会像看见个奇怪的东西似的，极明极大极傻地瞪那么一会儿，腮上的肉往下坠，然后腮上的肉慢慢往上收缩，大眼睛里一层一层的增厚笑意，最后成为个很妩媚的微笑。微笑过后，他才开口说话，舌头稍微团着些，使语声圆柔而稍带着点娇憨，显出天真可爱。这个，哪怕是个冰人儿，也会被他马上给感动过来。

第二个是在脚部。他的脚很厚，可是很小。当他对地位高的人趋进或辞退，他会极巧妙地利用他的小脚：细逗着步儿，弯着点腿，或前或后，非常的灵动。下部的灵动很足给他一身胖肉以不少的危险，可是他会设法支持住身体，同时显出他很灵利，和他的恭敬谦卑。

找到这两点，他似乎才能找到自己。政治生活是种艺术，这两点是他的艺术的表现。他愿以这种姿态与世人相见，最好是在报纸上印出来。可是报纸上只登出个迟重肥胖的人来，似乎是美中不足。

好在，没大关系。有许多事，重大的事，是报纸所不知道的。他想到末一次的应用"脚法"：建设委员会的会长本来十之六七是给王莘老的，可是包善卿在山木那里表现了一番。王莘老所不敢答应山木的，包善卿亲手送过去："你发表我的会长，我发表你的高等顾问！"他向山木告辞时，两脚轻快地细碎地往后退着，腰儿弯着些，提出这个"互惠"条件。

果然，王莘老连个委员也没弄到手，可怜的莘老！不论莘老怎样固执不通，究竟是老朋友。得设法给他找个地位！包善卿作事处处想对得住人，他不由地微笑了笑。

王莘老未免太固执！太固执！山木是个势力，不应当得罪。况且有山木作顾问，事情可以容易办得多。他闭上眼想了半天，想个比喻。想不出来。最后想起一个：姨太太要东西的时候，不是等坐在老爷的腿儿上再说吗？但这不是个好比喻。包善卿坐在山木的腿上？笑话！不过呢，有山木在这儿，这次的政治生活要比以前哪一次都稳当、舒服、省事。东洋人喜欢拿权，作事；和他们合作，必须认清了这一点；认清这一点就是给自己的事业保了险。奇怪，王莘老作了一辈子官，连这点还看不透！王莘老什么没作过？教育、盐务、税务、铁道……都作过，都作过，难道还不明白作什么也不过是把上边交下来的，再往下交。把下边呈上来的再呈上去，只须自己签个字？为什么这次非拒绝山木不可呢？奇怪！也许是另有妙计？不能吧？打听打听看；老朋友，但是细心是没过错的。

"大概王莘老总不至于想塌我的台吧？老朋友！"他问自己。他的事永远不愿告诉别人，所以常常自问自答。"不能，王莘老不能！"他想，会长就职礼已平安地举行过；报纸上也没露骨地说什么；委员们虽然有请病假的，可是看我平安无事地就了职，大概一半天内也就会销假的。山木很喜欢，那天还请大家吃了饭，虽然饭菜不大讲究，可是也就很难为了一个东洋人！过去的都很顺当；以后的有山木作主，大概不会出什么乱子的。是的，想法子安置好王莘老吧；一半因为是老朋友，一半因为省得单为这个悬心。至于会里用人，大致也有了个谱儿，几处较硬的介绍已经敷衍过去，以后再有的，能敷衍就敷衍，不能敷衍的好在可以往山木身上推。是的，这回事儿真算我的老运不错！

想法子给山木换辆汽车，这是真的，东洋人喜欢小便宜。自己的车也该换了，不，先给山木换，自己何必忙在这一时！何不一齐呢，真！我是会长，他是顾问，不必，不必和王莽老学，总是让山木一步好！

决定了这个，他这回的政治生活显然是一帆风顺，不必再思索什么了。假如还有值得想一下的，倒是明天三姨太太的生日办不办呢？办呢，她岁数还小，怕教没吃上委员会的家伙们有所借口，说些不三不四的。不办呢，又怕临时来些位客人，不大合适。"政治生活"有个讨厌的地方，就是处处得用"思想"，不是平常人所能干的。在很小的地方，正如在很大的地方，漏了一笔就能有危险。就以娶姨太太说，过政治生活没法子不娶，同时姨太太又能给人以许多麻烦。自然，他想自己在娶姨太太这件事上还算很顺利，一来是自己的福气大，二来是自己有思想，想起在哈尔滨作事时候娶的洋姨太太——后来用五百元打发了的那个——他微笑了笑。再不想要洋的，看着那么白，原来皮肤很粗。啵！他不喜欢看外国电影片，多一半是因为这个。连中国电影也算上，那些明星没有一个真正漂亮的。娶姨太太还是到苏杭一带找个中等人家的雏儿，林黛玉似的又娇又嫩。三姨太太就是这样，比女儿还小着一岁，可比女儿美得多。似乎应当给她办生日，怪可怜的。况且，乘机会请山木吃顿饭也显着不是故意地请客。是的，请山木首席，一共请三四桌人，对大家不提办生日，又不至太冷淡了姨太太，这是思想！

福气使自己腾达，思想使自己压得住富贵，自己的政治生活和家庭生活是个有力的证明。太太念佛吃斋，老老实实。大儿有很好的差事，长女上着大学。二太太有三个小少爷，三太太去年冬天生了个小娃娃。理想的家庭，没闹过一桩满城风雨的笑话，好容易！最不放心的是大儿大女，在外边读书，什么坏事学不来！可是，大儿已有了差事，不久就结婚；女儿呢，只盼顺顺当当毕了业，找个合适的小人嫁出去；别闹笑话！过政治生活的原不怕闹笑话，可是自己是老一辈的人，不能不给后辈们立个好榜样，这是政治道德。作政治没法不讲道德，政治舞台是多么危险的地方，没有道德便没有胆量去冒险。自己六十岁了，还敢出肩重任，道德不充实可能有这个勇气？自己的道德修养，不用说，一定比自己所能看到的还要高着许多，一定。

他不愿再看报纸上那个像片，那不过是个短粗而无生气的胖子，而真正的自己是有思想、道德、有才具、有经验、有运气的政治家！认清了这个，他心里非常平静，像无波的秋水映着一轮明月。他想和姨太太们凑几圈牌，为是活动活动自己的心力，太平静了。

"老爷，方委员，"陈升轻轻的把张很大的名片放在小桌上。

"请，"包善卿喜欢方文玉，方文玉作上委员完全仗着他的力量。方文玉来的时间也正好，正好二男二女——两个姨太太——凑几圈儿。

方文玉进来，包善卿并没往起立，他知道方文玉不会恼他，而且会把这样的不客气认成为亲热的表示。可是他的眼睛张大，而后渐渐地一层层透出笑意，他知道这足以补足没往起立的缺欠，而不费力地牢笼住方文玉的心。搬弄着这些小小的过节，他觉得出自己的优越，有方文玉在这儿比着，他不能不承认自己的经验与资格。

"文玉！坐，坐！懒得很，这两天够我老头子……哈哈！"他必须这样告诉文玉，表示他并没在家里闲坐着，他最不喜欢忙乱，而最爱说他忙；会长要是忙，委员当然知道应当怎样勤苦点了。

"知道善老忙,现在,我——"方文玉不敢坐下,作出进退两难的样子,唯恐怕来的时间不对而讨人嫌。

"坐!来得正好!"看着方文玉的表演,他越发喜欢这个人,方文玉是有出息的。

方文玉有四十多岁,高身量,白净子脸,带着点烟气。他没别的嗜好,除了吃口大烟。在包善卿眼中,他是个有为的人,精明、有派头、有思想,可惜命不大强,总跳腾不起去。这回很卖了些力气才给他弄到了个委员,很希望他能借着这一步而走几年好运。

"文玉,你来得正好,我正想凑几圈,带着硬的呢?"包善卿团着舌尖,显出很天真淘气。

"伺候善老,输钱向来是不给的!"方文玉张开口,可是不敢高声笑,露出几个带烟釉的长牙来。及至包善卿哈哈笑了,他才接着出了声。

"本来也是,"包善卿笑完,很郑重地说,"一个委员拿五百六,没车马费,没办公费,苦事!不过,文玉你得会利用,眼睛别闲着;等山木拟定出工作大纲来,每个县城都得安人;留点神,多给介绍几个人。这些人都有县长的希望。可不能只靠着封介绍信!这或者能教你手里松动一点,不然的话,你得赔钱;五百六太损点,五百六!"他的大眼睛看着自己的小胖脚尖,不住地点头。待了一会儿:"好吧,今天先记你的账好了。有底没有?"

"有!小刘刚弄来一批地道的,请我先尝尝,烟倒是不坏,可是价儿也够瞧的。"方文玉摇了摇头,用烧黄的手指夹起支"炮台"来。

"我这也有点,也不坏,跟二太太要好了;她有时候吃一口。我不准她多吃!咱们到里院去吧?"包善卿想立起来。

他还没站利落，电话铃响了。他不爱接电话。许多电玩艺儿，他喜欢安置，而不愿去使用。能利用电力是种权威，命令仆人们用电话叫菜或买别的东西，使他觉得他的命令能够传达很远，可是他不愿自己去叫与接电话。他知道自己不是破命去坐飞机的那种政治家。

"劳驾吧，"他立好，小胖脚尖往里一逗，很和蔼地对方文玉说。

方文玉的长腿似乎一下子就迈到了电机旁，拿起耳机，回头向包善卿笑着："喂，要哪里？包宅，啊，什么？呕，墨老！是我，是的！跟善老说话？啊，您也晓得善老不爱接电，嘻嘻，好，我代达！……好，都听明白了，明天见，明天见！"看了耳机一下，挂上。

"墨山？"包善卿的下巴往里收，眼睛往前努，作足探问的姿势。

"墨山，"方文玉点了点头，有些不大愿意报告的样子。"教我跟善老说两件事，头一件，明天他来给三太太贺寿，预备打几圈。"

"记性是真好，真好！"包善卿喜欢人家记得小姨太太的生日。"第二件？"

"那什么，那什么，他听说，听说，未必正确，大概学生又要出来闹事！"

"闹什么？有什么可闹的？"包善卿声音很低，可是很清楚，几乎是一字一字地说。

"墨老说，他们要打倒建设委员会呢！"

"胡闹！"包善卿坐下，脚尖在地上轻轻地点动。

"那什么，善老，"方文玉就着烟头又点着了一支新的，"这倒要防备一下。委员会一切都顺利；不为别的，单为求个吉利，也不应当让他们出来，满街打着白旗，怪丧气的。好不好通知公安局，先给您这儿派一队人来，而后让他们每学校去一队，禁止出入？"

"我想想看，想想看，"包善卿的脚尖点动得更快了，舌尖慢慢地舔着厚唇，眨巴着眼。过了好大一会儿，他笑了："还是先请教山木，你看怎样？"

"好！好！"方文玉把烟灰弹在地毯上，而后用左手捏了鼻子两下，似乎是极深沉地搜索妙策："不过，无论怎说，还是先教公安局给您派一队人来，有个准备，总得有个准备。要便衣队，都带家伙，把住胡同的两头。"他的带烟气的脸上露出青筋，离离光光的眼睛放出一些浮光。"把住两头，遇必要时只好对不起了，拍拍一排枪。拍拍一排枪，没办法！"

"没办法！"包善卿也挂了气，可是还不像方文玉那么浮躁。"不过总是先问问山木好，他要用武力解决呢，咱们便问心无愧。他主张和平呢，咱们便无须乎先表示强硬。我已经想好，明天请山木吃饭，正好商量商量这个。"

"善老，"方文玉有点抱歉的神气，"请原谅我年轻气浮，明天万一太晚了呢？即使和山木可以明天会商，您这儿总是先来一队人好吧？"

"也好，先调一队人来，"包善卿低声地像对自己说。又待了一会儿，他像不愿意而又不得不说的，看了方文玉一眼；仿佛看准方文玉是可与谈心的人，他张开了口。"文玉，事情不这么简单。我不能马上找山木去。为什么？你看，东洋人处处细心。我一见了他，他必先问我，谁是主动人？你想啊，一群年幼无知的学生懂得什么，背后必有人鼓动。你大概要说共产党？"他看见方文玉的嘴动了下。"不是！不是！"极肯定而有点得意地他摇了摇头。"中国就没有共产党，我活了六十岁，还没有看见一个共产党。学生背后必有主动人，弄点糖儿豆儿的买动了他们，主动人好上台，代替你我，你——我——"他的声音提高了些，胖脸上红起来。

"咱们得先探听明白这个人或这些人是谁，然后才不至被山木问住。你看，好比山木这么一问，谁是主动人？我答不出；好，山木满可以撅着小黑胡子说：谁要顶你，你都不晓得？这个，我受不了。怎么处置咱们的敌人，可以听山木的；咱们可得自己找出敌人是谁。是这样不是？是不是？"

方文玉的长脑袋在细脖儿上绕了好几个圈，心中"很"佩服，脸上"极"佩服，包善老。"我再活四十多也没您这个心路，善老！"

善老没答碴，眼皮一搭拉，接受对他的谀美。"是的，擒贼先擒王，把主动人拿住。学生自然就老实了。这就是方才说过的了：和平呢还是武力呢，咱们得听山木的，因为主动人的势力必定小不了。"他又想了想："假如咱们始终不晓得他是谁，山木满可以这么说，你既不知道为首的人，那就只好拿这回事当作学潮办吧。这可就糟了，学潮，一点学潮，咱们还办不了，还得和山木要主意？这岂不把乱子拉到咱们身上来？你说的不错，拍拍一排枪，准保打回去，一点不错；可是拍拍一排枪犯不上由咱们放呀。山木要是负责的话，管他呢，拍拍一排开花炮也可以！是不是，文玉，我说的是不是？"

"是极！"方文玉用块很脏的绸子手绢擦了擦青眼圈儿。"不过，善老，就是由咱们放枪也无所不可。即使学生背后有主动人，也该惩罚他们——不好好读书，瞎闹哄什么呢！东洋朋友、中国朋友、商界，都拥护我们。除了学生，除了学生！不能不给小孩子们个厉害！我们出了多少力，费了多少心血，才有今日，临完他们喊打倒，善老？"看着善老连连点头，他那点吃烟人所应有的肝火消散了点。"这么办吧，善老，我先通知公安局派一队人来，然后咱们再分头打电打听打听谁是为首的人。"他的眼忽然一亮，"善老，好不好召集全体委员开个会呢！"

"想想看，"包善卿决定不肯被方文玉给催迷了头，在他的经验里，没有办法往往是最好的办法，而延宕足以杀死时间与风波。"先不用给公安局打电；他们应当赶上咱们来，这是他们当一笔好差事的机会，咱们不能迎着他们去。至于开会，不必：一来是委员们都没在这儿，二来委员不都是由你我荐举的，开了会倒麻烦，倒麻烦。咱们顶好是先打听为首之人；把他打听到，"包善卿两只肥手向外一推，"一股拢总全交给山木。省心，省事，不得罪人！"

方文玉刚要张嘴，电话铃又响了。

这回。没等文玉表示出来愿代接电的意思，包善卿的小胖脚紧动慢动地把自己连跑带转地挪过去，像个着了忙的鸭子。摘下耳机，他张开了大嘴喘了一气。"哪里？呃，冯秘书，近来好？啊，啊，啊！局长呢？呃，我忘了，是的，局长回家给老太太作寿去了，我的记性太坏了！那……嗯……请等一等，我想想看，再给你打电，好，谢谢，再见！"挂上耳机。他仿佛接不上气来了。一大堆棉花似的瘫在大椅子上。闭了会儿眼，他低声地说："记性太坏了，那天给常局长送过去了寿幛，今天就会忘了，要不得！要不得！"

"冯秘书怎么说？"方文玉很关切地问。

"哼，学生已经出来了，冯子才跟我要主意！"包善卿勉强着笑了笑。"我刚才说什么来着？咱们还没教他们派人来呢，他们已经和我要主意；要是咱们先张了嘴，公安局还不搬到我这儿来办公？跟我要主意，他们是干什么的？"

"可是学生已经出来了！"方文玉也想不出办法，可是因为有嗜好，所以胆子更小一点。"您想怎样回复冯子才呢？"

"他当然会给常局长打电报要主意；我不挣那份钱，管不着那段事。"包善卿看着桌上的案头日历。

"您这儿没人保护可不行呀！"方文玉又善意地警告。

"那，我有主意，"包善卿知道学生已经出来，不能不为自己的安全设法了。"文玉，你给张七打个电话，教他马上送五十打手来，都带家伙，每人一天八毛，到委员会领钱，他们比巡警可靠！"

方文玉放了点心，马上给张七打了电话。包善卿也似乎无可顾虑了，躺在沙发上闭了眼。方文玉看着善老，不愿再思索什么，可是总惦记着冯秘书。善老真稳，怎么不给冯回电呢？包善卿早把冯子才忘了，他早知道冯子才若是看事不妙必会偷偷地跑掉，用不着替他担忧，他心中正一一地数点家里的人，自要包家的人都平安，别的都没大关系。他忽然睁开眼，坐起来，按电铃。一边按一边叫："陈升！陈升！"

陈升轻快地跑进来。

"陈升，大小姐回来没有？"他探着脖，想看桌上的日历："今天不是礼拜天吗？"

"是礼拜，大小姐没回家，"陈升一边回答，一边倒茶。

"给学校打电，叫她回来，快！"包善卿十分着急地说。"等等再倒茶，先打电！"对于儿女，他最爱的是大小姐，最不放心的也是大小姐。她是大太太生的，又是个姑娘。所以他对于她特别地慈爱，慈爱之中还有些尊重的意思，姨太太们生的小孩自然更得宠爱，可是止于宠爱；在大姑娘身上，只有在她身上，他仿佛找到了替包家维持家庭中的纯洁与道德的负责人。她是"女儿",非得纯美得像一朵水仙花不可。这朵水仙花供给全家人一些清香,使全家人觉得他们有个鲜花似的千金小姐,而不至于太放肆与胡闹了。大小姐要是男女混杂地也到街上去打旗瞎喊,包家的鲜花就算落在泥中了,因为一旦和男学生们接触,女孩子是无法保持住纯洁的。

"老爷,学校电话断了!"陈升似乎还不肯放手耳机,回头说完这句,又把耳机放在耳旁。

"打发小王去接!紧自攥着耳机干什么呀!"包善卿的眼瞪得极大,短胡子都立起来。陈升跑出去,门外汽车嘟嘟起来。紧跟着,他又跑回:"老爷,张七带着人来了。"

"叫他进来!"包善卿的手微微颤起来,"张七"两个字似乎与祸乱与厮杀有同一的意思,祸乱来在自己的门前,他开始害了怕;虽然他明知道张七是来保护他的。

张七没敢往屋中走,立在门口外:"包大人,对不起您,我才带来三十五个人;今天大家都忙,因为闹学生,各处用人;我把这三十五个放在您这儿,马上再去找,误不了事,掌灯以前,必能凑齐五十名。"

"好吧,张七,"包善卿开开屋门,看了张七一眼:"他们都带着家伙哪?好!赶快去再找几名来!钱由委员会领;你的,我另有份儿赏!"

"您就别再赏啦,常花您的!那么,我走了,您没别的吩咐了?"张七要往外走。

"等等,张七,汽车接大小姐去了,等汽车回来你再走;先去看看那些人们,东口西口和门口分开了站!别都扎在一堆儿!"

张七出去检阅,包善卿回头看了看方文玉,"文玉,你看怎样!不要紧吧？"关上屋门，他背着手慢慢地来回走。

"没准儿了！"方文玉也立起来，脸上更灰暗了些。"毛病是在公安局。局长没在这儿，冯子才大概——"

"大概早跑啦！"包善卿接过去。"空城计，非乱不可，非乱不可，这玩艺，这玩艺，咱们始终不知为首的是谁，有什么办法呢？"

电话！方文玉没等请示，抓下耳机来。"谁？小王？……等等！"偏着点头："善老，车夫小王在街上借的电话。学生都出去了，大小姐大概也随着走了；街上很乱，打上了！"

"叫小王赶紧回来！"

"你赶紧回来！"方文玉凶狠地挂上耳机，心中很乱，想烧口烟吃。

"陈升！"包善卿向窗外喊："叫张七来！"

这回，张七进了屋中，很规矩地立着。

"张七，五十块钱的赏，去把大小姐给找来！你知道她的学校？"

"知道！可是，包大人，成千成万的学生，叫我上哪儿去找她呢？我一个人，再添上俩，找到小姐也没法硬拉出来呀！"

"你去就是了，见机而作！找了来，我另给你十块！"方文玉看着善老，交派张七。

"好吧，我去碰碰！"张七不大乐观地走出去。

"小王回来了，老爷，"陈升进来报告。

"那什么，陈升，把帽子给我。"包善卿楞了会儿，转向方文玉："文玉，你别走，我出去看看，一个女孩子人家，不能——"

"善老！"方文玉抓住了善老的手，手很凉。"您怎能出去呢！让我去好了。认识我的少一点，您的像片——"

二人同时把眼转到桌上的报纸上。

"文玉你也不能出去!"包善卿腿一软,坐下了。"找山木想办法行不行?这不能算件小事吧?我的女儿!他要是派两名他的亲兵,准能找回来!"

"万一他不管,可不大得劲儿!"方文玉低声地说。

"听!"包善卿直起身来。

包宅离大街不十分远,平常能听得见汽车的喇叭声。现在,像夏日大雨由远而近地那样来了一片继续不断的,混乱而低切的吵嚷,分不出是什么声音,只是那么流动的,越来越近的一片,一种可怕的怒潮,向前涌进。

方文玉的脸由灰白而惨绿,猛然张开口,咽了一口气。"善老,咱们得逃吧?"

包善卿的嘴动了动,没说出什么来,脸完全紫了。怒气与惧怕往两下处扯他的心,使他说不出话来。"学生!学生!一群毛孩子!"他心里说:"你们懂得什么!懂得什么!包善卿的政治生活非生生让你们吵散不可!包善卿有什么对不起人的地方!混账,一群混账!"

张七拉开屋门,没顾得摘帽子:"大人,他们到了!我去找大小姐,恰好和他们走碰了头!"

"西口把严没有?"包善卿好容易说出话来。

"他们不上这儿来,上教场去集合。"

"自要进来,开枪,我告诉你!"包善卿听到学生们不进胡同,强硬了些。

"听!"张七把屋门推开。

"打倒卖国贼！"千百条嗓子同时喊出。

包善卿的大眼向四下里找了找，好似"卖国贼"三个字像个风筝似的从空中落了下来。他没找到什么，可是从空中又降下一声："打倒卖国贼！"他看了看方文玉，看了看张七，勉强地要笑笑，没笑出来。"七，""张"字没能说利落："大小姐呢？我教你去找大小姐！"

"这一队正是大小姐学校里的，后面还有一大群男学生。"

"看见她了？"

"第一个打旗的就是大小姐！"

"打倒卖国贼！"又从空中传来一声。

在这一声里，包善卿仿佛清清楚楚地听见了自己女儿的声音。

"好，好！"他的手与嘴唇一劲儿颤。"无父无君，男盗女娼的一群东西！我会跟你算账，甭忙，大小姐！别人家的孩子我管不了，你跑不出我的手心去！爸爸是卖国贼，好！"

"善老！善老！"方文玉的烟瘾已经上来，强挣扎着劝慰："不必生这么大的气，大小姐年轻，一时糊涂，不能算是真心反抗您，绝对不能！"

"你不知道！"包善卿颤得更厉害了。"她要是想要钱，要衣裳，要车，都可以呀，跟我明说好了；何必满街去喊呢！疯了？卖国贼，爸爸是卖国贼，好听？混账，不要脸！"

电话！没人去接。方文玉已经瘾得不爱动，包善卿气得起不来。

张七等铃响了半天，搭讪着过去摘下耳机。"……等等。大人，公安局冯秘书。"

"挂上，没办法！"包善卿躺在沙发上。

"陈升！陈升！"方文玉低声地叫。

陈升就在院里呢，赶快进来。

方文玉向里院那边指了指，然后撅起嘴唇，像叫猫似的轻轻响了几下。

陈升和张七一同退出去。

听来的故事

宋伯公是个可爱的人。他的可爱由于互相关联的两点：他热心交友，舍己从人；朋友托给他的事，他都当作自己的事那样给办理；他永远不怕多受累。因为这个，他的经验所以比一般人的都丰富，他有许多可听的故事。大家爱他的忠诚，也爱他的故事。找他帮忙也好，找他闲谈也好，他总是使人满意的。

对于青岛的樱花，我久已听人讲究过；既然今年有看着的机会，一定不去未免显着自己太别扭；虽然我经验过的对风景名胜和类似樱花这路玩艺的失望使我并不十分热心。太阳刚给嫩树叶油上一层绿银光，我就动身向公园走去，心里说：早点走，省得把看花的精神移到看人上去。这个主意果然不错，树下应景而设的果摊茶桌，还都没摆好呢，差不多除了几位在那儿打扫甘蔗渣子、橘皮和昨天游客们所遗下的一切七零八碎的清道夫，就只有我自己。我在那条樱花路上来回蹓跶，远观近玩的细细的看了一番樱花。

樱花说不上有什么出奇的地方，它艳丽不如桃花，玲珑不如海棠，清素不如梨花，简直没有什么香味。它的好处在乎"盛"：每一丛有十多朵，每一枝有许多丛；再加上一株挨着一株，看过去是一团团的白雪，微染着朝阳在雪上映出的一点浅粉。来一阵微风，樱树没有海棠那样的轻动多姿，而是整团的雪全体摆动；隔着松墙看过去，不见树身，只见一片雪海轻移，倒还不错。设若有下判断的必要，我只能说樱花的好处是使人痛快,它多、它白、它亮,它使人觉得春忽然发了疯,若是以一朵或一株而论,我简直不能给它六十分以上。

无论怎说吧,我算是看过了樱花。不算冤,可也不想再看,就带着这点心情我由花径中往回走,朝阳射着我的背。走到了梅花路的路头,我疑惑我的眼是有了毛病:迎面来的是宋伯公!这个忙人会有工夫来看樱花!

不是他是谁呢,他从远远的就"嘿喽",一直"嘿喽"到握着我的手。他的脸朝着太阳,亮得和春光一样。

"嘿喽,嘿喽,"他想不起说什么,只就着舌头的便利又补上这么两下。

"你也来看花?"我笑着问。

"可就是,我也来看花!"他松了我的手。

"算了吧,跟我回家溜溜舌头去好不好?"我愿意听他瞎扯,所以不管他怎样热心看花了。

"总得看一下,大老远来的;看一眼,我跟你回家,有工夫;今天我们的头儿逛崂山去,我也放了自己一天的假。"他的眼向樱花那边望了望,表示非去看看不可的样子。

我只好陪他再走一遭了。他的看花法和我的大不相同了。在他的眼中,每棵树都像人似的,有历史,有个性,还有名字:"看那棵'小歪脖',今年也长了本事;嘿!看这位'老太太',居然大卖力气;去年,去年,她才开了,哼,二十来朵花吧!嘿喽!"他立在一棵细高的樱树前面:"'小旗杆',这不行呀,净往云彩里钻,不别枝子!不行,我不看电线杆子,告诉你!"然后他转向我来:"去年,它就这么细高,今年还这样,没办法!"

"它们都是你的朋友？"我笑了。

宋伯公也笑了："哼，那边的那一片，几时栽的，哪棵是补种的，我都知道。"

看一下！他看了一点多钟！我不明白他怎么会对这些树感到这样的兴趣。连树干上抹着的白灰，他都得摸一摸，有一片话。诚然，他讲说什么都有趣；可是我对树木本身既没他那样的热诚，所以他的话也就打不到我的心里去。我希望他说些别的。我也看出来，假如我不把他拉走，他是满可以把我说得变成一棵树，一声不出的听他说个三天五天的。

我把他硬扯到家中来。我允许给他打酒买菜；他接收了我的贿赂。他忘了樱花，可是我并想不起一定的事儿来说。瞎扯了半天，我提到孟智辰来。他马上接了过去：

"提起孟智辰来，那天你见他的经过如何？"

我并不很认识这个孟先生——或者应说孟秘书长——我前几天见过他一面，还是由宋伯公介绍的。我不是要见孟先生，而是必须见孟秘书长；我有件非秘书长不办的事情。

"我见着了他，"我说，"跟你告诉我的一点也不差：四棱子脑袋；牙和眼睛老预备着发笑唯恐笑晚了；脸上的神气明明宣布着：我什么也记不住，只能陪你笑一笑。"

"是不是？"宋伯公有点得意他形容人的本事。"可是，对那件事他怎么说？"

"他，他没办法。"

"什么？又没办法？这小子又要升官了！"宋伯公咬上嘴唇，像是想着点什么。

"没办法就又要升官了？"我有点惊异。

"你看，我这儿不是想哪吗？"

我不敢再紧问了，他要说一件事就要说完全了，我必须忍耐的等他想。虽然我的惊异使我想马上问他许多问题，可是我不敢开口；"凭他那个神气，怎能当上秘书长？"这句最先来到嘴边上的，我也咽下去。

我忍耐的等着他，好像避雨的时候渴望黑云裂开一点那样。不久——虽然我觉得仿佛很久——他的眼球里透出点笑光来，我知道他是预备好了。

"哼！"他出了声："够写篇小说的！"

"说吧，下午请你看电影！"

"值得看三次电影的，真的！"宋伯公知道他所有的故事的价值："你知道，孟秘书长是我大学里的同学？一点不瞎吹！同系同班，真正的同学。那时候，他就是个重要人物：学生会的会长呀，作各种代表呀，都是他。"

"这家伙有两下子？"我问。

"有两下子？连半下子也没有！"

"因为——"

"因为他连半下子没有，所以大家得举他。明白了吧？"

"大家争会长争得不可开交，"我猜想着："所以让给他作，是不是？"

宋伯公点了点头："人家孟先生的本事是凡事无办法，因而也就没主张与意见，最好作会长，或作菩萨。"

"学问许不错？"没有办事能干的人往往有会读书的聪明，我想。

"学问？哈哈！我和他都在英文系里，人家孟先生直到毕业不晓得莎士比亚是谁。可是他毕了业，因为无论是主任、教授、讲师，都觉得应当，应当，让他毕业。不让他毕业，他们觉得对不起人。人家老孟四年的工夫，没在讲堂上发过问。哪怕教员是条驴呢，他也对着书本发楞，一声不出。教员当然也不问他；即使偶尔问到他，他会把牙露出来，把眼珠收起去，那么一笑。这是天字第一号的好学生，当然得毕业。既准他毕业，大家就得帮助他作卷子，所以他的试卷很不错，因为是教员们给作的。自然，卷子里还有错儿，那可不是教员们作的不好，是被老孟抄错了；他老觉得 M 和 N 是可以通用的，所以把 name 写成 mane，在他，一点也不算出奇。把这些错儿应扣的分数减去，他实得平均分数八十五分，文学士。来碗茶……

"毕业后，同班的先后都找到了事；前些年大学毕业生找事还不像现在这么难。老孟没事。有几个热心教育的同学办了个中学，那时候办中学是可以发财的。他们听说老孟没事，很想拉拔他一把儿，虽然准知道他不行；同学到底是同学，谁也不肯看着他闲起来。他们约上了他。叫他作什么呢，可是？教书，他教不了；训育，他管不住学生；体育，他不会，他顶好作校长。于是他作了校长。他一点不晓得大家为什么让他作校长，可是他也不骄傲，他天生来的是馒首幌子——馒头铺门口放着的那个大馒头，大，体面，木头作的，上着点白漆。

"一来二去不是，同学们看出来这位校长太没用了，可是他既不骄傲，又没主张，生生的把他撑了，似乎不大好意思。于是大家给他运动了个官立中学的校长。这位馒头幌子笑着搬了家。这时候，他结了婚，他的夫人是自幼定下的。她家中很有钱，兄弟们中有两位在西洋留学的。她可是并不认识多少字，所以很看得起她的丈夫。结婚不久，他在校长的椅子上坐不牢了；学校里发生了风潮，他没办法。正在这个时候，他的内兄由西洋回来，得了博士；回来就作了教育部的秘书。老孟一点主意没有，可也并不着急；倒慌了教育局局长——那时候还不叫教育局；管它叫什么呢——这玩艺，免老孟的职简直是和教育部秘书开火；不免职吧，事情办不下去。局长想出条好道，去请示部秘书好了。秘书新由外国回来，还没完全把西洋忘掉，'局长看着办吧。不过，派他去考查教育也好。'局长鞠躬而退；不几天，老孟换了西装，由馒头改成了面包。临走的时候，他的内兄嘱咐他：不必调查教育，安心的念二年书倒是好办法，我可以给你办官费。再来碗热的……

"二年无话，赶老孟回到国来，博士内兄已是大学校长。校长把他安置在历史系，教授。孟教授还是不骄傲，老实不客气的告诉系主任：东洋史，他不熟；西洋史，他知道一点；中国史，他没念过。系主任给了他两门最容易的功课，老孟还是教不了。到了学年终，系主任该从新选过——那时候的主任是由教授们选举的——大家一商议，校长的妹夫既是教不了任何功课，顶好是作主任；主任只须教一门功课就行了。老孟作了系主任，一点也不骄傲，可是挺喜欢自己能少教一门功课，笑着向大家说：我就是得少教功课。好像他一点别的毛病没有，而最适宜当主任似的。有一回我到他家里吃饭，孟夫人指着脸子说他：'我哥哥也溜过学，你也溜过学，怎么哥哥会作大校长，你怎就不会？'老孟低着头对自己笑了一下：'哼，我作主任合适！'我差点没别死，我不敢笑出来。

"后来，他的内兄校长升了部长，他作了编译局局长。叫他作司长吧，他看不懂公事；叫他作秘书吧，他不会写；叫他作编辑委员吧，他不会编也不会译,况且职位也太低。他天生来的该作局长,既不须编,也无须译,又不用天天办公。'哼,我就是作局长合适!'这家伙仿佛很有自知之明似的。可是,我俩是不错的朋友,我不能说我佩服他,也不能说讨厌他。他几乎是一种灵感,一种哲理的化身。每逢当他升官,或是我自己在事业上失败,我必找他去谈一谈。他使我对于成功或失败都感觉到淡漠,使我心中平静。由他身上,我明白了我们的时代——没办法就是办法的时代。一个人无须为他的时代着急,也无须为个人着急,他只须天真的没办法,自然会在波浪上浮着,而相信:'哼,我浮着最合适。'这并不是我的生命哲学,不过是由老孟看出来这么点道理,这个道理使我每逢遇到失败而不去着急。再来碗茶!"

他喝着茶,我问了句:"这个人没什么坏心眼?"

"没有,坏心眼多少需要一些聪明;茶不错,越焖越香!"宋伯公看着手里的茶碗。"在这个年月,凡要成功的必须掏坏;现在的经济制度是大鱼吃小鱼,小鱼吃虾米的制度。掏了坏,成了功;可不见就站得住。三摇两摆,还得栽下来;没有保险的事儿。我说老孟是一种灵感,我的意思就是他有种天才,或是直觉,他无须用坏心眼而能在波浪上浮着,而且浮得很长久。认识了他便认识了保身之道。他没计划,没志愿,他只觉得合适,谁也没法子治他。成功的会再失败;老孟只有成功,无为而治。"

"可是他有位好内兄?"我问了一句。

"一点不错;可是你有那么位内兄,或我有那么位内兄,照样的失败。你,我,不会觉得什么都正合适。不太自傲,便太自贱;不是想露一手儿,便是想故意的藏起一招儿,这便必出毛病。人家老孟自然,糊涂得像条骆驼,可是老那么魁梧壮实,一声不出,能在沙漠里慢慢溜达一个星期！他不去找缝子钻，社会上自然给他预备好缝子，要不怎么他老预备着发笑呢。他觉得合适。你看，现在人家是秘书长；作秘书得有本事，他没有；作总长也得有本事，而且不愿用个有本事的秘书长；老孟正合适。他见客，他作代表，他没意见，他没的可泄露，他老笑着，他有四棱脑袋，种种样样他都合适。没人看得起他，因而也没人忌恨他；没人敢不尊敬他，因为他作什么都合适，而且越作地位越高。学问，志愿，天才，性格，都足以限制个人事业的发展，老孟都没有。要得着一切的须先失去一切，就是老孟。这个人的前途不可限量。我看将来的总统是给他预备着的。你爱信不信！"

"他连一点脾气都没有？"

"没有，纯粹顺着自然。你看，那天我找他去，正赶上孟太太又和他吵呢。我一进门，他笑脸相迎的：'哼，你来得正好，太太也不怎么又炸了。'一点不动感情。我把他约出去洗澡，喝！他那件小褂，多么黑先不用提，破的就像个地板擦子。'哼，太太老不给做新的吗。'这只是陈述，并没有不满意的意思。我请他洗了澡，吃了饭，他都觉得好：'这澡堂子多舒服呀！这饭多好吃呀！'他想不起给钱，他觉得被请合适。他想不起抓外钱，可是他的太太替他收下'礼物'，他也很高兴：'多进俩钱也不错！'你看，他歪打正着，正合乎这个时代的心理——礼物送给太太，而后老爷替礼物说话。他以自己的胡涂给别人的聪明开了一条路。他觉得合适，别人也觉得合适。他好像是个神秘派的诗人，默默中抓住种种现象下的一致的真理。他抓到——虽然他自己并不知道——自古以来中国人的最高的生命理想。"

"先喝一盅吧？"我让他。

他好像没听见。"这像篇小说不？"

"不大像，主角没有强烈的性格！"我假充懂得文学似的。

"下午的电影大概要吹？"他笑了笑。"再看看樱花去也好。"

"准请看电影，"我给他斟上一盅酒。"孟先生今年多大？"

"比我——想想看——比我大好几岁呢。大概有四十八九吧。干吗？呕，我明白了，你怕他不够作总统的年纪？再过几年，五十多岁，正合适！"

上 任

尤老二去上任。

看见办公的地方，他放慢了脚步。那个地方不大，他晓得。城里的大小公所和赌局烟馆，差不多他都进去过。他记得这个地方——开开门就能看见千佛山。现在他自然没心情去想千佛山；他的责任不轻呢！他可是没透出慌张来；走南闯北的多年了，他沉得住气，走得更慢了。胖胖的，四十多岁，重眉毛，黄净子脸。灰哗叽夹袍，肥袖口；青缎双脸鞋。稳稳地走，没看千佛山；倒想着：似乎应当坐车来。不必，几个伙计都是自家人，谁还不知道谁；大可以不必讲排场。况且自己的责任不轻，干吗招摇呢。这并不完全是怕；青缎鞋，灰哗叽袍，恰合身分；慢慢地走，也显着稳。没有穿军衣的必要。腰里可藏着把硬的。自己笑了笑。

办公处没有什么牌匾：和尤老二一样，里边有硬家伙。只是两间小屋。门开着呢，四位伙计在凳子上坐着，都低着头吸烟，没有看千佛山的。靠墙的八仙桌上有几个茶杯，地上放着把新洋铁壶，壶的四围趴着好几个香烟头儿，有一个还冒着烟。尤老二看见他们立起来，又想起车来，到底这样上任显着"秃"一点。可是，老朋友们都立得很规矩。虽然大家是笑着，可是在亲热中含着敬意。他们没因为他没坐车而看不起他。说起来呢，稽察长和稽察是作暗活的，越不惹人注意越好。他们自然晓得这个。他舒服了些。

尤老二在八仙桌前面立了会儿，向大家笑了笑，走进里屋去。里屋只有一条长桌，两把椅子，墙上钉着月份牌，月份牌的上面有一条臭虫血。办公室太空了些，尤老二想；可又想不出添置什么。赵伙计送进一杯茶来，漂着根茶叶梗儿。尤老二和赵伙计全没的说，尤老二擦了下脑门。啊，想起来了：得有个洗脸盆，他可是没告诉赵伙计去买。他得细细地想一下：办公费都在他自己手里呢，是应该公开地用，还是自己一把死拿？自己的薪水是一百二，办公费八十。卖命的事，把八十全拿着不算多。可是伙计们难道不是卖命？况且是老朋友们？多少年不是一处吃，一处喝呢？不能独吞。赵伙计走出去，老赵当头目的时候，可曾独吞过钱？尤老二的脸红起来。刘伙计在外屋溜了他一眼。老刘，五十多了，倒当起伙计来，三年前手里还有过五十支快枪！不能独吞。可是，难道白当头目？八十块大家分？再说，他们当头目是在山上。尤老二虽然跟他们不断的打联络，可是没正式上过山。这就有个分别了。他们，说句不好听的，是黑面上的；他是官。作官有作官的规矩。他们是弃暗投明，那么，就得官事官办。八十元办公费应当他自己拿着。可是，洗脸盆是要买的；还得来两条毛巾。

除了洗脸盆该买，还似乎得作点别的。比如说，稽察长看看报纸，或是对伙计们训话。应当有份报纸，看不看的，摆着也够样儿。训话，他不是外行。他当过排长，作过税卡委员；是的，他得训话；不然，简直不像上任的样儿。况且，伙计们都是住过山的，有时候也当过兵；不给他们几句漂亮的，怎能叫他们佩服。老赵出去了。老刘直咳嗽。必定得训话，叫他们得规矩着点。尤老二咳嗽了一声，立起来，想擦把脸；还是没有洗脸盆与毛巾。他又坐下。训话，说什么呢？不是约他们帮忙的时候已经说明白了吗，对老赵老刘老王老褚不都说的是那一套么？"多年的朋友，捧我尤老二一场。我尤老二有饭吃，大家伙儿就饿不着；自己弟兄！"这说过不止一遍了，能再说么？至于大家的工作，谁还不明白——反正还不是用黑面上的人拿黑面上的人？这只能心照，不便实对实地点破。自己的饭碗要紧，脑袋也要紧。要真打算立功的话，拿几个黑道上的朋友开刀，说不定老刘们就会把盒子炮往里放。睁一眼闭一眼是必要的，不能赶尽杀绝；大家日后还得见面。这些话能明说么？怎么训话呢？看老刘那对眼睛，似乎死了也闭不上，帮忙是义气，真把山上的规矩一笔钩个净，作不到。不错，司令派尤老二是为拿反动分子。可是反动分子都是朋友呢。谁还不知道谁吃几碗干饭？难！

尤老二把灰哔叽袍脱了，出来向大家笑了笑。

"稽察长！"老刘的眼里有一万个"看不起尤老二"，"分派分派吧。"

尤老二点点头。他得给他们一手看。"等我开个单子。咱们的事儿得报告给李司令。昨儿个，前两天，不是我向诸位弟兄研究过？咱们是帮助李司令拿反动派。我不是说过：李司令把我叫了去，说，老二，我地面上生啊，老二你得来帮帮忙。我不好意思推辞，跟李司令也是多年的朋友。我这么一想，有办法。怎么说呢，我想起你们来。我在地面上熟哇，你们可知底呢。咱们一合作，还有什么不行的事！司令，我就说了，交给我了，司令既肯赏饭吃，尤老二还能给脸不兜着？弟兄们，有李司令就有尤老二，有尤老二就有你们。这我早已研究过了。我开个单子，谁管哪里，

谁管哪里，核计好了，往上一报，然后再动手，这像官事，是不是？"尤老二笑着问大家。

老刘们都没言语。老褚挤了挤眼。可是谁也没感到僵得慌。尤老二不便再说什么，他得去开单子。拿笔刷刷的一写，他想，就得把老刘们唬背过气去。那年老褚绑王三公子的票，不是求尤老二写的通知书么？是的，他得刷刷地写一气。可是笔墨砚呢？这几个伙计简直没办法！"老赵，"尤老二想叫老赵买笔去。可是没说出来。为什么买东西单叫老赵呢？一来到钱上，叫谁去买东西都得有个分寸。这不是山上，可以马马虎虎。这是官事，谁该买东西去，谁该送信去，都应当分配好了。可是这就不容易，买东西有扣头，送信是白跑腿；谁活该白跑腿呢？"啊，没什么，老赵！"先等等买笔吧，想想再说。尤老二心里有点不自在。没想到作稽察长这么罗嗦。差事不算很甜；也说不上苦来，假若八十元办公费都归自己的话。可是不能都归自己，伙计们都住过山；手儿一紧，还真许尝个"黑枣"，是玩的吗？这玩艺儿不好办，作着官而带着土匪，算哪道官呢？不带土匪又真不行，专凭尤老二自己去拿反动分子？拿个屁！尤老二摸了摸腰里的家伙："哥儿们，硬的都带着哪？"

大家一齐点了点头。

"妈的怎么都哑巴了？"尤老二心里说。是什么意思呢？是不佩服咱尤老二呢，还是怕呢？点点头，不像自己朋友，不像；有话说呀。看老刘！一脸的官司。尤老二又笑了笑。有点不够官派，大概跟这群家伙还不能讲官派。骂他们一顿也许就骂欢喜了？不敢骂，他不是地道土匪。他知道他是脚踩两只船。他恨自己不是地道土匪，同时又觉得他到底高明，不高明能作官么？点上根烟，想主意，得喂喂这群家伙。办公费可以不撒手；得花点饭钱。

"走哇，弟兄们，五福馆！"尤老二去穿灰哗叽夹袍。

老赵的倭瓜脸裂了纹，好似是熟透了。老刘五十多年制成的石头腮帮笑出两道缝。老王老褚也都复活了，仿佛是。大家的嗓子里全有了津液，找不着话说也舔舔嘴唇。

到了五福馆，大家确是自己朋友了，不客气；有的要水晶肘，有的要全家福，老刘甚至于想吃锅鸡，而且要双上。吃到半饱，大家觉得该研究了。老刘当然先发言，他的岁数顶大。石头腮帮上红起两块，他喝了口酒，夹了块肘子，吸了口烟。"稽察长！"他扫了大家一眼："烟土，暗门子，咱们都能手到擒来。那反——反什么？可得小心！咱们是干什么的？伤了义气，可合不着。不是一共才这么一小堆洋钱吗？"

尤老二被酒劲催开了胆量："不是这么说，刘大哥！李司令派咱们哥几个，就为拿反动派。反动派太多了，不赶紧下手，李司令就坐不稳；他吹了，还有咱们？"

"比如咱们下了手，"老赵的酒气随着烟喷出老远，"毙上几个，咱们有枪，难道人家就没有？还有一说呢，咱们能老吃这碗饭吗？这不是怕。"

"谁怕谁不是人养的！"老褚马上研究出来。

老赵接了过来："不是怕，也不是不帮李司令的忙。义气，这是义气！好尤二哥的话，你虽然帮过我们，公面私面你也比我们见的广，可是你没上过山。"

"我不懂？"尤老二眼看空中，冷笑了声。

"谁说你不懂来着？"葫芦嘴的王小四冒出一句来。

"是这么着，哥儿们，"尤老二想烹他们一下："捧我尤老二呢，交情，不捧呢，"又向空中一笑，"也没什么。"

"稽察长，"又是老刘，这小子的眼睛老瞪着："真干也行呀，可有一样，我们是伙计，你是头目；毒儿可全归到你身上去。自己朋友，歹话先说明白了。叫我们去掏人，那容易，没什么。"

尤老二胃中的海参全冰凉了。他就怕的是这个。伙计办下来的，他去报功；反动派要是请吃"黑枣"可也先请他！

但是他不能先害怕，事得走着瞧。吃"黑枣"不大舒服，可是报功得赏却有劲呢。尤老二混过这么些年了，哪宗事不是先下手的为强？要干就得玩真的！四十多了，不为自己，还不为儿子留下点什么？都像老刘们还行，顾脑袋不顾屁股，干一辈子黑活，连坟地都没有。尤老二是虚子，会研究，不能只听老刘的。他决定干。他得捧李司令。弄下几案来，说不定还会调到司令部去呢。出来也坐坐汽车什么的！尤老二不能老开着正步上任！

汤使人的胃与气一齐宽畅。三仙汤上来，大家缓和了许多。尤老二虽然还很坚决，可是话软和了些："伙计们，还得捧我尤老二呀，找没什么刺儿的弄吧——活该他倒霉，咱们多少露一手。你说，腰里带着硬的，净弄些个暗门子，算哪道呢？好啦！咱们就这么办，先找小的，不刺手的办，以后再说。办下来，咱们还是这儿，水晶肘还不坏，是不是？"

"秋天了，以后该吃红焖肘子了。"王小四不大说话，一说可就说到根上。

尤老二决定留王小四陪着他办公,其余的人全出去采访。不必开单子了,等他们踩访回来再作报告。是的,他得去买笔墨砚和洗脸盆。他自己去买,省得有偏有向。应当来个文书,可是忘了和李司令说。暂时先自己写吧,等办下案来再要求添文书;不要太心急,尤老二有根。二爷的儿子,听说,会写字,提拔他一下吧。将来添文书必用二爷的儿子,好啦,头一天上任,总算不含糊。

只顾在路上和王小四瞎扯,笔墨砚到底还是没有买。办公室简直不像办公室。可是也好:刷刷地写一气,只是心里这么想;字这种玩艺刷刷的来的时候,说真的,并不多;要写哪个,哪个偏偏不在家。没笔墨砚也好。办什么呢,可是?应当来份报纸,哪怕是看看广告的图呢。不能老和王小四瞎扯,虽然是老朋友,到底现在是官长与伙计,总得有个分寸。门口已经站过了,茶已喝足,月份牌已翻过了两遍。再没有事可干。盘算盘算家事,还有希望。薪水一百二,办公费八十——即使不能全数落下——每月一百五可靠。慢慢地得买所小房。妈的商二狗,跟张宗昌走了一趟,干落十万!没那个事了,没了。反动派还不就是他们么?哪能都像商二狗,资资本本地看着?谁不是钱到手就迷了头?就拿自己说吧,在税卡子上不是也弄了两三万吗?都哪儿去了?吃喝玩乐的惯了,再天天啃窝窝头?受不了,谁也受不了!是的,他们——凭良心说,连尤老二自己——都盼着张督办回来,当然的。妈的,丁三立一个人就存着两箱军用票呢!张要是回来,打开箱子,老丁马上是财主!拿反动派,说不下去,都是老朋友。可是月薪一百二,办公费八十,没法儿。得拿!妈的!脑袋掉了碗大的疤，谁能顾得了许多！各自奔前程，谁叫张大帅一时回不来呢。拿，毙几个！尤老二没上过山，多少跟他们不是一伙。

四点多了，老刘们都没回来。这三个家伙是真踩窝子去了，还是玩去了？得定个办公时间，四点半都得回来报告。假如他们干脆不回来，像什么公事？没他们是不行，有他们是个累赘，真他妈的。到五点可不能再等；八点上班，五点关门；伙计们可以随时出去，半夜里拿人是常有的事；长官可不能老伺候着。得告诉他们，不大好开口。有什么不好开口，尤老二你不是头目么？马上告诉王小四。王小四哼了一声。什么意思呢？

"五点了，"尤老二看了千佛山一眼，太阳光儿在山头上放着金丝，金光下的秋草还有点绿色。"老王你照应着，明儿八点见。"

王小四的葫芦嘴闭了个严。

第二天早晨，尤老二故意的晚去了半点钟，拿着点劲儿。万一他到了，而伙计们没来，岂不是又得为难？

伙计们却都到了，还是都低着头坐在板凳上吸烟呢。尤老二想揪过一个来揍一顿，一群死鬼！他进了门，他们照旧又都立起来，立起来的很慢，仿佛都害着脚气。尤老二反倒笑了；破口骂才合适，可是究竟不好意思。他得宽宏大量，谁叫轮到自己当头目人呢。他得拿出虚子劲儿，嘻嘻哈哈，满不在乎。

"嗨，老刘，有活儿吗？"多么自然，和气，够味儿；尤老二心中夸赞着自己的话。

"活儿有，"老刘瞪着眼，还是一脸的官司："没办。"

"怎么不办呢？"尤老二笑着。

"不用办，等会了他们自己来。"

"呕！"尤老二打算再笑，没笑出来。"你们呢？"他问老赵和老褚。

两人一齐摇了摇头。

"今天还出去吗？"老刘问。

"啊，等等，"尤老二进了里屋，"我想想看。"回头看了一眼，他们又都坐下了，眼看着烟头，一声不发，一群死鬼。

坐下，尤老二心里打开了鼓——他们自己来？不能细问老刘，硬输给他们，不能叫伙计小看了。什么意思呢，他们自己来？不能和老刘研究，等着就是了。还打发老刘们出去不呢？这得马上决定："嗨，老褚！你走你的，睁着点眼，听见没有？"他等着大家笑，大家一笑便是欣赏他的胆量与幽默；大家没笑。"老刘，你等等再走。他们不是找我来吗？咱俩得陪陪他们。都是老朋友。"他没往下分派，老王老赵还是不走好，人多好凑胆子。可是他们要出去呢，也不便拦阻；干这行儿还能不要玄虚么？等他们问上来再讲。老王老赵都没出声，还算好。"他们来几个？"话到嘴边上又咽了回去。反正尤老二这儿有三个伙计呢，全有硬家伙。他们要是来一群呢，那只好闭眼，走到哪儿说哪儿！

还没报纸！哪像办公的样！况且长官得等着反动派，太难了。给司令部个电话，派一队来，来一个拿一个，全毙！不行，别太急了，看看再讲。九点半了，"嗨，老刘，什么时候来呀？"

"也快，稽察长！"老刘这小子有点故意的看哈哈笑。

"报！叫卖报的！"尤老二非看报不可了。

买了份大早报,尤老二找本地新闻,出着声儿念。非当当的念,念不上句来。他妈的女招待的姓别扭,不认识。别扭!当当,软一下,女招待的姓!

"稽察长!他们来了。"老刘特别地规矩。

尤老二不慌,放下姓别扭的女招待,轻轻的:"进来!"摸了摸腰中的家伙。

进来了一串。为首的是大个儿杨;紧跟着花眉毛,也是傻大个儿;猴四被俩大个子夹在中间,特别显着小;马六,曹大嘴,白张飞,都跟进来。

"尤老二!"大家一齐叫了声。

尤老二得承认他认识这一群,站起来笑着。

大家都说话,话便挤到了一处。嚷嚷了半天,全忘记了自己说的是什么。

"杨大个儿,你一个人说;嗨,听大个儿说!"大家的意见渐归一致,彼此劝告:"听大个儿的!"

杨大个儿——或是大个儿杨,全是一样的——拧了拧眉毛,弯下点腰,手按在桌上,嘴几乎顶住尤老二的鼻子:"尤老二,我们给你来贺喜!"

"听着!"白张飞给猴四背上一拳。

"贺喜可是贺喜,你得请请我们。按说我们得请你,可是哥儿们这几天都短这个,"食指和拇指成了圈形。"所以呀,你得请我们。"

"好哥儿们的话啦,"尤老二接了过去。

"尤老二，"大个儿杨又接回去。"倒用不着你下帖，请吃馆子，用不着。我们要这个，"食指和拇指成了圈形。"你请我们坐车就结了。"

"请坐车？"尤老二问。

"请坐车！"大个儿有心事似的点点头。"你看，尤老二，你既然管了地面，我们弟兄还能作活儿吗？都是朋友。你来，我们滚。你来，我们滚；咱们不能抓破了脸。你作你的官，我们上我们的山。路费，你的事。好说好散，日后咱们还见面呢。"大个儿杨回头问大家："是这么说不是？"

"对，就是这几句；听尤老二的了！"猴四把话先抢到。

尤老二没想到过这个。事情容易，没想到能这么容易。可是，谁也没想到能这么难。现在这群是六个，都请坐车；再来六十个，六百个呢，也都请坐车？再说，李司令是叫抓他们；若是都送车费，好话说着，一位一位地送走，算什么办法呢？钱从哪儿来呢？这大概不能向李司令要吧？就凭自己的一百二薪水，八十块办公费，送大家走？可是说回来，这群家伙确是讲面子，一声难听的没有："你来，我们滚。"多么干脆，多么自己。事情又真容易，假如有人肯出钱的话。他笑着，让大家喝水，心中拿不定主意。他不敢得罪他们，他们会说好的，也有真厉害的。他们说滚，必定滚；可是，不给钱可滚不了。他的八十块办公费要连根烂。他还得装作愿意拿的样子，他们不吃硬的。

"得多少？朋友们！"他满不在乎似的问。

"一人十拉块钱吧。"大个儿杨代表大家回答。

"就是个车钱，到山上就好办了。"猴四补充上。

"今天后晌就走,朋友,说到哪儿办到哪儿!"曹大嘴说。

尤老二不能脆快,一人十块就是六十呀!八十办公费,去了四分之三!

"尤老二,"白张飞有点不耐烦,"干脆拍出六十块来,咱们再见。有我没你,有你没我们,这不痛快?你拿钱,我们滚。你不——不用说了,咱们心照。好汉不必费话,三言两语。尤二哥,咱老张手背向下,和你讨个车钱!"

"好了,我们哥儿们全手背朝下了,日后再补付,哥儿们不是一天半天的交情!"杨大个儿领头,大家随着;虽然词句不大一样,意思可是相同。

尤老二不能再说别的了,从"腰里硬"里掏出皮夹来,点了六张十块的:"哥儿们!"他没笑出来。

杨大个儿们一齐叫了声"哥儿们"。猴四把票子卷巴卷巴塞在腰里:"再见了,哥儿们!"大家走出来,和老刘们点了头。"多咱山上见哪!"老刘们都笑了笑,送出门外。

尤老二心里难过得发空。早知道,调兵把六个家伙全扣住!可是,也许这么善办更好;日后还要见面呀。六十块可出去了呢;假如再来这么几档儿,连一百二的薪水赔上也不够!作哪道稽察长呢?稽察长叫反动派给炸了酱,哑巴吃黄连,有苦说不出!老刘是好意呢,还是玩坏?得问问他!不拿土匪,而把土匪叫来,什么官事呢?还不能跟老刘太紧了,他也会上山。不用他还不行呢;得罪了谁也不成,这年头。假若自己一上任就带几个生手,哼,还许登时就吃了"黑枣儿";六十块钱买条命,前后一核算，也还值得。尤老二没办法，过去的不用再提，就怕明天又来一群要路费的！不能对老刘们说这个，自己得笑，得让他们看清楚：尤老二对朋友不含糊，六十就六十，一百就一百，不含糊；可是六十就六十，一百就一百，自己吃什么呢，稽察长喝西北风，那才有根！

尤老二又拿起报纸来，没劲！什么都没劲，六十块这么窝窝囊囊地出去，真没劲。看重了命，就得看不起自己；命好像不是自己的，得用钱买，他妈的！总得佩服猴四们，真敢来和稽察长要路费！就不怕登时被捉吗？竟自不怕，邪！丢人的是尤老二，不用说拿他们呀，连句硬张话都没敢说，好泄气！以后再说，再不能这么软！为当稽察长把自己弄软了，那才合不着。稽察长就得拿人，没第二句话！女招待的姓真别扭。老褚回来了。

老褚反正得进来报告，稽察长还能赶上去问么！老褚和老赵聊上天了；等着，看他进来不；土匪们，没有道理可讲。

老褚进来了；"尤——稽察长！报告！城北窝着一群朋——啊，什么来着？动——动子！去看看？"

"在哪儿？"尤老二不能再怕；六十块已被敲出去，以后命就是命了，太爷哪儿也敢去。

"湖边上，"老褚知道地方。

"带家伙，老褚，走！"尤老二不含糊。堵窝儿掏！不用打算再叫稽察长出路费。

"就咱俩去？"老褚真会激人哪。

"告诉我地方，自己去也行，什么话呢！"尤老二拼了，大玩命，他们也不晓得稽察长多钱一斤。好吗,净开路费,一案办不下来,怎么对李司令呢?一百二的薪水!

老褚没言语,灌了碗茶,预备着走的样儿。尤老二带理不理地走出来,老褚后面跟着。尤老二觉得顺了点气,也硬起点胆子来。说真的,到底俩人比一个挡事的多,遇到事多少可以研究研究。

湖边上有个鼻子眼大小的胡同,里边会有个小店。尤老二的地面多熟,竟自会不知道这家小店。看着就像贼窝!忘了多带伙计!尤老二,他叫着自己,白闯练了这么多年,还是气浮哇!怎么不多带人呢?为什么和伙计们斗气呢?

可是,既来之则安之,走哇。也得给伙计们露一手瞧瞧,咱尤老二没住过山哪,也不含糊!咱要是掏出那么一个半个的来,再说话可就灵验多了。看运气吧;也许是玩完,谁知道呢。"老褚,你堵门是我堵门?"

"这不是他们?"老褚往门里一指,"用不着堵,谁也不想跑。"

又是活局子!对,他们讲义气,他妈的。尤老二往门里打了一眼,几个家伙全在小过道里坐着呢。花蝴蝶,鼻子六儿,宋占魁,小得胜,还有俩不认识的;完了,又是熟人!

"进来,尤老二,我们连给你贺喜都不敢去,来吧,看看我们这群。过来见见,张狗子,徐元宝。尤老二。老朋友,自己弟兄。"大家东一句西一句,扯的非常亲热。

"坐下吧,尤老二,"小得胜——爸爸老得胜刚在河南正了法——特别的客气。

尤老二恨自己,怎么找不到话说呢?倒是老褚漂亮:"弟兄们,稽察长亲自来了，有话就说吧。"

稽察长笑着点了点头。

"那么，咱们就说干脆的，"鼻子六儿扯了过来："宋大哥，带尤二哥看看吧！"

"尤二哥，这边！"宋占魁用大拇指往肩后一挑，进了间小屋。

尤老二跟过去，准没危险，他看出来。要玩命都玩不成；别扭不别扭？小屋里漆黑，地上潮得出味儿，靠墙有个小床，铺着点草。宋占魁把床拉出来，蹲在屋角，把湿渌渌的砖起了两三块，掏出几杆小家伙来，全扔在了床上。

"就是这一堆！"宋占魁笑了笑，在襟上擦擦手："风太紧，带着这个，我们连火车也上不去！弟兄们就算困在这儿了。老褚来，我们才知道你上去了。我们可就有了办法。这一堆交给你，你给点车钱，叫老褚送我们上火车。行也得行，不行也得行，弟兄们求到你这儿了！"

尤老二要吐！潮气直钻脑子。他捂上了鼻子。"交给我算怎么回事呢？"他退到屋门那溜儿。"我不能给你们看着家伙！"

"可我们带不了走呢，太紧！"宋占魁非常的恳切。

"我拿去也可以，可是得报官；拿不着人，报点家伙也是好的！也得给我想想啊，是不是？"尤老二自己听着自己的话都生气，太软了，尤老二！

"尤老二，你随便吧！"

尤老二本希望说僵了哇。

"随便吧，尤老二你知道，干我们这行的但分有法，能扔家伙不能?

你怎办怎好。我们只求马上跑出去。没有你,我们走不了;叫老褚送我们上车。"

土匪对稽察长下了命令,自己弟兄!尤老二没的可说,没主意,没劲。主意有哇,用不上!身分是有哇,用不上!他显露了原形,直抓头皮。拿了家伙敢报官吗?况且,敢不拿着吗?嘿,送了车费,临完得给他们看家伙,哪道公事呢?尤老二只有一条路:不拿那些家伙,也不送车钱,随他们去。可是,敢吗?下手拿他们,更不用想。湖岸上随时可以扔下一个半个的死尸;尤老二不愿意来个水葬。

"尤老二,"宋大哥非常的诚恳,"狗养的不知道你为难;我们可也真没法。家伙你收着,给我们俩钱。后话不说,心照!"

"要多少?"尤老二笑得真伤心。

"六六三十六,多要一块是杂种!三十六块大洋!"

"家伙我可不管。"

"随便,反正我们带不了走。空身走,捉住不过是半年;带着硬的,不吃'黑枣'也差不多!实话!怕不怕,咱们自己哥儿们用不着吹腾;该小心也得小心。好了,二哥,三十六块,后会有期!"宋大哥伸了手。

三十六块过了手,稽察长没办法。"老褚,这些家伙怎办?"

"拿回去再说吧。"老褚很有根。

"老褚,"他们叫,"送我们上车!"

"尤二哥,"他们很客气,"谢谢啦!"

尤二哥只落了个"谢谢"。把家伙全拢起来,没法拿。只好和老褚分着插在腰间。多威武,一腰的家伙。想开枪都不行,人家完全信任尤二哥，就那么交出枪来，人家想不到尤二哥也许会翻脸不认人。尤老二连想拿他们也不想了，他们有根，得佩服他们！八十块办公费以外，又赔出十六块去！尤老二没办法。一百二的薪水也保不住，大概！

尤老二的午饭吃得不香，倒喝了两盅窝心酒。什么也不用说了，自己没本事！对不起李司令，尤老二不是不顾脸的人。看吧，再有这么一档子，只好辞职，他心里研究着。多么难堪，辞职！这年头哪里去找一百二的事？再找李司令，万难。拿不了匪，倒叫匪给拿了，多么大的笑话！人家上了山以后，管保还笑着俺尤老二。尤老二整个是个笑话！越想越懊心。

只好先办烟土吧。烟土算反动不算呢？算，也没劲哪！反正不能辞职，先办办烟土也好。尤老二决定了政策。不再提反动。过些日子再说。老刘们办烟土是有把握的。

一个星期里，办下几件烟土来。李司令可是嘱咐办反动派！他不能催伙计们，办公费而外已经贴出十六块了。

是个星期一吧，伙计们都出去踩烟土，（烟土！）进了个傻大黑粗的家伙，大摇大摆的。

"尤老二！"黑脸上笑着。

"谁？钱五！你好大胆子！"

"有尤二哥在这儿，我怕谁！"钱五坐下了；"给根烟吃吃。"

"干吗来了？"尤老二摸了摸腰里——又是路费！

"来？一来贺喜，二来道谢！他们全到了山上，很念你的好处！真的！"

"呕？他们并没笑话我！"尤老二心里说。

"二哥！"钱五掏出一卷票子来："不说什么了，不能叫你赔钱。弟兄们全到了山上，永远念你的好处。"

"这——"尤老二必须客气一下。

"别说什么，二哥，收下吧！宋大哥的家伙呢？"

"我是管看家伙的？"尤老二没敢说出来。"老褚手里呢。"

"好啦，二哥，我和老褚去要。"

"你从山上来？"尤老二觉得该闲扯了。

"从山上来，来劝你别往下干了。"钱五很诚恳。

"叫我辞职？"

"就是！你算是我们的人也好，不算也好。论事说，有你没我们，有我们没你，论人说，你待弟兄们好，我们也待你好。你不用再干了。话说到这儿为止。我在山上有三百多人，可是我亲自来了，朋友吗！我叫你不干，你顶好就不干。明白人不用多费话。我走了，二哥。告诉老褚我在湖边小店里等他。"

"再告诉我一句，"尤老二立起来，"我不干了，朋友们怎想？"

"没人笑话你！怕笑，二哥？好了，再见！"

稽察长换了人，过了两三天吧。尤老二，胖胖的，常在街上留着，有时候也看千佛山一眼。

牺 牲

言语是奇怪的东西。拿差别说，几乎每一个人都有些特殊的词汇。只有某人才用某几个字，用法完全是他自己的；除非你明白这整个的人，你决不能了解这几个字。

我认识毛先生还是三年前的事。我们俩初次见面的光景，我还记得很清楚，因为我不懂他的话，所以十分注意地听他自己解释，因而附带地也记住了当时的情形。我不懂他的话，可不是因为他不会说国语。他的国语就是经国语推行委员会考试也得公公道道的给八十分。我听得很清楚。但是不明白，假如他用他自己的话写一篇小说，极精美的印出来，我一定是不明白，除非每句都有他自己的注解。

那正是个晴美的秋天，树叶刚有些黄的；蝴蝶们还和不少的秋花游戏着。这是那种特别的天气：在屋里吧，作不下工去，外边好像有点什么向你招手；出来吧，也并没什么一定可作的事：使人觉得工作可惜，不工作也可惜。我就正这么进退两难，看看窗外的天光，我想飞到那蓝色的空中去；继而一想，飞到那里又干什么呢？立起来，又坐下，好多次了，正像外边的小蝴蝶那样飞起去又落下来。秋光把人与蝶都支使得不知怎样好了。

最后，我决定出去看个朋友，仿佛看朋友到底像回事，而可以原谅自己似的。来到街上，我还没有决定去找哪个朋友。天气给了我个建议。这样晴爽的天,当然是到空旷地方去,我便想到光惠大学去找老梅,因为大学既在城外,又有很大的校园。

从楼下我就知道老梅是在屋里呢:他屋子的窗户都开着,窗台上还晒着两条雪白的手巾。我喊了他一声,他登时探出头来,头发在阳光下闪出个白圈儿似的。他招呼我上去,我便连蹦带跳地上了楼。不仅是他的屋子,楼上各处的门与窗都开着呢,一块块的阳光印在地板上,使人觉得非常的痛快。老梅在门口迎接我。他蹋拉着鞋片,穿着短衣,看着很自在;我想他大概是没有功课。

"好天气?!"我们俩不约而同的问出来,同时也都带出赞美的意思。

屋里敢情还另有一位人呢,我不认识。

老梅的手在我与那位的中间一拉线,我们立刻郑重地带出笑容,而后彼此点头,牙都露出点来,预备问"贵姓"。可是老梅都替我们说了:"——君;毛博士。"我们又彼此嗞了嗞牙。我坐在老梅的床上;毛博士背着窗,斜向屋门立着;老梅反倒坐在把椅子上;不是他们俩很熟,就是老梅不大敬重这位博士,我想。

一边和老梅闲扯,我一边端详这位博士。这个人有点特别。他"全份武装"地穿着洋服,该怎样的就全怎样,例如手绢是在胸袋里掖着,领带上别着个针,表链在背心的下部横着,皮鞋尖擦得很亮等等。可是衣裳至少也像穿过三年的,鞋底厚得不很自然,显然是曾经换过掌儿。他不是"穿"洋服呢,倒好像是为谁许下了愿,发誓洋装三年似的;手绢必放在这儿，领带的针必别在那儿，都是一种责任，一种宗教上的条律。他不使人觉到穿西服的洋味儿，而令人联想到孝子扶杖披麻的那股勉强劲儿。

他的脸斜对着屋门，原来门旁的墙上有一面不小的镜子，他是照镜子玩呢。他的脸是两头翘，中间洼，像个元宝筐儿，鼻子好像是睡摇篮呢。眼睛因地势的关系——在元宝翅的溜坡上——也显着很深，像两个小圆槽，槽底上有点黑水；下巴往起翘着，因而下齿特别的向外，仿佛老和上齿顶得你出不来我进不去的。

他的身量不高，身上不算胖，也说不上瘦，恰好支得起那身责任洋服，可又不怎么带劲。脖子上安着那个元宝脑袋，脑袋上很负责地长着一大堆黑头发，过度负责地梳得光滑。

他照着镜子，照得有来有去的，似乎很能欣赏他自己的美好。可是我看他特别。他是背着阳光，所以脸的中部有点黑暗，因为那块十分的低洼。一看这点洼而暗的地方，我就赶紧向窗外看看，生怕是忽然阴了天。这位博士把那么晴好的天气都带累得使人怀疑它了。这个人别扭。

他似乎没心听我们俩说什么，同时他又舍不得走开；非常地无聊，因为无聊所以特别注意他自己。他让我想到：这个人的穿洋服与生活着都是一种责任。

我不记得我们是正说什么呢，他忽然转过脸来，低洼的眼睛闭上了一小会儿，仿佛向心里找点什么。及至眼又睁开，他的嘴刚要笑就又改变了计划，改为微声叹了口气，大概是表示他并没在心中找到什么。他的心里也许完全是空的。

"怎样，博士？"老梅的口气带出来他确是对博士有点不敬重。

博士似乎没感觉到这个。利用叹气的方便，他吹了一口："噗！"仿佛天气很热似的。"牺牲太大了！"他说，把身子放在把椅子上，脚伸出很远去。

"哈佛的博士，受这个洋罪，哎？"老梅一定是拿博士开心呢。

"真哪！"博士的语声差不多是颤着："真哪！一个人不该受这个罪！没有女朋友，没有电影看，"他停了会儿，好像再也想不起他还需要什么——使我当时很纳闷，于是总而言之来了一句："什么也没有！"幸而他的眼是那样洼，不然一定早已落下泪来；他千真万确地是很难过。

"要是在美国？"老梅又帮了一句腔。

"真哪！哪怕是在上海呢：电影是好的，女朋友是多的，"他又止住了。

除了女人和电影，大概他心里没什么了。我想。我试了他一句："毛博士，北方的大戏好啊，倒可以看看。"

他楞了半天才回答出来："听外国朋友说，中国戏野蛮！"

我们都没了话。我有点坐不住了。待了半天，我建议去洗澡；城里新开了一家澡堂，据说设备得很不错。我本是约老梅去，但不能不招呼毛博士一声，他既是在这儿，况且又那么寂寞。

博士摇了摇头："危险哪！"

我又胡涂了；一向在外边洗澡，还没淹死我一回呢。

"女人按摩！澡盆里多么脏！"他似乎很害怕。

明白了：他心中除了美国，只有上海。

"此地与上海不同，"我给他解释了这么些。

"可是中国还有哪里比上海更文明？"他这回居然笑了，笑得很不顺眼——嘴差点碰到脑门，鼻子完全陷进去。

"可是上海又比不了美国？"老梅是有点故意开玩笑。

"真哪！"博士又郑重起来："美国家家有澡盆，美国的旅馆间间房子有澡盆！要洗，哗——一放水：凉的热的，随意对；要换一盆，哗——把陈水放了，从新换一盆，哗——"他一气说完，每个"哗"字都带着些吐沫星，好像他的嘴就是美国的自来水龙头。最后他找补了一小句："中国人脏得很！"

老梅乘博士"哗哗"的工夫，已把袍子、鞋，穿好。

博士先走出去，说了一声，"再见哪"。说得非常地难听，好像心里满蓄着眼泪似的。他是舍不得我们，他真寂寞；可是他又不能上"中国"澡堂去，无论是多么干净！

等到我们下了楼，走到院中，我看见博士在一个楼窗里面望着我们呢。阳光斜射在他的头上，鼻子的影儿给脸上印了一小块黑；他的上身前后地微动，那个小黑块也忽长忽短地动。我们快走到校门了，我回了回头，他还在那儿立着；独自和阳光反抗呢，仿佛是。

在路上，和在澡堂里，老梅有几次要提说毛博士，我都没接碴儿。他对博士有点不敬，我不愿意被他的意见给我对那个人的印象染上什么颜色，虽然毛博士给我的印象并不甚好。我还不大明白他，我只觉得他像个半生不熟的什么东西——他既不是上海的小流氓，也不是在美国长大的：不完全像中国人，也不完全像外国人。他好像是没有根儿。我的观察不见得正确，可是不希望老梅来帮忙；我愿自己看清楚了他。在一方面，我觉得他别扭；在另一方面，我觉得他很有趣——不是值得交往，是"龙生九种，种种各别"的那种有趣。

不久，我就得到了个机会。老梅托我给代课。老梅是这么个人：谁也不知道他怎样布置的，每学期中他总得请上至少两三个礼拜的假。这一回是，据他说，因为他的大侄子被疯狗咬了，非回家几天不可。

老梅把钥匙交给了我，我虽不在他那儿睡，可是在那里休息和预备功课。

过了两天，我觉出来，我并不能在那儿休息和预备功课。只要我一到那儿，毛博士就像毛儿似的飞了来。这个人寂寞。有时候他的眼角还带着点泪，仿佛是正在屋里哭，听见我到了，赶紧跑过来，连泪也没顾得擦。因此，我老给他个笑脸，虽然他不叫我安安顿顿地休息会儿。

虽然是菊花时节了，可是北方的秋晴还不至于使健康的人长吁短叹地悲秋。毛博士可还是那么忧郁。我一看见他，就得望望天色。他仿佛会自己制造一种苦雨凄风的境界，能把屋里的阳光给赶了出去。

几天的工夫，我稍微明白些他的言语了。他有这个好处：他能满不理会别人怎么向他发楞。谁爱发楞谁发楞，他说他的。他不管言语本是要彼此传达心意的；跟他谈话，我得设想着：我是个留声机，他也是个留声机；说就是了，不用管谁明白谁不明白。怪不得老梅拿博士开玩笑呢，谁能和个留声机推心置腹的交朋友呢?

不管他怎样吧,我总想治治他的寂苦;年青青的不该这样。

我自然不敢再提洗澡与听戏。出去走走总该行了。

"怎能一个人走呢?真!"博士又叹了口气。

"一个人怎就不能走呢?"我问。

"你总得享受享受吧?"他反攻了。

"啊!"我敢起誓,我没这么胡涂过。

"一个人去走!"他的眼睛,虽然那么洼,冒出些火来。

"我陪着你,那么?"

"你又不是女人,"他叹了口长气。

我这才明白过来。

过了半天,他又找补了一句:"中国人太脏,街上也没法走。"

此路不通,我又转了弯。"找朋友吃小馆去,打网球去;或是独自看点小说,练练字……"我把销磨光阴的办法提出一大堆;有他那套责任洋服在面前,我不敢提那些更有意义的事儿

他的回答倒还一致,一句话抄百宗:没有女人,什么也不能干。

"那么,找女人去好啦!"我看准阵式,总攻击了。"那不是什么难事。"

"可是牺牲又太大了!"他又放了胡涂炮。

"嗯?"也好,我倒有机会练习眨巴眼了;他算把我引入了迷魂阵。

"你得给她买东西吧?你得请她看电影,吃饭吧?"他好像是审我

呢。

我心里说："我管你呢！"

"当然得买，当然得请。这是美国规矩，必定要这样。可是中国人穷啊；我，哈佛的博士，才一个月拿二百块洋钱——我得要求加薪！——哪里省得出这一笔费用？"他显然是说开了头，我很注意地听。"要是花了这么一笔钱，就顺当地订婚、结婚，也倒好喽，虽然订婚要花许多钱，还能不买俩金戒指么？金价这么贵！结婚要花许多钱，蜜月必须到别处玩去，美国的规矩。家中也得安置一下：钢丝床是必要的，洋澡盆是必要的，沙发是必要的，钢琴是必要的，地毯是必要的。哎，中国地毯还好，连美国人也喜爱它！这得用几多钱？这还是顺当的话，假如你花了许多钱买东西，请看电影，她不要你呢？钱不是空花了？美国常有这种事呀，可是美国人富哇。拿哈佛说，男女的交际，单讲吃冰激凌的钱，中国人也花不起！你看——"

我等了半天，他也没有往下说，大概是把话头忘了；也许是被"中国"气迷糊了。

我对这个人没办法。他只好苦闷他的吧。

在老梅回来以前，我天天听到些美国的规矩，与中国的野蛮。还就是上海好一些，不幸上海还有许多中国人，这就把上海的地位低降了一大些。对于上海，他有点害怕：野鸡、强盗、杀人放火的事，什么危险都有，都是因为有中国人——而不是因为有租界。他眼中的中国人，完全和美国电影中的一样。"你必须用美国的精神作事，必须用美国人的眼光看事呀！"他谈到高兴的时候——还算好，他能因为谈讲美国而偶尔地笑一笑——老这样嘱咐我。什么是美国精神呢？他不能简单地告诉我。他得慢慢地讲述事实，例如家中必须有澡盆，出门必坐汽车，到处有电影园，男人都有女朋友，冬天屋里的温度在七十以上，女人们好看，客厅必有地毯……我把这些事都串在一处，还是不大明白美国精神。

老梅回来了，我觉得有点失望：我很希望能一气明白了毛博士，可是老梅一回来，我不能天天见他了。这也不能怨老梅。本来吗，咬他的侄子的狗并不是疯的，他还能不回来吗？

把功课教到哪里交待明白了，我约老梅去吃饭。就手儿请上毛博士。我要看看到底他是不能享受"中国"式的交际呢，还是他舍不得钱。

他不去。可是善意地辞谢："我们年青的人应当省点钱，何必出去吃饭呢，我们将来必须有个小家庭，像美国那样的。钢丝床、澡盆、电炉，"说到这儿，他似乎看出一个理想的小乐园：一对儿现代的亚当夏娃在电灯下低语。"沙发，两人读着《结婚的爱》，那是真正的快乐，真哪！现在得省着点……"

我没等他说完，扯着他就走。对于不肯花钱，是他有他的计划与目的，假如他的话是可信的；好了，我看看他享受一顿可口的饭不享受。

到了饭馆，我才明白了，他真不能享受！他不点菜，他不懂中国菜。"美国也有很多中国饭铺，真哪。可是，中国菜到底是不卫生的。上海好，吃西餐是方便的。约上女朋友吃吃西餐，倒那个！"

我真有心告诉他，把他的姓改为"毛尔"或"毛利司"，岂不很那个？可是没好意思。我和老梅要了菜。

菜来了，毛博士吃得确不带劲。他的洼脸上好像要滴下水来，时时的向着桌上发楞。老梅又开玩笑了：

"要是有两三个女朋友，博士？"

博士忽然地醒过来："一男一女；人多了是不行的。真哪。在自己的小家庭里，两个人炖一只鸡吃吃，真惬意！"

"也永远不请客？"老梅是能板着脸装傻的。

"美国人不像中国人这样乱交朋友，中国人太好交朋友了，太不懂爱惜时间，不行的！"毛博士指着脸子教训老梅。

我和老梅都没挂气；这位博士确是真诚，他真不喜欢中国人的一切——除了地毯。他生在中国，最大的牺牲，可是没法儿改善。他只能厌恶中国人，而想用全力组织个美国式的小家庭，给生命与中国增点光。自然，我不能相信美国精神就像是他所形容的那样，但是他所看见的那些，他都虔诚地信奉，澡盆和沙发是他的神。我也想到，设若他在美国就像他在中国这样，大概他也是没看见什么。可是他的确看见了美国的电影园，的确看见了中国人不干净，那就没法办了。

因此，我更对他注意了。我决不会治好他的苦闷，也不想分这份神了。我要看清楚他到底是怎回事。

虽然不给老梅代课了，可还不断找他去，因此也常常看到毛博士。有时候老梅不在，我便到毛博士屋里坐坐。

博士的屋里没有多少东西。一张小床，旁边放着一大一小两个铁箱。

一张小桌，铺着雪白的桌布，摆着点文具，都是美国货。两把椅子，一张为坐人，一张永远坐着架打字机。另有一张摇椅，放着个为卖给洋人的团龙绣枕。他没事儿便在这张椅上摇，大概是想把光阴摇得无可奈何了，也许能快一点使他达到那个目的。窗台上放着几本洋书。墙上有一面哈佛的班旗，几张在美国照的像片。屋里最带中国味的东西便是毛博士自己，虽然他也许不愿这么承认。

到他屋里去过不是一次了，始终没看见他摆过一盆鲜花，或是贴上一张风景画或照片。有时候他在校园里偷折一朵小花，那只为插在他的洋服上。这个人的理想完全是在创造一个人为的，美国式的，暖洁的小家庭。我可以想到，设若这个理想的小家庭有朝一日实现了，他必定放着窗帘，就是外面的天色变成紫的，或是太阳从西边出来，他也没那么大工夫去看一眼。大概除了他自己与他那点美国精神，宇宙一切并不存在。

在事实上也证明了这个。我们的谈话限于金钱、洋服、女人、结婚、美国电影。有时候我提到政治，社会的情形，文艺，和其他的我偶尔想起或哄动一时的事，他都不接碴儿。不过，设若这些事与美国有关系，他还肯敷衍几句，可是他另有个说法。比如谈到美国政治，他便告诉我一件事实：美国某议员结婚的时候，新夫妇怎样的坐着汽车到某礼拜堂，有多少巡警去维持秩序，因为教堂外观者如山如海！对别的事也是如此，他心目中的政治、美术、和无论什么，都是结婚与中产阶级文化的光华方面的附属物。至于中国，中国还有政治、艺术、社会问题等等？他最恨中国电影；中国电影不好，当然其他的一切也不好。对中国电影最不满意的地方便是男女不搂紧了热吻。

几年的哈佛生活，使他得到那点美国精神，这我明白。我不明白的是：难道他不是生在中国？他的家庭不是中国的？他没在中国——在上美国以前——至少活了二十来岁？为什么这样不明白不关心中国呢？

我试探多少次了，他的家中情形如何，求学与作事的经验……哼！他的嘴比石头子儿还结实！这就奇怪了，他永远赶着别人来闲扯，可是他又不肯说自己的事！

和他交往快一年了，我似乎看出点来：这位博士并不像我所想的那么简单。即使他是简单，他的简单必是另一种。他必是有一种什么宗教性的戒律，使他简单而又深密。

他既不放松了嘴，我只好从新估定他的外表了。每逢我问到他个人的事，我留神看他的脸。他不回答我的问题，可是他的脸并没完全闲着。他一定不是个坏人，他的脸出卖了他自己。他的深密没能完全胜过他的简单，可是他必须要深密。或者这就是毛博士之所以为毛博士了；要不然，还有什么活头呢。人必须有点什么抓得住自己的东西。有的人把这点东西永远放在嘴边上，有的人把它永远埋在心里头。办法不同，立意是一个样的。毛博士想把自己拴在自己的心上。他的美国精神与理想的小家庭是挂在嘴边上的，可是在这后面，必是在这"后面"才有真的他。

他的脸，在我试问他的时候，好像特别的洼了。从那最洼的地方发出一点黑晦，慢慢地布满了全脸，像片雾影。他的眼，本来就低深不易看到，此时便更往深处去了，仿佛要完全藏起去。他那些彼此永远挤着的牙轻轻咬那么几下，耳根有点动，似乎是把心中的事严严地关住，唯恐走了一点风。然后，他的眼忽然发出些光，脸上那层黑影渐渐地卷起，都卷入头发里去。"真哪！"他不定说什么呢，与我所问的没有万分之一的关系。他胜利了，过了半天还用眼角撩我几下。

只设想他一生下来便是美国博士，虽然是简截的办法，但是太不成话。问是问不出来，只好等着吧。反正他不能老在那张椅上摇着玩，而一点别的不干。

光阴会把人事筛出来。果然，我等到一件事。

快到暑假了，我找老梅去。见着老梅，我当然希望也见到那位苦闷的象征。可是博士并没露面。

我向外边一歪头，"那位呢？"

"一个多星期没露面了，"老梅说。

"怎么了？"

"据别人说，他要辞职，我也知道的不多，"老梅笑了笑，"你晓得，他不和别人谈私事。"

"别人都怎说来？"我确是很热心的打听。

"他们说，他和学校订了三年的合同。"

"你是几年？"

"我们都没合同，学校只给我们一年的聘书。

"怎么单单他有呢？"

"美国精神，不订合同他不干。"

整像毛博士!

老梅接着说:"他们说,他的合同是中英文各一份,虽然学校是中国人办的。博士大概对中国文字不十分信任。他们说,合同订得是三年之内两方面谁也不能辞谁,不得要求加薪,也不准减薪。双方签字,美国精神。可是,干了一年——这不是快到暑假了吗——他要求加薪,不然,他暑假后就不来了。"

"呕,"我的脑子转了个圈。"合同呢?"

"立合同的时候是美国精神,不守合同的时候便是中国精神了。"老梅的嘴往往失于刻薄。

可是他这句话暗示出不少有意思的意思来。老梅也许是顺口地这么一说,可是正说到我的心坎上。"学校呢?"我问。

"据他们说,学校拒绝了他的请求;当然,有合同嘛。"

"他呢?"

"谁知道!他自己的事不对别人讲。就是跟学校有什么交涉,他也永远是写信,他有打字机。"

"学校不给他增薪,他能不干了吗?"

"没告诉你吗,没人知道!"老梅似乎有点看不起我。"他不干,是他自己失了信用;可是我准知道,学校也不会拿着合同跟他打官司,谁有工夫闹闲气。"

"你也不知道他要求增薪的理由?呕,我是胡涂虫!"我自动地撤销这一句,可是又从另一方面提出一句来:"似乎应当有人去劝劝他!"

"你去吧;没我!"老梅又笑了。"请他吃饭,不吃;喝酒,不喝;问他什么,不说;他要说的,别人听着没味儿;这么个人,谁有法儿像个朋友似的去劝告呢?"

"你可也不能说,这位先生不是很有趣的?"

"那要凭怎么看了。病理学家看疯人都很有趣。"

老梅的语气不对,我听着。想了想,我问他:"老梅,博士得罪了你吧?我知道你一向对他不敬,可是——"

他笑了。"耳朵还不离,有你的!近来真有点讨厌他了。一天到晚,女人女人女人,谁那么爱听!"

"这还不是真正的原因,"我又给了他一句。我深知道老梅的为人:他不轻易佩服谁;可是谁要是真得罪了他,他也不轻易的对别人讲论。原先他对博士不敬,并无多少含意,所以倒肯随便的谈论;此刻,博士必是真得罪了他,他所以不愿说了。不过,经我这么一问,他也没了办法。

"告诉你吧,"他很勉强地一笑:"有一天,博士问我,梅先生,你也是教授?我就说了,学校这么请的我,我也没法。可是,他说,你并不是美国的博士?我说,我不是;美国博士值几个子儿一枚?我问他。他没说什么,可是脸完全绿了。这还不要紧,从那天起,他好像死记上了我。他甚至写信质问校长:梅先生没有博士学位,怎么和有博士学位的——而且是美国的——挣一样多的薪水呢?我不晓得他从哪里探问出我的薪金数目。"

"校长也不好,不应当让你看那封信。"

"校长才不那么胡涂；博士把那封信也给了我一封，没签名。他大概是不屑与我为伍。"老梅笑得更不自然了。青年都是自傲的。

"哼，这还许就是他要求加薪的理由呢！"我这么猜。

"不知道。咱们说点别的？"

辞别了老梅，我打算在暑假放学之前至少见博士一面，也许能够打听出点什么来。凑巧，我在街上遇见了他。他走得很急。眉毛拧着，脸洼得像个羹匙。不像是走道呢，他似乎是想把一肚子怨气赶出去。

"哪儿去，博士？"我叫住了他。

"上邮局去，"他说，掏出手绢——不是胸袋掖着的那块——擦了擦汗。

"快暑假了，到哪里去休息？"

"真哪！听说青岛很好玩，像外国。也许去玩玩。不过——"

我准知道他要说什么，所以没等"不过"的下回分解说出来，便又问；"暑假后还回来吗？"

"不一定。"或者因为我问得太急，所以他稍微说走了嘴：不一定自然含有不回来的意思。他马上觉到这个，改了口："不一定到青岛去。"假装没听见我所问的。"一定到上海去的。痛快地看几次电影；在北方作事，牺牲太大了，没好电影看！上学校来玩啊，省得寂寞！"话还没说利落，他走开了，一迈步就露出要跑的趋势。

我不晓得他那个"省得寂寞"是指着谁说的。至于他的去留，只好等暑假后再看吧。

刚一考完,博士就走了,可是没把东西都带去。据老梅的猜测:博士必是到别处去谋事,成功呢便用中国精神硬不回来,不管合同上定的是几年。找不到事呢就回来,表现他的美国精神。事实似乎与这个猜测相合:博士支走了三个月的薪水。我们虽不愿往坏处揣度人,可是他的举动确是令人不能完全往好处想。薪水拿到手里究竟是牢靠些,他只信任他自己,因为他常使别人不信任他。

过了暑假,我又去给老梅代课。这回请假的原因,大概连老梅自己也不准知道,他并没告诉我嘛。好在他准有我这么个替工,有原因没有的也没多大关系了。

毛博士回来了。

谁都觉得这么回来是怪不得劲的,除了博士自己。他很高兴。设若他的苦闷使人不表同情,他的笑脸看起来也有点多余。他是打算用笑表示心中的快活,可是那张脸不给他作劲。他一张嘴便像要打哈欠,直到我看清他的眼中没有泪,才醒悟过来;他原来是笑呢。这样的笑,笑不笑没多大关系。他紧这么笑,闹得我有点发毛咕。

"上青岛去了吗?"我招呼他。他正在门口立着。

"没有。青岛没有生命,真哪!"他笑了。

"啊?"

"进来,给你件宝贝看!"

我,傻子似的,跟他进去。

屋里和从前一样,就是床上多了一个蚊帐。他一伸手从蚊帐里拿出个东西，遮在身后："猜！"

我没这个兴趣。

"你说是南方女人，还是北方女人好？"他的手还在背后。

我永远不回答这样的问题。

他看我没意思回答，把手拿到前面来，递给我一张像片。而后肩并肩的挤着我，脸上的笑纹好像真要往我脸上走似的；没说什么；他的嘴也不知是怎么弄的，直唧唧的响。

女人的像片。拿像片断定人的美丑是最容易上当的，我不愿说这个女人长得怎么样。就它能给我看到的，不过是年纪不大，头发烫得很复杂而曲折，小脸，圆下颏，大眼睛。不难看，总而言之。

"定了婚，博士？"我笑着问。

博士笑得眉眼都没了准地方，可是没出声。

我又看了看像片，心中不由得怪难过的。自然，我不能代她断定什么；不过，我倘若是个女子……

"牺牲太大了！"博士好容易才说出话来："可是值得的，真哪！现在的女人多么精，才二十一岁，什么都懂，仿佛在美国留过学！头一次我们看完电影，她无论怎说也得回家，精呀！第二次看电影，还不许我拉她的手，多么精！电影票都是我打的！最后的一次看电影才准我吻了她一下，真哪！花多少钱也值得，没空花了；我临来，她送我到车站，给我买来的水果！花点钱，值得，她永远是我的；打野鸡不行呀，花多少钱也不行，而且有危险的！从今天起，我要省钱了。"

我插进去一句:"你一向花钱还算多吗?"

"哎哟!"元宝底上的眼睛居然努出来了。"怎么不费钱!一个人,吃饭,洗衣服。哪样不花钱!两个人也不过花这么多,饭自己作,衣服自己洗。夫妇必定要互助呀。"

"那么,何必格外省钱呢?"

"钢丝床要的吧?澡盆要的吧?沙发要的吧?钢琴要的吧?结婚要花钱的吧?蜜月要花钱的吧?家庭是家庭哟!"他想了想:"结婚请牧师也得送钱的!"

"干吗请牧师?"

"郑重;美国的体面人都请牧师证婚,真哪!"他又想了想:"路费!她是上海的;两个人从上海到这里坐二等车!中国是要不得的,三等车没法坐的!你算算一共要几多钱?你算算看!"他的嘴咕弄着,手指也轻轻地掐,显然是算这笔账呢。大概是一时算不清,他皱了皱眉。紧跟着又笑了:"多少钱也得花的!假如你买个五千元的钻石,不是为戴上给人看么?一个南方美人,来到北方,我的,能不光荣些么?真哪,她是上海最美的女子;这还不值得牺牲么?一个人总得牺牲的!"

我始终还是不明白什么是牺牲。

替老梅代了一个多月的课,我的耳朵里整天嗡嗡着上海、结婚、牺牲、光荣、钢丝床……有时候我编讲义都把这些编进去,而得从新改过;他已把我弄胡涂了。我真盼老梅早些回来,让我去清静两天吧。观察人性是有意思的事,不过人要像年糕那样粘,把我的心都粘住,我也有受不了的时候。

老梅还有五六天就回来了。正在这个时候,博士又出了新花样。他好像一篇富于技巧的文章,正在使人要生厌的时候,来几句漂亮的。

他的喜劲过去了。除了上课以外,他总在屋里拍拉拍拉的打字。拍拉过一阵,门开了,溜着墙根,像条小鱼似的,他下楼去送信。照直去,照直回来;在屋里咚咚地走。走着走着,叹一口气,声音很大,仿佛要把楼叹倒了,以便同归于尽似的。叹过气以后,他找我来了,脸上带着点顶惨淡的笑。"噗!"他一进门先吹口气,好像屋中尽是尘土。然后,"你们真美呀,没有伤心的事!"

他的话老有这么种别致的风格,使人没法答碴儿。好在他会自动的给解释:"没法子活下去,真哪!哭也没用,光阴是不着急的!恨不能飞到上海去!"

"一天写几封信?"我问了句。

"一百封也是没用的!我已经告诉她,我要自杀了!这样不是生活,不是!"博士连连摇头。

"好在到年假才还不到三个月。"我安慰着他,"不是年假里结婚吗?"

他没有回答,在屋里走着。待了半天:"就是明天结婚,今天也是难过的!"

我正在找些话说,他忽然像忘了些什么重要的事,一闪似的便跑出去。刚进到他的屋中,拍拉,拍拉,拍,打字机又响起来。

老梅回来了。我在年假前始终没找他去。在新年后,他给我转来一张喜帖。用英文印的。我很替毛博士高兴,目的达到了,以后总该在生命的别方面努力了。

年假后两三个星期了,我去找老梅。谈了几句便又谈到毛博士。

"博士怎样?"我问,"看见博士太太没有?"

"谁也没看见她;他是除了上课不出来,连开教务会议也不到。"

"咱俩看看去?"

老梅摇了头;"人家不见,同事中有碰过钉子的了。"

这个,引动了我的好奇心。没告诉老梅,我自己要去探险。

毛博士住着五间小平房,院墙是三面矮矮的密松。远远的,我看见院中立着个女的,细条身材,穿着件黑袍,脸朝着阳光。她一动也不动,手直垂着,连蓬松的头发好像都镶在晴冷的空中。我慢慢地走,她始终不动。院门是两株较高的松树,夹着一个绿短棚子。我走到这个小门前了,与她对了脸。她像吓了一跳,看了我一眼,急忙转身进去了。在这极短的时间内,我得了个极清楚的印象:她的脸色青白,两个大眼睛像迷失了的羊的那样悲郁,头发很多很黑,和下边的长黑袍联成一段哀怨。她走得极轻快,好像把一片阳光忽然全留在屋子外边。我没去叫门,慢慢地走回来了。我的心中冷了一下,然后觉得茫然地不自在。到如今我还记得这个黑衣女。

大概多数的男人对于女性是特别显着侠义的。我差不多成了她的义务侦探了。博士是否带她常出去玩玩,譬如看看电影?他的床是否钢丝的?

澡盆？沙发？当他跟我闲扯这些的时候，我觉得他毫无男子气。可是由看见她以后，这些无聊的事都在我心中占了重要的地位；自然，这些东西的价值是由她得来的。我钻天觅缝地探听，甚至于贿赂毛家的仆人——他们用着一个女仆。我所探听到的是他们没出去过，没有钢丝床与沙发。他们吃过一回鸡，天天不到九点钟就睡觉……

我似乎明白些毛博士了。凡是他口中说的——除了他真需要个女人——全是他视为作不到的；所以作不到的原因是他爱钱。他梦想要作个美国人；及至来到钱上，他把中国固有的夫为妻纲又搬出来了。他是个自私自利而好摹仿的猴子。设若他没上过美国，他一定不会这么样，他至少在人情上带出点中国气来。他上过美国，觉着他为中国当个国民是非常冤屈的事。他可以依着自己的方便，在所谓的美国精神装饰下，作出一切。结婚，大概只有早睡觉的意思。

我没敢和老梅提说这个，怕他耻笑我；说真的，我实在替那个黑衣女抱不平。可是，我不敢对他说；他的想象是往往不易往厚道里走的。

春假了，由老梅那里我听来许多人的消息：有的上山去玩，有的到别处去逛，我听不到博士夫妇的。学校里那么多人，好像没人注意他们俩——按一般的道理说，新夫妇是最使人注意的。

我决定去看看他们。

校园里的垂柳已经绿得很有个样儿了。丁香花可是才吐出颜色来。教员们，有的没去旅行，差不多都在院中种花呢。到了博士的房子左近，他正在院中站着。他还是全份武装地穿着洋服，虽然是在假期里。阳光不易到的地方，还是他的脸的中部。隔着松墙我招呼了他一声：

"没到别处玩玩去，博士？"

"哪里也没有这里好，"他的眼撩了远处一下。

"美国人不是讲究旅行么？"我一边说一边往门那里凑。

他没回答我。看着我，他直往后退，显出不欢迎我进去的神气。我老着脸，一劲地前进。他退到屋门，我也离那儿不远了。他笑得极不自然了，牙咬了两下，他说了话：

"她病了，改天再招待你呀。"

"好吧，"我也笑了笑。

"改天来——"他没说完下半截便进去了。

我出了门，校园中的春天似乎忽然逃走了。我非常不痛快。

又过了十几天，我给博士一个信儿，请他夫妇吃饭。我算计着他们大概可以来；他不交朋友，她总不会也愿永远囚在家中吧？

到了日期，博士一个人来了。他的眼边很红，像是刚揉了半天的。脸的中部特别显着洼，头上的筋都跳着。

"怎啦，博士？"我好在没请别人，正好和他谈谈。

"妇人，妇人都是坏的！都不懂事！都该杀的！"

"和太太吵了嘴？"我问。

"结婚是一种牺牲，真哪！你待她天好，她不懂，不懂！"博士的泪落下来了。

"到底怎回事？"

博士抽答了半天,才说出三个字来:"她跑了!"他把脑门放在手掌上,哭起来。

我没想安慰他。说我幸灾乐祸也可以,我确是很高兴,替她高兴。

待了半天,博士抬起头来,没顾得擦泪,看着我说:

"牺牲太大了!叫我,真!怎样再见人呢?!我是哈佛的博士,我是大学的教授!她一点不给我想想!妇人!"

"她为什么走了呢?"我假装皱上眉。

"不晓得。"博士净了下鼻子。"凡是我以为对的,该办的,我都办了。"

"比如说?"

"储金,保险,下课就来家陪她,早睡觉,多了,多了!是我见到的,我都办了;她不了解,她不欣赏!每逢上课去,我必吻一下,还要怎样呢?你说!"

我没的可说,他自己接了下去。他是真憋急了,在学校里他没一个朋友。"妇女是不明白男人的!定婚,结婚,已经花了多少钱,难道她不晓得?结婚必须男女两方面都要牺牲的。我已经牺牲了那么多,她牺牲了什么?到如今,跑了。跑了!"博士立起来,手插在裤袋里,眉毛拧着:"跑了!"

"怎办呢?"我随便问了句。

"没女人我是活不下去的!"他并没看我,眼看着他的领带。"活不了!"

"找她去？"

"当然！她是我的！跑到天边，没我，她是个'黑'人！她是我的，那个小家庭是我的，她必得老跟着我！"他又坐下了，又用手托住脑门。

"假如她和你离婚呢？"

"凭什么呢？难道她不知道我爱她吗？不知道那些钱都是为她花了吗？就没一点良心吗？离婚？我没有过错！"

"那是真的。"我自己知道这是什么意思。

他抬头看了我一眼，气好像消了些，舐了舐嘴唇，叹了口气："真哪，我一见她脸上有些发白，第二天就多给她一个鸡子儿吃！我算尽到了心！"他又不言语了，呆呆的看着皮鞋尖。

"你知道她上哪儿了？"

博士摇了摇头。又坐了会儿，他要走。我留他吃饭，他又摇头："我回去，也许她还回来。我要是她，我一定回来。她大概是要回来的。我回去看看。我永远爱她，不管她待我怎样。"他的泪又要落下来，勉强地笑了笑，抓起帽子就往外走。

这时候，我有点可怜他了。从一种意义上说，他的确是个牺牲者——可是不能怨她。

过了两天，我找他去，他没拒绝我进去。

屋里安设得很简单，除了他原有的那份家具，只添上了两把藤椅，一张长桌，桌上摆着他那几本洋书。这是书房兼客厅；西边有个小门，通到另一间去，挂着个洋花布单帘子。窗上都挡着绿布帘，光线不十分足。地板上铺着一领厚花席子。屋里的气味很像个欧化了的日本家庭,可是没有那些灵巧的小装饰。

我坐在藤椅上,他还坐那把摇椅,脸对着花布帘子。

我们俩当然没有别的可谈。他先说了话:

"我想她会回来,到如今竟自没消息,好狠心!"说着,他忽然一挺身,像是要立起来,可是极失望地又缩下身去。原来这个花布帘被一股风吹得微微一动。

这个人已经有点中了病!我心中很难过了。可是,我一想结婚刚三个多月,她就逃走,想必她是真受不住了;想必她也看出来,这个人是无希望改造的。三个月的监狱生活是满可以使人铤而走险的。况且,夫妇的生活,有时候能使人一天也受不住的——由这种生活而起的厌恶比毒药还厉害。我由博士的气色和早睡的习惯已猜到一点,现在我要由他口中证实了。我和他谈一些严肃的话之后便换换方向,谈些不便给多于两个人听的。他也很喜欢谈这个,虽然更使他伤心。他把这种事叫"爱"。他很"爱"她。他还有个理论:

"因为我们用脑子,所以我们懂得怎样'爱',下等人不懂!"

我心里说,"要不然她怎么会跑了呢!"

他告诉我许多这种经验,可是临完更使他悲伤——没有女人是活不下去的!我去了几次,慢慢地算是明白了他一点:对于女人,他只管"爱",而结婚与家庭设备的花费是"爱"的代价。这个代价假如轻一点,"博士"会给增补上所欠的分量。"一个美国博士,你晓得,在女人心中是占分量的。"他说，附带着告诉我："你想要个美的，大学毕业的，年青的，品行端正的女人，先去得个博士，真哪！"

他的气色一天不如一天了。对那个花布帘，他越发注意了；说着说着话，他能忽然立起来，走过去，掀一掀它。而后回来，坐下，不言语好大半天。他的脸比绿窗绿得暗一些。

可是他始终没要找她去，虽然嘴里常这么说。我以为即使他怕花了钱而找不到她，也应当走一走，或至少是请几天假。为什么他不躲几天，而照常的上课，虽然是带着眼泪？后来我才明白：他要大家同情他，因为他的说法是这样："嫁给任何人，就属于任何人，况且嫁的是博士？从博士怀中逃走，不要脸，没有人味！"他不能亲自追她去。但是他需要她，他要"爱"。他希望她回来，因为他不能白花了那些钱。这个，尊严与"爱"，牺牲与耻辱，使他进退两难，啼笑皆非，一天不定掀多少次那个花布帘。他甚至于后悔没娶个美国女人了，中国女人是不懂事，不懂美国精神的！

木槿花一开，就快放暑假了。毛博士已经几天没有出屋子。据老梅说，博士前几天还上课，可是在课堂上只讲他自己的事，所以学校请他休息几天。

我又去看他，他还穿着洋服在椅子上摇呢，可是脸已不像样儿了，最洼的那一部分已经像陷进去的坑，眼睛不大爱动了，可是他还在那儿坐着。我劝他到医院去，他摇头，"她回来，我就好了；她不回来，我有什么法儿呢？"他很坚决，似乎他的命不是自己的。"再说，"他喘了半天气才说出来:"我已经天天喝牛肉汤;不是我要喝,是为等着她;牺牲,她跑了我还得为她牺牲!"

我实在找不到话说了。这个人几乎是可佩服的了。待了半天,他的眼忽然亮了,抓住椅子扶手,直起胸来,耳朵侧着,"听!她回来了!是她!"他要立起来,可是只弄得椅子前后的摇了几下,他起不来。

外边并没有人。他倒了下去,闭上了眼,还喘着说:"她——也——许——明天来。她是——我——的!"

暑假中,学校给他家里打了电报,来了人,把他接回去。以后,没有人得到过他的信。有的人说,到现在他还在疯人院里呢。

善 人

汪太太最不喜欢人叫她汪太太；她自称穆凤贞女士，也愿意别人这样叫她。她的丈夫很有钱，她老实不客气的花着；花完他的钱，而被人称穆女士，她就觉得自己是个独立的女子。并不专指着丈夫吃饭。

穆女士一天到晚不用提多么忙了，又搭着长的富泰，简直忙得喘不过气来。不用提别的，就光拿上下汽车说，穆女士——也就是穆女士！——一天得上下多少次。哪个集会没有她，哪件公益事情没有她？换个人，那么两条胖腿就够累个半死的。穆女士不怕，她的生命是献给社会的；那两条腿再胖上一圈，也得设法带到汽车里去。她永远心疼着自己，可是更爱别人，她是为救世而来的。

穆女士还没起床，丫环自由就进来回话。她嘱咐过自由们不止一次了：她没起来，不准进来回话。丫环就是丫环，叫她"自由"也没用，天生来的不知好歹。她真想抄起床旁的小桌灯向自由扔丁去，可是觉得自由还不如桌灯值钱，所以没扔。

"自由，我嘱咐你多少回了！"穆女士看了看钟，已经快九点了，她消了点气，不为别的，是喜欢自己能一气睡到九点，身体定然是不错；她得为社会而心疼自己，她需要长时间的睡眠。

"不是，太太，女士！"自由想解释一下。

"说，有什么事！别磨磨蹭蹭的！"

"方先生要见女士。"

"哪个方先生？方先生可多了，你还会说话呀！"

"老师方先生。"

"他又怎样了？"

"他说他的太太死了！"自由似乎很替方先生难过。

"不用说，又是要钱！"穆女士从枕头底下摸出小皮夹来："去，给他这二十，叫他快走；告诉明白，我在吃早饭以前不见人。"

自由拿着钱要走，又被主人叫住：

"叫博爱放好了洗澡水；回来你开这屋子的窗户。什么都得我现告诉，真劳人得慌！大少爷呢？"

"上学了，女士。"

"连个 kiss 都没给我，就走，好的，"穆女士连连的点头，腮上的胖肉直动。

"大少爷说了，下学吃午饭再给您一个" kiss。"自由都懂得什么叫 kiss，pie 和 bath。

"快去，别废话；这个劳人劲儿！"

自由轻快的走出去，穆女士想起来：方先生家里落了丧事，二少爷怎么办呢？无缘无故的死哪门子人，又叫少爷得荒废好几天的学！穆女士是极注意子女们的教育的。

博爱敲门，"水好了，女士。"

穆女士穿着睡衣到浴室去。雪白的澡盆，放了多半盆不冷不热的清水。凸花的玻璃，白磁砖的墙，圈着一些热气与香水味。一面大镜子，几块大白毛巾；胰子盒，浴盐瓶，都擦得放着光。她觉得痛快了点。把白胖腿放在水里，她楞了一会儿；水给皮肤的那点刺激使她在舒适之中有点茫然。她想起点久已忘了的事。坐在盆中，她看着自己的白胖腿，腿在水中显着更胖，她心中也更渺茫。用一点水，她轻轻的洗脖子；洗了两把，又想起那久已忘了的事——自己的青春：二十年前，自己的身体是多么苗条，好看！她仿佛不认识了自己。想到丈夫，儿女，都显着不大清楚，他们似乎是些生人。她撩起许多水来，用力的洗，眼看着皮肤红起来。她痛快了些，不茫然了。她不只是太太，母亲；她是大家的母亲，一切女同胞的导师。她在外国读过书，知道世界大势，她的天职是在救世。

可是救世不容易！二年前，她想起来，她提倡沐浴，到处宣传："没有澡盆，不算家庭！"有什么结果？人类的愚蠢，把舌头说掉了，他们也不了解！摸着她的胖腿，她想应当灰心，任凭世界变成个狗窝，没澡盆，没卫生！可是她灰心不得，要牺牲就得牺牲到底。她喊自由：

"窗户开五分钟就得！"

"已经都关好了，女士！"自由回答。

穆女士回到卧室。五分钟的工夫屋内已然完全换了新鲜空气。她每天早上得作深呼吸。院内的空气太凉，屋里开了五分钟的窗子就满够她呼吸用的了。先弯下腰，她得意她的手还够得着脚尖，腿虽然弯着许多，可是到底手尖是碰了脚尖。俯仰了三次，她然后直立着喂了她的肺五六次。她马上觉出全身的血换了颜色，鲜红，和朝阳一样的热、艳。

"自由，开饭！"

穆女士最恨一般人吃的太多，所以她的早饭很简单：一大盘火腿蛋两块黄油面包，草果果酱，一杯加乳咖啡。她曾提倡过俭食：不要吃五六个窝头，或四大碗黑面条，而多吃牛乳与黄油。没人响应；好事是得不到响应的。她只好自己实行这个主张，自己单雇了个会作西餐的厨子。

吃着火腿蛋,她想起方先生来。方先生教二少爷读书,一月拿二十块钱,不算少。她就怕寒苦的人有多挣钱的机会;钱在她手里是钱,到了穷人手里是祸。她不是不能多给方先生几块,而是不肯,一来为怕自己落个冤大头的名儿,二来怕给方先生惹祸。连这么着,刚教了几个月的书,还把太太死了呢。不过,方先生到底是可怜的。她得设法安慰方先生:

"自由,叫厨子把'我'的鸡蛋给方先生送十个去;嘱咐方先生不要煮老了,嫩着吃!"

穆女士咂摸着咖啡的回味,想象着方先生吃过嫩鸡蛋必能健康起来,足以抵抗得住丧妻的悲普。继而一想呢,方先生既丧了妻,没人给他作饭吃,以后顶好是由她供给他两顿饭。她总是给别人想得这样周到;不由她,惯了。供给他两顿饭呢,可就得少给他几块钱。他少得几块钱,可是吃得舒服呢。方先生应当感谢她这份体谅与怜爱。她永远体谅人怜爱人,可是谁体谅她怜爱她呢?想到这儿,她觉得生命无非是个空虚的东西;她不能再和谁恋爱,不能再把青春唤回来;她只能去为别人服务,可是谁感激她,同情她呢?

她不敢再想这可怕的事,这足以使她发狂。她到书房去看这一天的工作;工作,只有工作使她充实,使她疲乏,使她睡得香甜,使她觉到快活与自己的价值。

她的秘书冯女士已经在书房里等了一点多钟了。冯女士才二十三岁,长得不算难看,一月挣十二块钱。穆女士给她的名义是秘书,按说有这么个名字,不给钱也满下得去。穆女士的交际是多么广,做她的秘书当然能有机会遇上个阔人;假如嫁个阔人,一辈子有吃有喝,岂不比现在挣五六十块钱强?穆女士为别人打算老是这么周到,而且眼光很远。

见了冯女士，穆女士叹了门气："哎！今儿个有什么事？说吧！"她倒在个大椅子上。

冯女士把记事簿早已预备好了："今儿个早上是，穆女士，盲哑学校展览会，十时二十分开会；十一点十分，妇女协会，您主席；十二点，张家婚礼；下午，"

"先等等，"穆女士又叹了口气，"张家的贺礼送过去没有？"

"已经送过去了，一对鲜花篮，二十八块钱，很体面。"

"啊，二十八块的礼物不太薄——"

"上次汪先生作寿，张家送的是一端寿幛，并不——"

"现在不同了，张先生的地位比原先高了；算了吧。以后再找补吧。下午一共有几件事？"

"五个会呢！"

"哼！甭告诉我，我记不住。等我由张家回来再说吧。"穆女士点了根烟吸着，还想着张家的贺礼似乎太薄了些。"冯女士，你记下来，下星期五或星期六请张家新夫妇吃饭，到星期三你再提醒我一声。"

冯女士很快的记下来。

"别忘了问我张家摆的什么酒席，别忘了。"

"是，穆女士。"

穆女士不想上盲哑学校去，可是又怕展览会照像，像片上没有自己，怪不合适。她决定晚去一会儿，顶好是正赶上照像才好。这么决定了，她很想和冯女士再说几句，倒不是因为冯女士有什么可爱的地方，而是她自己觉得空虚，愿意说点什么……解解闷儿。她想起方先生来：

"冯，方先生的妻子过去了，我给他送了二十块钱去，和十个鸡子，怪可怜的方先生！"穆女士的眼圈真的有点发湿了。

冯女士早知道方先生是自己来见汪太太，她不见，而给了二十块钱。可是她晓得主人的脾气："方先生真可怜！可也是遇见女士这样的人，赶着给他送了钱去！"

穆女士脸上有点笑意，"我永远这样待人；连这么着还讨不出好儿来，人世是无情的！"

"谁不知道女士的慈善与热心呢！"

"哎！也许！"穆女士脸上的笑意扩展得更宽心了些。

"二少爷的书又得荒废几天！"冯女士很关心似的。

"可不是，老不叫我心静一会儿！"

"要不我先好歹的教着他？我可是不很行呀！"

"你怎么不行！我还真忘了这个办法呢！你先教着他得了，我白不了你！"

"您别又给我报酬，反正就是几天的事，方先生事完了还叫方先生教。"

穆女士想了会儿，"冯，简直这么办好不好？你就教下去，我每月一共给你二十五块钱，岂不整重？"

"就是有点对不起方先生！"

"那没什么，反正他丧了妻，家中的嚼谷小了；遇机会我再给他弄个十头八块的事；那没什么！我可该走了，哎！一天一天的，真累死人！"

我这一辈子

一

我幼年读过书，虽然不多，可是足够读七侠五义与三国志演义什么的。我记得好几段聊斋，到如今还能说得很齐全动听，不但听的人都夸奖我的记性好，连我自己也觉得应该高兴。可是，我并念不懂聊斋的原文，那太深了；我所记得的几段，都是由小报上的"评讲聊斋"念来的——把原文变成白话，又添上些逗哏打趣，实在有个意思！

我的字写得也不坏。拿我的字和老年间衙门里的公文比一比，论个儿的匀适，墨色的光润，与行列的齐整，我实在相信我可以作个很好的"笔帖式"。自然我不敢高攀，说我有写奏折的本领，可是眼前的通常公文是准保能写到好处的。

凭我认字与写的本事，我本该去当差。当差虽不见得一定能增光耀祖，但是至少也比作别的事更体面些。况且呢，差事不管大小，多少总有个升腾。我看见不止一位了，官职很大，可是那笔字还不如我的好呢，连句整话都说不出来。这样的人既能作高官，我怎么不能呢？

可是，当我十五岁的时候，家里教我去学徒。五行八作，行行出状元，学手艺原不是什么低搭的事；不过比较当差稍差点劲儿罢了。学手艺，一辈子逃不出手艺人去，即使能大发财源，也高不过大官儿不是？可是我并没和家里闹别扭，就去学徒了；十五岁的人，自然没有多少主意。况且家里老人还说，学满了艺，能挣上钱，就给我说亲事。在当时，我想象着结婚必是件有趣的事。那么，吃上二三年的苦，而后大人似的去耍手艺挣钱，家里再有个小媳妇，大概也很下得去了。

我学的是裱糊匠。在那太平年月，裱糊匠是不愁没饭吃的。那时候，死一个人不像现在这么省事。这可并不是说，老年间的人要翻来覆去的死好几回，不干脆的一下子断了气。我是说，那时候死人，丧家要拚命的花钱，一点不惜力气与金钱的讲排场。就拿与冥衣铺有关系的事来说吧，就得花上老些个钱。人一断气，马上就得去糊"倒头车"——现在，连这个名词儿也许有好多人不晓得了。紧跟着便是"接三"，必定有些烧活：车轿骡马，墩箱灵人，引魂幡，灵花等等。要是害月子病死的，还必须另糊一头牛，和一个鸡罩。赶到"一七"念经，又得糊楼库，金山银山，尺头元宝，四季衣服，四季花草，古玩陈设，各样木器。乃至出殡，纸亭纸架之外，还有许多烧活，至不济也得弄一对"童儿"举着。"五七"烧伞，六十天糊船桥。一个死人到六十天后才和我们裱糊匠脱离关系。一年之中，死那么十来个有钱的人，我们便有了吃喝。

裱糊匠并不专伺候死人，我们也伺候神仙。早年间的神仙不像如今晚儿的这样寒碜，就拿关老爷说吧，早年间每到六月二十四，人们必给他糊黄幡宝盖，马童马匹，和七星大旗什么的。现在，几乎没有人再惦记着关公了！遇上闹"天花"，我们又得为娘娘们忙一阵。九位娘娘得糊九顶轿子，红马黄马各一匹，九份凤冠霞帔，还得预备痘哥哥痘姐姐们的袍带靴帽，和各样执事。如今，医院都施种牛痘，娘娘们无事可作，裱糊匠也就陪着她们闲起来了。此外还有许许多多的"还愿"的事，都要糊点什么东西，可是也都随着破除迷信没人再提了。年头真是变了啊！

除了伺候神与鬼外，我们这行自然也为活人作些事。这叫作"白活"，就是给人家糊顶棚。早年间没有洋房，每遇到搬家，娶媳妇，或别项喜事，总要把房间糊得四白落地，好显出焕然一新的气象。那大富之家，连春秋两季糊窗子也雇用我们。人是一天穷似一天了，搬家不一定糊棚顶，而那些有钱的呢，房子改为洋式的，棚顶抹灰，一劳永逸；窗子改成玻璃的，也用不着再糊上纸或纱。什么都是洋式好，耍手艺的可就没了饭吃。我们自己也不是不努力呀，洋车时行，我们就照样糊洋车；汽车时行，我们就糊汽车，我们知道改良。可是有几家死了人来糊一辆洋车或汽车呢？年头一旦大改良起来，我们的小改良全算白饶，水大漫不过鸭子去，有什么法儿呢！

二

上面交代过了：我若是始终仗着那份儿手艺吃饭，恐怕就早已饿死了。不过，这点本事虽不能永远有用，可是三年的学艺并非没有很大的好处，这点好处教我一辈子享用不尽。我可以撂下家伙，干别的营生去；这点好处可是老跟着我。就是我死后，有人谈到我的为人如何，他们也必须要记得我少年曾学过三年徒。

学徒的意思是一半学手艺，一半学规矩。在初到铺子去的时候，不论是谁也得害怕，铺中的规矩就是委屈。当徒弟的得晚睡早起，得听一切的指挥与使遣，得低三下四的伺候人，饥寒劳苦都得高高兴兴的受着，有眼泪往肚子里咽。像我学艺的所在，铺子也就是掌柜的家；受了师傅的，还得受师母的，夹板儿气！能挺过这三年，顶倔强的人也得软了，顶软和的人也得硬了；我简直的可以这么说，一个学徒的脾性不是天生带来的，而是被板子打出来的；像打铁一样，要打什么东西便成什么东西。

在当时正挨打受气的那一会儿，我真想去寻死，那种气简直不是人所受得住的！但是，现在想起来，这种规矩与调教实在值金子。受过这种排练，天下便没有什么受不了的事啦。随便提一样吧，比方说教我去当兵，好哇，我可以作个满好的兵。军队的操演有时有会儿，而学徒们是除了睡觉没有任何休息时间的。我抓着工夫去出恭，一边蹲着一边就能打个盹儿，因为遇上赶夜活的时候，我一天一夜只能睡上三四点钟的觉。我能一口吞下去一顿饭，刚端起饭碗，不是师傅喊，就是师娘叫，要不然便是有照顾主儿来定活，我得恭而敬之的招待，并且细心听着师傅怎样论活讨价钱。不把饭整吞下去怎办呢？这种排练教我遇到什么苦处都能硬挺，外带着还是挺和气。读书的人，据我这粗人看，永远不会懂得这个。现在的洋学堂里开运动会，学生跑上两个圈就仿佛有了汗马功劳一般，喝！又是搀着，又是抱着，往大腿上拍火酒，还闹脾气，还坐汽车！这样的公子哥儿哪懂得什么叫作规矩，哪叫排练呢？话往回来说，我所受的苦处给我打下了作事任劳任怨的底子，我永远不肯闲着，作起活来永不晓得闹脾气，耍别扭，我能和大兵们一样受苦，而大兵们不能像我这么和气。

再拿件实事来证明这个吧：在我学成出师以后，我和别的耍手艺的一样，为表明自己是凭本事挣钱的人，第一我先买了根烟袋，只要一闲着便捻上一袋吧唧着，仿佛很有身份，慢慢的，我又学了喝酒，时常弄两盅猫尿呲着嘴儿抿几口。嗜好就怕开了头，会了一样就不难学第二样，反正都是个玩艺吧咧。这可也就出了毛病。我爱烟爱酒，原本不算什么稀奇的事，大家伙儿都差不多是这样。可是，我一来二去的学会了吃大烟。那个年月，鸦片烟不犯私，非常的便宜；我先是吸着玩，后来可就上了瘾。不久，我便觉出手紧来了，作事也不似先前那么上劲了。我并没等谁劝告我，不但戒了大烟，而且把旱烟袋也撅了，从此烟酒不动！我入了"理门"。入理门，烟酒都不准动；一旦破戒，必走背运。所以我不但戒了嗜好，而且入了理门；背运在那儿等着我，我怎肯再犯戒呢？这点心胸与硬气，如今想起来，还是由学徒得来的。多大的苦处我都能忍受。初一戒烟戒酒，看着别人吸，别人饮，多么难过呢！心里真像有一千条小虫爬挠那么痒痒触触的难过。但是我不能破戒，怕走背运。其实背运不背运的，都是日后的事，眼前的罪过可是不好受呀！硬挺，只有硬挺才能成功，怕走背运还在其次。我居然挺过来了，因为我学过徒，受过排练呀！

　　提到我的手艺来，我也觉得学徒三年的光阴并没白费了。凡是一门手艺，都得随时改良，方法是死的，运用可是活的。三十年前的瓦匠，讲究会磨砖对缝，做细工儿活；现在，他得会用洋灰和包镶人造石什么的。三十年前的木匠，讲究会雕花刻木，现在得会造洋式木器。我们这行也如此，不过比别的行业更活动。我们这行讲究看见什么就能糊什么。比方说，人家落了丧事，教我们糊一桌全席，我们就能糊出鸡鸭鱼肉来。赶上人家死了未出阁的姑娘，教我们糊一全份嫁妆，不管是四十八抬，还是三十二抬，我们便能由粉罐油瓶一直糊到衣橱穿衣镜。眼睛一看，手就能模仿下来，这是我们的本事。我们的本事不大，可是得有点聪明，一个心窟窿的人绝不会成个好裱糊匠。

这样，我们作活，一边工作也一边游戏，仿佛是。我们的成败全仗着怎么把各色的纸调动的合适，这是耍心路的事儿。以我自己说，我有点小聪明。在学徒时候所挨的打，很少是为学不上活来，而多半是因为我有聪明而好调皮不听话。我的聪明也许一点也显露不出来，假若我是去学打铁，或是拉大锯——老那么打，老那么拉，一点变动没有。幸而我学了裱糊匠，把基本的技能学会了以后，我便开始自出花样，怎么灵巧逼真我怎么作。有时候我白费了许多工夫与材料，而作不出我所想到的东西，可是这更教我加紧的去揣摸，去调动，非把它作成不可。这个，真是个好习惯。有聪明，而且知道用聪明，我必须感谢这三年的学徒，在这三年养成了我会用自己的聪明的习惯。诚然，我一辈子没作过大事，但是无论什么事，只要是平常人能作的，我一瞧就能明白个五六成。我会砌墙，栽树，修理钟表，看皮货的真假，合婚择日，知道五行八作的行话上诀窍……这些，我都没学过，只凭我的眼去看，我的手去试验；我有勤苦耐劳与多看多学的习惯；这个习惯是在冥衣铺学徒三年养成的。到如今我才明白过来——我已是快饿死的人了！——假若我多读上几年书，只抱着书本死啃，像那些秀才与学堂毕业的人们那样，我也许一辈子就糊糊涂涂的下去，而什么也不晓得呢！裱糊的手艺没有给我带来官职和财产，可是它让我活的很有趣；穷，但是有趣，有点人味儿。

刚二十多岁，我就成为亲友中的重要人物了。不因为我有钱与身分，而是因为我办事细心，不辞劳苦。自从出了师，我每天在街口的茶馆里等着同行的来约请帮忙。我成了街面上的人，年轻，利落，懂得场面。有人来约，我便去作活；没人来约，我也闲不住：亲友家许许多多的事都托咐我给办，我甚至于刚结过婚便给别人家作媒了。

给别人帮忙就等于消遣。我需要一些消遣。为什么呢？前面我已说过：我们这行有两种活，烧活和白活。作烧活是有趣而干净的，白活可就不然了。糊顶棚自然得先把旧纸撕下来，这可真够受的，没作过的人万也想不到顶棚上会能有那么多尘土，而且是日积月累攒下来的，比什么土都干、细，钻鼻子，撕完三间屋子的棚，我们就都成了土鬼。及至扎好了秫秸，糊新纸的时候，新银花纸的面子是又臭又挂鼻子。尘土与纸面子就能教人得痨病——现在叫作肺病。我不喜欢这种活儿。可是，在街上等工作，有人来约就不能拒绝，有什么活得干什么活。应下这种活儿，我差不多老在下边裁纸递纸抹浆糊，为的是可以不必上"交手"，而且可以低着头干活儿，少吃点土。就是这样，我也是弄一身灰，我的鼻子也得像烟筒。作完这么几天活，我愿意作点别的，变换变换。那么，有亲友托我办点什么，我是很乐意帮忙的。

再说呢，作烧活吧，作白活吧，这种工作老与人们的喜事或丧事有关系。熟人们找我定活，也往往就手儿托我去讲别项的事，如婚丧事的搭棚，讲执事，雇厨子，定车马等等。我在这些事儿中渐渐找出乐趣，晓得如何能捏住巧处，给亲友们既办得漂亮，又省些钱，不能窝窝囊囊的被人捉了"大头"。我在办这些事儿的时候，得到许多经验，明白了许多人情，久而久之，我成了个很精明的人，虽然还不到三十岁。

三

由前面所说过的去推测，谁也能看出来，我不能老靠着裱糊的手艺挣饭吃。像逛庙会忽然遇上雨似的，年头一变，大家就得往四散里跑。在我这一辈子里，我仿佛是走着下坡路，收不住脚。心里越盼着天下太平，身子越往下出溜。这次的变动，不使人缓气，一变好像就要变到底。这简直不是变动，而是一阵狂风，把人糊糊涂涂的刮得不知上哪里去了。在我小时候发财的行当与事情，许多许多都忽然走到绝处，永远不再见面，仿佛掉在了大海里头似的。裱糊这一行虽然到如今还阴死巴活的始终没完全断了气，可是大概也不会再有抬头的一日了。我老早的就看出这个来。在那太平的年月，假若我愿意的话，我满可以开个小铺，收两个徒弟，安安顿顿的混两顿饭吃。幸而我没那么办。一年得不到一笔大活，只仗着糊一辆车或两间屋子的顶棚什么的，怎能吃饭呢？睁开眼看看，这十几年了，可有过一笔体面的活？我得改行，我算是猜对了。

不过，这还不是我忽然改了行的唯一的原因。年头儿的改变不是个人所能抵抗的，胳臂扭不过大腿去，跟年头儿叫死劲简直是自己找别扭。可是，个人独有的事往往来得更厉害，它能马上教人疯了。去投河觅井都不算新奇，不用说把自己的行业放下，而去干些别的了。个人的事虽然很小，可是一加在个人身上便受不住；一个米粒很小，教蚂蚁去搬运便很费力气。个人的事也是如此。人活着是仗了一口气，多嗒有点事儿，把这口气憋住，人就要抽风。人是多么小的玩艺儿呢！

我的精明与和气给我带来背运。乍一听这句话仿佛是不合情理，可是千真万确，一点儿不假，假若这要不落在我自己身上，我也许不大相信天下会有这宗事。它竟自找到了我；在当时，我差不多真成了个疯子。隔了这么二三十年，现在想起那回事儿来，我满可以微微一笑，仿佛想起一个故事来似的。现在我明白了个人的好处不必一定就有利于自己。一个人好，大家都好，这点好处才有用，正是如鱼得水。一个人好，而大家并不都好，个人的好处也许就是让他倒霉的祸根。精明和气有什么用呢！现在，我悟过这点理儿来，想起那件事不过点点头，笑一笑罢了。在当时，我可真有点咽不下去那口气。那时候我还很年轻啊。

哪个年轻的人不爱漂亮呢？在我年轻的时候，给人家行人情或办点事，我的打扮与气派谁也不敢说我是个手艺人。在早年间，皮货很贵，而且不准乱穿。如今晚的人，今天得了马票或奖券，明天就可以穿上狐皮大衣，不管是个十五岁的孩子还是二十岁还没刮过脸的小伙子。早年间可不行，年纪身分决定个人的服装打扮。那年月，在马褂或坎肩上安上一条灰鼠领子就仿佛是很漂亮阔气。我老安着这么条领子，马褂与坎肩都是青大缎的——那时候的缎子也不怎么那样结实，一件马褂至少也可以穿上十来年。在给人家糊棚顶的时候，我是个土鬼；回到家中一梳洗打扮，我立刻变成个漂亮小伙子。我不喜欢那个土鬼，所以更爱这个漂亮的青年。我的辫子又黑又长，脑门剃得锃光青亮，穿上带灰鼠领子的缎子坎肩，我的确像个"人儿"！

一个漂亮小伙子所最怕的恐怕就是娶个丑八怪似的老婆吧。我早已有意无意的向老人们透了个口话：不娶倒没什么，要娶就得来个够样儿的。那时候，自然还不时行自由婚，可是已有男女两造对相对看的办法。要结婚的话，我得自己去相看，不能马马虎虎就凭媒人的花言巧语。

二十岁那年，我结了婚，我的妻比我小一岁。把她放在哪里，她也得算个俏式利落的小媳妇；在定婚以前，我亲眼相看的呀。她美不美，我不敢说，我说她俏式利落，因为这四个字就是我择妻的标准；她要是不够这四个字的格儿，当初我决不会点头。在这四个字里很可以见出我自己是怎样的人来。那时候，我年轻，漂亮，作事麻利，所以我一定不能要个笨牛似的老婆。

这个婚姻不能说不是天配良缘。我俩都年轻，都利落，都个子不高；在亲友面前，我们像一对轻巧的陀螺似的，四面八方的转动，招得那年岁大些的人们眼中要笑出一朵花来。我俩竞争着去在大家面前显出个人的机警与口才，到处争强好胜，只为教人夸奖一声我们是一对最有出息的小夫妇。别人的夸奖增高了我俩彼此间的敬爱，颇有点英雄惜英雄，好汉爱好汉的劲儿。

我很快乐，说实话：我的老人没挣下什么财产，可是有一所儿房。我住着不用花租金的房子，院中有不少的树木，檐前挂着一对黄鸟。我呢，有手艺，有人缘，有个可心的年轻女人。不快乐不是自找别扭吗？

对于我的妻，我简直找不出什么毛病来。不错，有时候我觉得她有点太野；可是哪个利落的小媳妇不爽快呢？她爱说话，因为她会说；她不大躲避男人，因为这正是作媳妇所应享的利益，特别是刚出嫁而有些本事的小媳妇，她自然愿意把作姑娘时的腼腆收起一些，而大大方方的自居为"媳妇"。这点实在不能算作毛病。况且，她见了长辈又是那么亲热体贴，殷勤的伺候，那么她对年轻一点的人随便一些也正是理之当然；她是爽快大方，所以对于年老的正像对于年少的，都愿表示出亲热周到来。我没因为她爽快而责备她过。

她有了孕，作了母亲，她更好看了，也更大方了——我简直的不忍再用那个"野"字！世界上还有比怀孕的少妇更可怜，年轻的母亲更可爱的吗？看她坐在门坎上，露着点胸，给小娃娃奶吃，我只能更爱她，而想不起责备她太不规矩。

到了二十四岁，我已有一儿一女。对于生儿养女，作丈夫的有什么功劳呢！赶上高兴，男子把娃娃抱起来，耍巴一回；其余的苦处全是女人的。我不是个糊涂人，不必等谁告诉我才能明白这个。真的，生小孩，养育小孩，男人有时候想去帮忙也归无用；不过，一个懂得点人事的人，自然该使作妻的痛快一些，自由一些；欺侮孕妇或一个年轻的母亲，据我看，才真是混蛋呢！对于我的妻，自从有了小孩之后，我更放任了些；我认为这是当然的合理的。

再一说呢，夫妇是树，儿女是花；有了花的树才能显出根儿深。一切猜忌，不放心，都应该减少，或者完全消灭；小孩子会把母亲拴得结结实实的。所以，即使我觉得她有点野——真不愿用这个臭字——我也不能不放心了，她是个母亲呀。

四

直到如今，我还是不能明白那到底是怎么一回事。

我所不能明白的事也就是当时教我差点儿疯了的事，我的妻跟人家跑了。

我再说一遍，到如今我还不能明白那到底是怎回事。我不是个固执的人，因为我久在街面上，懂得人情，知道怎样找出自己的长处与短处。但是，对于这件事，我把自己的短处都找遍了，也找不出应当受这种耻辱与惩罚的地方来。所以，我只能说我的聪明与和气给我带来祸患，因为我实在找不出别的道理来。

我有位师哥，这位师哥也就是我的仇人。街口上，人们都管他叫作黑子，我也就还这么叫他吧；不便道出他的真名实姓来，虽然他是我的仇人。"黑子"，由于他的脸不白；不但不白，而且黑得特别，所以才有这个外号。他的脸真像个早年间人们揉的铁球，黑，可是非常的亮；黑，可是光润；黑，可是油光水滑的可爱。当他喝下两盅酒，或发热的时候，脸上红起来，就好像落太阳时的一些黑云，黑里透出一些红光。至于他的五官，简直没有什么好看的地方，我比他漂亮多了。他的身量很高，可也不见得怎么魁梧，高大而懈懈松松的。他所以不至教人讨厌他，总而言之，都仗着那一张发亮的黑脸。

我跟他是很好的朋友。他既是我的师哥，又那么傻大黑粗的，即使我不喜爱他，我也不能无缘无故的怀疑他。我的那点聪明不是给我预备着去猜疑人的；反之，我知道我的眼睛里不容砂子，所以我因信任自己而信任别人。我以为我的朋友都不至于偷偷的对我掏坏招数。一旦我认定谁是个可交的人，我便真拿他当个朋友看待。对于我这个师哥，即使他有可猜疑的地方，我也得敬重他，招待他，因为无论怎样，他到底是我的师哥呀。同是一门儿学出来的手艺，又同在一个街口上混饭吃，有活没活，一天至少也得见几面；对这么熟的人，我怎能不拿他当作个好朋友呢？有活，我们一同去作活；没活，他总是到我家来吃饭喝茶，有时候也摸几把索儿胡玩——那时候"麻将"还不十分时兴。我和蔼，他也不客气；遇到什么就吃什么，遇到什么就喝什么，我一向不特别为他预备什么，他也永远不挑剔。他吃的很多，可是不懂得挑食。看他端着大碗，跟着我们吃热汤儿面什么的，真是个痛快的事。他吃得四脖子汗流，嘴里西啦胡噜的响，脸上越来越红，慢慢的成了个半红的大煤球似的；谁能说这样的人能存着什么坏心眼儿呢！

一来二去，我由大家的眼神看出来天下并不很太平。可是，我并没有怎么往心里搁这回事。假若我是个糊涂人，只有一个心眼，大概对这种事不会不听见风就是雨，马上闹个天昏地暗，也许立刻把事情弄个水落石出，也许是望风捕影而弄一鼻子灰。我的心眼多，决不肯这么糊涂瞎闹，我得平心静气的想一想。

先想我自己，想不出我有什么不对的地方来，即使我有许多毛病，反正至少我比师哥漂亮，聪明，更像个人儿。

再看师哥吧，他的长相，行为，财力，都不能教他为非作歹，他不是那种一见面就教女人动心的人。

最后，我详详细细的为我的年轻的妻子想一想：她跟了我已经四五年，我俩在一处不算不快乐。即使她的快乐是假装的，而愿意去跟个她真喜爱的人——这在早年间几乎是不能有的——大概黑子也绝不会是这个人吧？他跟我都是手艺人，他的身分一点不比我高。同样，他不比我阔，不比我漂亮，不比我年轻；那么，她贪图的是什么呢？想不出。就满打说她是受了他的引诱而迷了心，可是他用什么引诱她呢，是那张黑脸，那点本事，那身衣裳，腰里那几吊钱？笑话！哼，我要是有意的话吗，我倒满可以去引诱引诱女人；虽然钱不多，至少我有个样子。黑子有什么呢？再说，就是说她一时迷了心窍，分别不出好歹来，难道她就肯舍得那两个小孩吗？

我不能信大家的话，不能立时疏远了黑子，也不能傻子似的去盘问她。我全想过了，一点缝子没有，我只能慢慢的等着大家明白过来他们是多虑。即使他们不是凭空造谣，我也得慢慢的察看，不能无缘无故的把自己，把朋友，把妻子，都卷在黑土里边。有点聪明的人作事不能鲁莽。

可是，不久，黑子和我的妻子都不见了。直到如今，我没再见过他俩。为什么她肯这么办呢？我非见着她，由她自己吐出实话，我不会明白。我自己的思想永远不够对付这件事的。

我真盼望能再见她一面，专为明白明白这件事。到如今我还是在个葫芦里。

当时我怎样难过，用不着我自己细说。谁也能想到，一个年轻漂亮的人，守着两个没了妈的小孩，在家里是怎样的难过；一个聪明规矩的人，最亲爱的妻子跟师哥跑了，在街面上是怎么难堪。同情我的人，有话说不出，不认识我的人，听到这件事，总不会责备我的师哥，而一直的管我叫"王八"。在咱们这讲孝悌忠信的社会里，人们很喜欢有个王八，好教大家有放手指头的准头。我的口闭上，我的牙咬住，我心中只有他们俩的影儿和一片血。不用教我见着他们，见着就是一刀，别的无须乎再说了。

在当时，我只想拚上这条命，才觉得有点人味儿。现在，事情过去这么多年了。我可以细细的想这件事在我这一辈子里的作用了。

我的嘴并没闲着，到处我打听黑子的消息。没用，他俩真像石沉大海一般。打听不着确实的消息，慢慢的我的怒气消散了一些；说也奇怪，怒气一消，我反倒可怜我的妻子。黑子不过是个手艺人，而这种手艺只能在京津一带大城里找到饭吃，乡间是不需要讲究的烧活的。那么，假若他俩是逃到远处去，他拿什么养活她呢？哼，假若他肯偷好朋友的妻子，难道他就不会把她卖掉吗？这个恐惧时常在我心中绕来绕去。我真希望她忽然逃回来，告诉我她怎样上了当，受了苦处；假若她真跪在我的面前，我想我不会不收下她的，一个心爱的女人，永远是心爱的，不管她作了什么错事。她没有回来，没有消息，我恨她一会儿，又可怜她一会儿，胡思乱想，我有时候整夜的不能睡。

过了一年多，我的这种乱想又轻淡了许多。是的，我这一辈子也不能忘了她，可是我不再为她思索什么了。我承认了这是一段千真万确的事实，不必为它多费心思了。

我到底怎样了呢？这倒是我所要说的，因为这件我永远猜不透的事在我这一辈子里实在是件极大的事。这件事好像是在梦中丢失了我最亲爱的人，一睁眼，她真的跑得无影无踪了。这个梦没法儿明白，可是它的真确劲儿是谁也受不了的。作过这么个梦的人，就是没有成疯子，也得大大的改变；他是丢失了半个命呀！

五

最初，我连屋门也不肯出，我怕见那个又明又暖的太阳。

顶难堪的是头一次上街：抬着头大大方方的走吧，准有人说我天生来的不知羞耻。低着头走，便是自己招认了脊背发软。怎么着也不对。我可是问心无愧，没作过一点对不起人的事。

我破了戒，又吸烟喝酒了。什么背运不背运的，有什么再比丢了老婆更倒霉的呢？我不求人家可怜我，也犯不上成心对谁耍刺儿，我独自吸烟喝酒，把委屈放在心里好了。再没有比不测的祸患更能扫除了迷信的；以前，我对什么神仙都不敢得罪；现在，我什么也不信，连活佛也不信了。迷信，我咂摸出来，是盼望得点意外的好处；赶到遇上意外的难处，你就什么也不盼望，自然也不迷信了。我把财神和灶王的龛——我亲手糊的——都烧了。亲友中很有些人说我成了二毛子的。什么二毛子三毛子的，我再不给谁磕头。人若是不可靠，神仙就更没准儿了。

我并没变成忧郁的人。这种事本来是可以把人愁死的，可是我没往死牛犄角里钻。我原是个活泼的人，好吧，我要打算活下去，就得别丢了我的活泼劲儿。不错，意外的大祸往往能忽然把一个人的习惯与脾气改变了；可是我决定要保持住我的活泼。我吸烟，喝酒，不再信神佛，不过都是些使我活泼的方法。不管我是真乐还是假乐，我乐！在我学艺的时候，我就会这一招，经过这次的变动，我更必须这样了。现在，我已快饿死了，我还是笑着，连我自己也说不清这是真的还是假的笑，反正我笑，多咱死了多咱我并上嘴。从那件事发生了以后，直到如今，我始终还是个有用的人，热心的人，可是我心中有了个空儿。这个空儿是那件不幸的事给我留下的，像墙上中了枪弹，老有个小窟窿似的。我有用，我热心，我爱给人家帮忙，但是不幸而事情没办到好处，或者想不到的扎手，我不着急，也不动气，因为我心中有个空儿。这个空儿会教我在极热心的时候冷静，极欢喜的时候有点悲哀，我的笑常常和泪碰在一处，而分不清哪个是哪个。

　　这些，都是我心里头的变动，我自己要是不说——自然连我自己也说不大完全——大概别人无从猜到。在我的生活上，也有了变动，这是人人能看到的。我改了行，不再当裱糊匠，我没脸再上街口去等生意，同行的人，认识我的，也必认识黑子；他们只须多看我几眼，我就没法再咽下饭去。在那报纸还不大时行的年月，人们的眼睛是比新闻还要厉害的。现在，离婚都可以上衙门去明说明讲，早年间男女的事儿可不能这么随便。我把同行中的朋友全放下了，连我的师傅师母都懒得去看，我仿佛是要由这个世界一脚跳到另一个世界去。这样，我觉得我才能独自把那桩事关在心里头。年头的改变教裱糊匠们的活路越来越狭，但是要不是那回事，我也不会改行改得这么快，这么干脆。放弃了手艺，没什么可惜；可是这么放弃了手艺，我也不会感谢"那"回事儿！不管怎说吧，我改了行，这是个显然的变动。

　　决定扔下手艺可不就是我准知道应该干什么去。我得去乱碰，像一只空船浮在水面上，浪头是它的指南针。在前面我已经说过，我认识字，还能抄抄写写，很够当个小差事的。再说呢，当差是个体面的事，我这丢了老婆的人若能当上差，不用说那必能把我的名誉恢复了一些。现在想起来，这个想法真有点可笑；在当时我可是诚心的相信这是最高明的办法。"八"字还没有一撇儿，我觉得很高兴，仿佛我已经很有把握，既得到差事，又能恢复了名誉。我的头又抬得很高了。

　　哼！手艺是三年可以学成的；差事，也许要三十年才能得上吧！一个钉子跟着一个钉子，都预备着给我碰呢！我说我识字，哼！敢情有好些个能整本背书的人还挨饿呢。我说我会写字，敢情会写字的绝不算出奇呢。我把自己看得太高了。可是，我又亲眼看见，那作着很大的官儿的，一天到晚山珍海味的吃着，连自己的姓都不大认得。那么，是不是我的学问又太大了，而超过了作官所需要的呢？我这个聪明人也没法儿不显着糊涂了。

慢慢的，我明白过来。原来差事不是给本事预备着的，想做官第一得有人。这简直没了我的事，不管我有多么大的本事。我自己是个手艺人，所认识的也是手艺人；我爸爸呢，又是个白丁，虽然是很有本事与品行的白丁。我上哪里去找差事当呢？

事情要是逼着一个人走上哪条道儿，他就非去不可，就像火车一样，轨道已摆好，照着走就是了，一出花样准得翻车！我也是如此。决定扔下了手艺，而得不到个差事，我又不能老这么闲着。好啦，我的面前已摆好了铁轨，只准上前，不许退后。

我当了巡警。

巡警和洋车是大城里头给苦人们安好的两条火车道。大字不识而什么手艺也没有的，只好去拉车。拉车不用什么本钱，肯出汗就能吃窝窝头。识几个字而好体面的，有手艺而挣不上饭的，只好去当巡警；别的先不提，挑巡警用不着多大的人情，而且一挑上先有身制服穿着，六块钱拿着；好歹是个差事。除了这条道，我简直无路可走。我既没混到必须拉车去的地步，又没有作高官的舅舅或姐丈，巡警正好不高不低，只要我肯，就能穿上一身铜钮子的制服。当兵比当巡警有起色，即使熬不上军官，至少能有抢劫些东西的机会。可是，我不能去当兵，我家中还有俩没娘的小孩呀。当兵要野，当巡警要文明；换句话说，当兵有发邪财的机会，当巡警是穷而文明一辈子；穷得要命，文明得稀松！

以后这五六十年的经验，我敢说这么一句：真会办事的人，到时候才说话，爱张罗办事的人——像我自己——没话也找话说。我的嘴老不肯闲着，对什么事我都有一片说词，对什么人我都想很恰当的给起个外号。我受了报应：第一件事，我丢了老婆，把我的嘴封起来一二年！第二件是我当了巡警。在我还没当上这个差事的时候，我管巡警们叫作"马路行走"，"避风阁大学士"和"臭脚巡"。这些无非都是说巡警们的差事只是站马路，无事忙，跑臭脚。哼！我自己当上"臭脚巡"了！生命简直就是自己和自己开玩笑，一点不假！我自己打了自己的嘴巴，可并不因为我作了什么缺德的事；至多也不过爱多说几句玩笑话罢了。在这里，我认识了生命的严肃，连句玩笑话都说不得的！好在，我心中有个空儿；我怎么叫别人"臭脚巡"，也照样叫自己。这在早年间叫作"抹稀泥"，现在的新名词应叫着什么，我还没能打听出来。

我没法不去当巡警，可是真觉得有点委屈。是呀，我没有什么出众的本事，但是论街面上的事，我敢说我比谁知道的也不少。巡警不是管街面上的事情吗？那么，请看看那些警官儿吧：有的连本地的话都说不上来，二加二是四还是五都得想半天。哼！他是官，我可是"招募警"；他的一双皮鞋够开我半年的饷！他什么经验与本事也没有，可是他作官。这样的官儿多了去啦！上哪儿讲理去呢？记得有位教官，头一天教我们操法的时候，忘了叫"立正"，而叫了"闸住"。用不着打听，这位大爷一定是拉洋车出身。有人情就行，今天你拉车，明天你姑父作了什么官儿，你就可以弄个教官当当；叫"闸住"也没关系，谁敢笑教官一声呢！这样的自然是不多，可是有这么一位教官，也就可以教人想到巡警的操法是怎么稀松二五眼了。内堂的功课自然绝不是这样教官所能担任的，因为至少得认识些个字才能"虎"得下来。我们的内堂的教官大概可以分为两种：一种是老人儿们，多数都有口鸦片烟瘾；他们要是能讲明白一样东西，就凭他们那点人情，大概早就作上大官儿了；唯其什么也讲不明白，所以才来作教官。另一种是年轻的小伙子们，讲的都是洋事，什么东洋巡警怎么样，什么法国违警律如何，仿佛我们都是洋鬼子。这种讲法有个好处，就是他们信口开河瞎扯，我们一边打盹一边听着，谁也不准知道东洋和法国是什么样儿，可不就随他的便说吧。我满可以编一套美国的事讲给大家听，可惜我不是教官罢了。这群年轻的小人们真懂外国事儿不懂，无从知道；反正我准知道他们一点中国事儿也不晓得。这两种教官的年纪上学问上都不同，可是他们有个相同的地方，就是他们都高不成低不就，所以对对付付的只能作教官。他们的人情真不小，可是本事太差，所以来教一群为六块洋钱而一声不敢出的巡警就最合适。

教官如此，别的警官也差不多是这样。想想：谁要是能去作一任知县或税局局长，谁肯来作警官呢？前面我已交代过了，当巡警是高不成低不就，不得已而为之。警官也是这样。这群人由上至下全是"狗熊耍扁担，混碗儿饭吃"。不过呢,巡警一天到晚在街面上,不论怎样抹稀泥,多少得能说会道,见机而作,把大事化小,小事化无;既不多给官面上惹麻烦,又让大家都过得去;真的吧假的吧,这总得算点本事。而作警官的呢,就连这点本事似乎也不必有。阎王好作,小鬼难当,诚然!

六

我再多说几句,或者就没人再说我太狂傲无知了。我说我觉得委屈,真是实话;请看吧:一月挣六块钱,这跟当仆人的一样,而没有仆人们那些"外找儿";死挣六块钱,就凭这么个大人——腰板挺直,样子漂亮,年轻力壮,能说会道,还得识文断字!这一大堆资格,一共值六块钱!

六块钱饷粮,扣去三块半钱的伙食,还得扣去什么人情公议儿,净剩也就是两块上下钱吧。衣服自然是可以穿官发的,可是到休息的时候,谁肯还穿着制服回家呢;那么,不作不作也得有件大褂什么的,要是把钱作了大褂,一个月就算白混。再说,谁没有家呢?父母——呕,先别提父母吧!就说一夫一妻吧:至少得赁一间房,得有老婆的吃,喝,穿。就凭那两块大洋!谁也不许生病,不许生小孩,不许吸烟,不许吃点零碎东西;连这么着,月月还不够嚼谷!

我就不明白为什么肯有人把姑娘嫁给当巡警的,虽然我常给同事的做媒。当我一到女家提说的时候,人家总对我一撇嘴,虽不明说,但是意思很明显,"哼!当巡警的!"可是我不怕这一撇嘴,因为十回倒有九回是撇完嘴而点了头。难道是世界上的姑娘太多了吗?我不知道。

由哪面儿看，巡警都活该是鼓着腮帮子充胖子而教人哭不得笑不得的。穿起制服来，干净利落，又体面又威风，车马行人，打架吵嘴，都由他管着。他这是差事；可是他一月除了吃饭，净剩两块来钱。他自己也知道中气不足，可是不能不硬挺着腰板，到时候他得娶妻生子，还是仗着那两块来钱。提婚的时候，头一句是说："小人呀当差！"当差的底下还有什么呢？没人愿意细问，一问就糟到底。

是的，巡警们都知道自己怎样的委屈，可是风里雨里他得去巡街下夜，一点懒儿不敢偷；一偷懒就有被开除的危险；他委屈，可不敢抱怨，他劳苦，可不敢偷闲，他知道自己在这里混不出来什么，而不敢冒险搁下差事。这点差事扔了可惜，作着又没劲；这些人也就人儿似的先混过一天是一天，在没劲中要露出劲儿来，像打太极拳似的。

世上为什么应当有这种差事，和为什么有这样多肯作这种差事的人？我想不出来。假若下辈子我再托生为人，而且忘了喝迷魂汤，还记得这一辈子的事，我必定要扯着脖子去喊：这玩艺儿整个的是丢人，是欺骗，是杀人不流血！现在，我老了，快饿死了，连喊这么几句也顾不及了，我还得先为下顿的窝窝头着忙呀！

自然在我初当差的时候，我并没有一下子就把这些都看清楚了，谁也没有那么聪明。反之，一上手当差我倒觉出点高兴来：穿上整齐的制服，靴帽，的确我是漂亮精神，而且心里说：好吧歹吧，这是个差事；凭我的聪明与本事，不久我必有个升腾。我很留神看巡长巡官们制服上的铜星与金道，而想象着我将来也能那样。我一点也没想到那铜星与金道并不按着聪明与本事颁给人们呀。

新鲜劲儿刚一过去,我已经讨厌那身制服了。它不教任何人尊敬,而只能告诉人:"臭脚巡"来了!拿制服的本身说,它也很讨厌:夏天它就像牛皮似的,把人闷得满身臭汗;冬天呢,它一点也不像牛皮了,而倒像是纸糊的;它不许谁在里边多穿一点衣服,只好任着狂风由胸口钻进来,由脊背钻出去,整打个穿堂!再看那双皮鞋,冬冷夏热,永远不教脚舒服一会儿;穿单袜的时候,它好像是两大篓子似的,脚指脚踵都在里边乱抓弄,而始终找不到鞋在哪里;到穿棉袜的时候,它们忽然变得很紧,不许棉袜与脚一齐伸进去。有多少人因包办制服皮鞋而发了财,我不知道,我只知道我的脚永远烂着,夏天闹湿气,冬天闹冻疮。自然,烂脚也得照常的去巡街站岗,要不然就别挣那六块洋钱!多么热,或多么冷,别人都可以找地方去躲一躲,连洋车夫都可以自由的歇半天,巡警得去巡街,得去站岗,热死冻死都活该,那六块现大洋买着你的命呢!

记得在哪儿看见过这么一句:食不饱,力不足。不管这句在原地方讲的是什么吧,反正拿来形容巡警是没有多大错儿的。最可怜,又可笑的是我们既吃不饱,还得挺着劲儿,站在街上得像个样子!要饭的花子有时不饿也弯着腰,假充饿了三天三夜;反之,巡警却不饱也得鼓起肚皮,假装刚吃完三大碗鸡丝面似的。花子装饿倒有点道理,我可就是想不出巡警假装酒足饭饱有什么理由来,我只觉得这真可笑。

人们都不满意巡警的对付事,抹稀泥。哼!抹稀泥自有它的理由。不过,在细说这个道理之前,我愿先说件极可怕的事。有了这件可怕的事,我再反回头来细说那些理由,仿佛就更顺当,更生动。好!就这样办啦。

七

应当有月亮,可是教黑云给遮住了,处处都很黑。我正在个僻静的地方巡夜。我的鞋上钉着铁掌,那时候每个巡警又须带着一把东洋刀,四下里鸦雀无声,听着我自己的铁掌与佩刀的声响,我感到寂寞无聊,而且几乎有点害怕。眼前忽然跑过一只猫,或忽然听见一声鸟叫,都教我觉得不是味儿,勉强着挺起胸来,可是心中总空空虚虚的,仿佛将有些什么不幸的事情在前面等着我。不完全是害怕,又不完全气粗胆壮,就那么怪不得劲的,手心上出了点凉汗。平日,我很有点胆量,什么看守死尸,什么独自看管一所脏房,都算不了一回事。不知为什么这一晚上我这样胆虚,心里越要耻笑自己,便越觉得不定哪里藏着点危险。我不便放快了脚步,可是心中急切的希望快回去,回到那有灯光与朋友的地方去。

忽然,我听见一排枪!我立定了,胆子反倒壮起来一点;真正的危险似乎倒可以治好了胆虚,惊疑不定才是恐惧的根源。我听着,像夜行的马竖起耳朵那样。又一排枪,又一排枪!没声了,我等着,听着,静寂得难堪。像看见闪电而等着雷声那样,我的心跳得很快。啪,啪,啪,啪,四面八方都响起来了!

我的胆气又渐渐的往下低落了。一排枪,我壮起气来;枪声太多了,真遇到危险了;我是个人,人怕死;我忽然的跑起来,跑了几步,猛的又立住,听一听,枪声越来越密,看不见什么,四下漆黑,只有枪声,不知为什么,不知在哪里,黑暗里只有我一个人,听着远处的枪响。往哪里跑?到底是什么事?应当想一想,又顾不得想;胆大也没用,没有主意就不会有胆量。还是跑吧,糊涂的乱动,总比呆立哆嗦着强。我跑,狂跑,手紧紧的握住佩刀。像受了惊的猫狗,不必想也知道往家里跑。我已忘了我是巡警,我得先回家看看我那没娘的孩子去,要是死就死在一处!

要跑到家,我得穿过好几条大街。刚到了头一条大街,我就晓得不容易再跑了。街上黑黑忽忽的人影,跑得很快,随跑随着放枪。兵!我知道那是些辫子兵。而我才刚剪了发不多日子。我很后悔我没像别人那样把头发盘起来,而是连根儿烂真正剪去了辫子。假若我能马上放下辫子来,虽然这些兵们平素很讨厌巡警,可是因为我有辫子或者不至于把枪口冲着我来。在他们眼中,没有辫子便是二毛子,该杀。我没有了这么条宝贝!我不敢再动,只能藏在黑影里,看事行事。兵们在路上跑,一队跟着一队,枪声不停。我不晓得他们是干什么呢?待了一会儿,兵们好像是都过去了,我往外探了探头,见外面没有什么动静,我就像一只夜鸟儿似的飞过了马路,到了街的另一边。在这极快的穿过马路的一会儿里,我的眼梢撩着一点红光。十字街头起了火。我还藏在黑影里,不久,火光远远的照亮了一片;再探头往外看,我已可以影影抄抄的看到十字街口,所有四面把角的铺户已全烧起来,火影中那些兵们来回的奔跑,放着枪。我明白了,这是兵变。不久,火光更多了,一处接着一处,由光亮的距离我可以断定:凡是附近的十字口与丁字街全烧了起来。

说句该挨嘴巴的话,火是真好看!远处,漆黑的天上,忽然一白,紧跟着又黑了。忽然又一白,猛的冒起一个红团,有一块天像烧红的铁板,红得可怕。在红光里看见了多少股黑烟,和火舌们高低不齐的往上冒,一会儿烟遮住了火苗;一会儿火苗冲破了黑烟。黑烟滚着,转着,千变万化的往上升,凝成一片,罩住下面的火光,像浓雾掩住了夕阳。待一会儿,火光明亮了一些，烟也改成灰白色儿，纯净，旺炽，火苗不多，而光亮结成一片，照明了半个天。那近处的，烟与火中带着种种的响声，烟往高处起，火往四下里奔；烟像些丑恶的黑龙，火像些乱长乱钻的红铁笋。烟裹着火，火裹着烟，卷起多高，忽然离散，黑烟里落下无数的火花，或者三五个极大的火团。火花火团落下，烟像痛快轻松了一些，翻滚着向上冒。火团下降，在半空中遇到下面的火柱，又狂喜的往上跳跃，炸出无数火花。火团远落，遇到可以燃烧的东西，整个的再点起一把新火，新烟掩住旧火，一时变为黑暗；新火冲出了黑烟，与旧火联成一气，处处是火舌，火柱，飞舞，吐动，摇摆，颠狂。忽然哗啦一声，一架房倒下去，火星，焦炭，尘土，白烟，一齐飞扬，火苗压在下面，一齐在底下往横里吐射，像千百条探头吐舌的火蛇。静寂，静寂，火蛇慢慢的，忍耐的，往上翻。绕到上边来，与高处的火接到一处，通明，纯亮，忽忽的响着，要把人的心全照亮了似的。

我看着，不，不但看着，我还闻着呢！在种种不同的味道里，我咂摸着：这是那个金匾黑字的绸缎庄，那是那个山西人开的油酒店。由这些味道，我认识了那些不同的火团，轻而高飞的一定是茶叶铺的，迟笨黑暗的一定是布店的。这些买卖都不是我的，可是我都认得，闻着它们火葬的气味，看着它们火团的起落，我说不上来心中怎样难过。

我看着，闻着，难过，我忘了自己的危险，我仿佛是个不懂事的小孩，只顾了看热闹，而忘了别的一切。我的牙打得很响，不是为自己害怕，而是对这奇惨的美丽动了心。

回家是没希望了。我不知道街上一共有多少兵，可是由各处的火光猜度起来，大概是热闹的街口都有他们。他们的目的是抢劫，可是顺着手儿已经烧了这么多铺户，焉知不就棍打腿的杀些人玩玩呢？我这剪了发的巡警在他们眼中还不和个臭虫一样，只须一搂枪机就完了，并不费多少事。

想到这个，我打算回到"区"里去，"区"离我不算远，只须再过一条街就行了。可是，连这个也太晚了。当枪声初起的时候，连贫带富，家家关了门；街上除了那些横行的兵们，简直成了个死城。及至火一起来，铺户里的人们开始在火影里奔走，胆大一些的立在街旁，看着自己的或别人的店铺燃烧，没人敢去救火，可也舍不得走开，只那么一声不出的看着火苗乱窜。胆小一些的呢，争着往胡同里藏躲，三五成群的藏在巷内，不时向街上探探头，没人出声，大家都哆嗦着。火越烧越旺了，枪声慢慢的稀少下来，胡同里的住户仿佛已猜到是怎么一回事，最先是有人开门向外望望，然后有人试着步往街上走。街上，只有火光人影，没有巡警，被兵们抢过的当铺与首饰店全大敞着门！……这样的街市教人们害怕，同时也教人们胆大起来；一条没有巡警的街正像是没有老师的学房，多么老实的孩子也要闹哄闹哄。一家开门，家家开门，街上人多起来；铺户已有被抢过的了，跟着抢吧！平日，谁能想到那些良善守法的人民会去抢劫呢？哼！机会一到，人们立刻显露了原形。说声抢，壮实的小伙子们首先进了当铺，金店，钟表行。男人们回去一趟，第二趟出来已搀夹上女人和孩子们。被兵们抢过的铺子自然不必费事，进去随便拿就是了；可是紧跟着那些尚未被抢过的铺户的门也拦不住谁了。粮食店，茶叶铺，百货店，什么东西也是好的，门板一律砸开。

我一辈子只看见了这么一回大热闹：男女老幼喊着叫着，狂跑着，拥挤着，争吵着，砸门的砸门，喊叫的喊叫，嗑喳！门板倒下去，一窝蜂似的跑进去，乱挤乱抓，压倒在地的狂号，身体利落的往柜台上蹿，全红着眼，全拚着命，全奋勇前进，挤成一团，倒成一片，散走全街。背着，抱着，扛着，曳着，像一片战胜的蚂蚁，昂首疾走，去而复归，呼妻唤子，前呼后应。

苦人当然出来了，哼！那中等人家也不甘落后呀！

贵重的东西先搬完了，煤火柴炭是第二拨。有的整坛的搬着香油，有的独自扛着两口袋面，瓶子罐子碎了一街，米面洒满了便道，抢啊！抢啊！抢啊！谁都恨自己只长了一双手，谁都嫌自己的腿脚太慢；有的人会推着一坛子白糖，连人带坛在地上滚，像屎壳郎推着个大粪球。

强中自有强中手，人是到处会用脑子的！有人拿出切菜刀来了，立在巷口等着："放下！"刀晃了晃。口袋或衣服，放下了；安然的，不费力的，拿回家去。"放下！"不灵验，刀下去了，把面口袋砍破，下了一阵小雪，二人滚在一团。过路的急走，稍带着说了句："打什么，有的是东西！"两位明白过来，立起来向街头跑去。抢啊，抢啊！有的是东西！

我挤在了一群买卖人的中间，藏在黑影里。我并没说什么，他们似乎很明白我的困难，大家一声不出，而紧紧的把我包围住。不要说我还是个巡警，连他们买卖人也不敢抬起头来。他们无法去保护他们的财产与货物，谁敢出头抵抗谁就是不要命，兵们有枪，人民也有切菜刀呀！是的，他们低着头，好像倒怪羞惭似的。他们唯恐和抢劫的人们——也就是他们平日的照顾主儿——对了脸，羞恼成怒，在这没有王法的时候，杀几个买卖人总不算一回事呢！所以，他们也保护着我。想想看吧，这一带的居民大概不会不认识我吧！我三天两头的到这里来巡逻。平日，他们在墙根撒尿，我都要讨他们的厌，上前干涉；他们怎能不恨恶我呢！现在大家正在兴高采烈的白拿东西，要是遇见我，他们一人给我一砖头，我也就活不成了。即使他们不认识我,反正我是穿着制服,佩着东洋刀呀!在这个局面下,冒而咕咚的出来个巡警,够多么不合适呢!我满可以上前去道歉,说我不该这么冒失,他们能白白的饶了我吗?

街上忽然清静了一些,便道上的人纷纷往胡同里跑,马路当中走着七零八散的兵,都走得很慢;我摘下帽子,从一个学徒的肩上往外看了一眼,看见一位兵士,手里提着一串东西,像一串儿螃蟹似的。我能想到那是一串金银的镯子。他身上还有多少东西,不晓得,不过一定有许多硬货,因为他走得很慢,多么自然,多么可羡慕呢!自自然然的,提着一串镯子,在马路中心缓缓的走,有烧亮的铺户作着巨大的火把,给他们照亮了全城!

兵过去了,人们又由胡同里钻出来。东西已抢得差不多了,大家开始搬铺户的门板,有的去摘门上的匾额。我在报纸上常看见"彻底"这两个字,咱们的良民们打抢的时候才真正彻底呢!

这时候,铺户的人们才有出头喊叫的:"救火呀!救火呀!别等着烧净了呀!"喊得教人一听见就要落泪!我身旁的人们开始活动。我怎么办呢?他们要是都去救火,剩下我这一个巡警,往哪儿跑呢?我拉住了一个屠户!他脱给了我那件满是猪油的大衫。把帽子夹在夹肢窝底下。一手握着佩刀,一手揪着大襟,我擦着墙根,逃回"区"里去。

八

我没去抢,人家所抢的又不是我的东西,这回事简直可以说和我不相干。可是,我看见了,也就明白了。明白了什么?我不会干脆的,恰当的，用一半句话说出来；我明白了点什么意思，这点意思教我几乎改变了点脾气。丢老婆是一件永远忘不了的事，现在它有了伴儿，我也永远忘不了这次的兵变。丢老婆是我自己的事，只须记在我的心里，用不着把家事国事天下事全拉扯上。这次的变乱是多少万人的事，只要我想一想，我便想到大家，想到全城，简直的我可以用这回事去断定许多的大事，就好像报纸上那样谈论这个问题那个问题似的。对了，我找到了一句漂亮的了。这件事教我看出一点意思，由这点意思我哑摸着许多问题。不管别人听得懂这句与否，我可真觉得它不坏。

我说过了：自从我的妻潜逃之后，我心中有了个空儿。经过这回兵变，那个空儿更大了一些，松松通通的能容下许多玩艺儿。还接着说兵变的事吧！把它说完全了，你也就可以明白我心中的空儿为什么大起来了。

当我回到宿舍的时候，大家还全没睡呢。不睡是当然的，可是，大家一点也不显着着急或恐慌，吸烟的吸烟，喝茶的喝茶，就好像有红白事熬夜那样。我的狼狈的样子，不但没引起大家的同情，倒招得他们直笑。我本排着一肚子话要向大家说，一看这个样子也就不必再言语了。我想去睡，可是被排长给拦住了："别睡！待一会儿，天一亮，咱们全得出去弹压地面！"这该轮到我发笑了；街上烧抢到那个样子，并不见一个巡警，等到天亮再去弹压地面，岂不是天大的笑话！命令是命令，我只好等到天亮吧！

还没到天亮，我已经打听出来：原来高级警官们都预先知道兵变的事儿，可是不便于告诉下级警官和巡警们。这就是说，兵变是警察们管不了的事，要变就变吧；下级警官和巡警们呢，夜间糊糊涂涂的照常去巡逻站岗，是生是死随他们去！这个主意够多么活动而毒辣呢！再看巡警们呢，全和我自己一样，听见枪声就往回跑，谁也不傻。这样巡警正好对得起这样警官，自上而下全是瞎打混的当"差事"，一点不假！

虽然很要困，我可是急于想到街上去看看，夜间那一些情景还都在我的心里，我愿白天再去看一眼，好比较比较，教我心中这张画儿有头有尾。天亮得似乎很慢，也许是我心中太急。天到底慢慢的亮起来，我们排上队。我又要笑，有的人居然把盘起来的辫子梳好了放下来，巡长们也作为没看见。有的人在快要排队的时候，还细细刷了刷制服，用布擦亮了皮鞋！街上有那么大的损失，还有人顾得擦亮了鞋呢。我怎能不笑呢！

到了街上，我无论如何也笑不出了！从前，我没真明白过什么叫作"惨"，这回才真晓得了。天上还有几颗懒得下去的大星，云色在灰白中稍微带出些蓝，清凉，暗淡。到处是焦糊的气味，空中游动着一些白烟。铺户全敞着门，没有一个整窗子，大人和小徒弟都在门口，或坐或立，谁也不出声，也不动手收拾什么，像一群没有主儿的傻羊。火已经停止住延烧，可是已被烧残的地方还静静的冒着白烟。吐着细小而明亮的火苗。微风一吹，那烧焦的房柱忽然又亮起来，顺着风摆开一些小火旗。最初起火的几家已成了几个巨大的焦土堆，山墙没有倒，空空的围抱着几座冒烟的坟头。最后燃烧的地方还都立着，墙与前脸全没塌倒，可是门窗一律烧掉，成了些黑洞。有一只猫还在这样的一家门口坐着，被烟熏的连连打嚏，可是还不肯离开那里。

平日最热闹体面的街口变成了一片焦木头破瓦，成群的焦柱静静的立着，东西南北都是这样，懒懒的，无聊的，欲罢不能的冒着些烟。地狱什么样？我不知道。大概这就差不多吧！我一低头，便想起往日街头上的景象，那些体面的铺户是多么华丽可爱。一抬头，眼前只剩了焦糊的那么一片。心中记得的景象与眼前看见的忽然碰到一处，碰出一些泪来。这就叫作"惨"吧？火场外有许多买卖人与学徒们呆呆的立着，手揣在袖里，对着残火发愣。遇见我们，他们只淡淡的看那么一眼，没有任何别的表示，仿佛他们已绝了望，用不着再动什么感情。

过了这一带火场，铺户全敞着门窗，没有一点动静，便道上马路上全是破碎的东西，比那火场更加凄惨。火场的样子教人一看便知道那是遭了火灾，这一片破碎静寂的铺户与东西使人莫名其妙，不晓得为什么繁华的街市会忽然变成绝大的垃圾堆。我就被派在这里站岗。我的责任是什么呢？不知道。我规规矩矩的立在那里，连动也不敢动，这破烂的街市仿佛有一股凉气，把我吸住。一些妇女和小孩子还在铺子外边拾取一些破东西，铺子的人不作声，我也不便去管；我觉得站在那里简直是多此一举。

太阳出来，街上显着更破了，像阳光下的叫化子那么丑陋。地上的每一个小物件都露出颜色与形状来，花哨的奇怪，杂乱得使人憋气。没有一个卖菜的，赶早市的，卖早点心的，没有一辆洋车，一匹马，整个的街上就是那么破破烂烂，冷冷清清，连刚出来的太阳都仿佛垂头丧气不大起劲，空空洞洞的悬在天上。一个邮差从我身旁走过去，低着头，身后扯着一条长影。我哆嗦了一下。

待了一会儿，段上的巡官下来了。他身后跟着一名巡警，两人都非常的精神在马路当中当当的走，好像得了什么喜事似的。巡官告诉我：注意街上的秩序，大令已经下来了！我行了礼，莫名其妙他说的是什么？那名巡警似乎看出来我的傻气，低声找补了一句：赶开那些拾东西的，大令下来了！我没心思去执行，可是不敢公然违抗命令，我走到铺户外边，向那些妇人孩子们摆了摆手，我说不出话来！

一边这样维持秩序,我一边往猪肉铺走,为是说一声,那件大褂等我给洗好了再送来。屠户在小肉铺门口坐着呢,我没想到这样的小铺也会遭抢,可是竟自成个空铺子了。我说了句什么,屠户连头也没抬。我往铺子里望了望:大小肉墩子,肉钩子,钱筒子,油盘,凡是能拿走的吧,都被人家拿走了,只剩下了柜台和架肉案子的土台!

我又回到岗位,我的头痛得要裂。要是老教我看着这条街,我知道不久就会疯了。

大令真到了。十二名兵,一个长官,捧着就地正法的令牌,枪全上着刺刀。呕!原来还是辫子兵啊!他们抢完烧完,再出来就地正法别人;什么玩艺呢?我还得给令牌行礼呀!

行完礼,我急快往四下里看,看看还有没有捡拾零碎东西的人,好警告他们一声。连屠户的木墩都搬了走的人民,本来值不得同情;可是被辫子兵们杀掉,似乎又太冤枉。

说时迟,那时快,一个十四五岁的男孩子没有走脱。枪刺围住了他,他手中还攥住一块木板与一只旧鞋。拉倒了,大刀亮出来,孩子喊了声"妈!"血溅出去多远,身子还抽动,头已悬在电线杆子上!

我连吐口唾沫的力量都没有了,天地都在我眼前翻转。杀人,看见过,我不怕。我是不平!我是不平!请记住这句,这就是前面所说过的,"我看出一点意思"的那点意思。想想看,把整串的金银镯子提回营去,而后出来杀个拾了双破鞋的孩子,还说就地正"法"呢!天下要有这个"法",我×"法"的亲娘祖奶奶!请原谅我的嘴这么野,但是这种事恐怕也不大文明吧?

事后,我听人家说,这次的兵变是有什么政治作用,所以打抢的兵在事后还出来弹压地面。连头带尾，一切都是预先想好了的。什么政治作用？咱不懂！咱只想再骂街。可是，就凭咱这么个"臭脚巡"，骂街又有什么用呢！

九

简直我不愿再提这回事了，不过为圆上场面，我总得把问题提出来；提出来放在这里，比我聪明的人有的是，让他们自己去细咂摸吧！

怎么会"政治作用"里有兵变？

若是有意教兵来抢，当初干吗要巡警？

巡警到底是干吗的？是只管在街上小便的，而不管抢铺子的吗？

安善良民要是会打抢，巡警干吗去专拿小偷？

人们到底愿意要巡警不愿意？不愿意吧！为什么刚要打架就喊巡警，而且月月往外拿"警捐"？愿意吧！为什么又喜欢巡警不管事：要抢的好去抢，被抢的也一声不言语？

好吧，我只提出这么几个"样子"来吧！问题还多得很呢！我既不能去解决，也就不便再瞎叨叨了。这几个"样子"就真够教我糊涂的了，怎想怎不对，怎摸不清哪里是哪里，一会儿它有头有尾，一会儿又没头没尾，我这点聪明不够想这么大的事的。

我只能说这么一句老话，这个人民，连官儿，兵丁，巡警，带安善的良民，都"不够本"！所以，我心中的空儿就更大了呀！在这群"不够本"的人们里活着，就是个对付劲儿，别讲究什么"真"事儿，我算是看明白了。

还有个好字眼儿，别忘下："汤儿事"。谁要是跟我一样，想不出什么好办法来，顶好用这个话，又现成，又恰当，而且可以不至把自己绕糊涂了。"汤儿事"，完了；如若还嫌稍微秃一点呢，再补上"真他妈的"，就挺合适。

十

不须再发什么议论，大概谁也能看清楚咱们国的人是怎回事了。由这个再谈到警察，稀松二五眼正是理之当然，一点也不出奇。就拿抓赌来说吧：早年间的赌局都是由顶有字号的人物作后台老板；不但官面上不能够抄拿，就是出了人命也没有什么了不得的；赌局里打死人是常有的事。赶到有了巡警之后，赌局还照旧开着，敢去抄吗？这谁也能明白，不必我说。可是，不抄吧，又太不像话；怎么办呢？有主意，检着那老实的办几案，拿几个老头儿老太太，抄去几打儿纸牌，罚上十头八块的。巡警呢，算交上了差事；社会上呢，大小也有个风声，行了。拿这一件事比方十件事，警察自从一开头就是抹稀泥。它养着一群混饭吃的人，作些个混饭吃的事。社会上既不需要真正的巡警，巡警也犯不上为六块钱卖命。这很清楚。

这次兵变过后，我们的困难增多了老些。年轻的小伙子们，抢着了不少的东西，总算发了邪财。有的穿着两件马褂，有的十个手指头戴着十个戒指，都扬扬得意的在街上扭，斜眼看着巡警，鼻子里哽哽的哼白气。我只好低下头去，本来吗，那么大的阵式，我们巡警都一声没出，事后还能怨人家小看我们吗？赌局到处都是，白抢来的钱，输光了也不折本儿呀！

我们不敢去抄，想抄也抄不过来，太多了。我们在墙儿外听见人家里面喊"人九"，"对子"，只作为没听见，轻轻的走过去。反正人们在院儿里头耍，不到街上来就行。哼！人们连这点面子也不给咱们留呀！那穿两件马褂的小伙子们偏要显出一点也不怕巡警——他们的祖父，爸爸，就没怕过巡警，也没见过巡警，他们为什么这辈子就当受巡警的气呢？——单要来到街上赌一场。有骰子就能开宝，蹲在地上就玩起活来。有一对石球就能踢，两人也行，五个人也行，"一毛钱一脚，踢不踢？好啦！'倒回来！'"拍，球碰了球，一毛。耍儿真不小呢，一点钟里也过手好几块。这都在我们鼻子底下，我们管不管呢？管吧！一个人，只佩着连豆腐也切不齐的刀，而赌家老是一帮年轻的小伙子。明人不吃眼前亏，巡警得绕着道儿走过去，不管的为是。可是，不幸，遇见了稽察，"你难道瞎了眼，看不见他们聚赌？"回去，至轻是记一过。这份儿委屈上哪儿诉去呢？

这样的事还多得很呢！以我自己说，我要不是佩着那么把破刀，而是拿着把手枪，跟谁我也敢碰碰，六块钱的饷银自然合不着卖命，可是泥人也有个土性，架不住碰在气头儿上。可是，我摸不着手枪，枪在土匪和大兵手里呢。

明明看见了大兵坐了车不给钱，而且用皮带抽洋车夫，我不敢不笑着把他劝了走。他有枪，他敢放，打死个巡警算得了什么呢！有一年，在三等窑子里，大兵们打死了我们三位弟兄，我们连凶首也没要出来。三位弟兄白白的死了，没有一个抵偿的，连一个挨几十军棍的也没有！他们的枪随便放，我们赤手空拳，我们这是文明事儿呀！

总而言之吧，在这么个以蛮横不讲理为荣，以破坏秩序为增光耀祖的社会里，巡警简直是多余。明白了这个，再加上我们前面所说过的食不饱力不足那一套，大概谁也能明白个八九成了。我们不抹稀泥，怎么办呢？我——我是个巡警——并不求谁原谅，我只是愿意这么说出来，心明眼亮，好教大家心里有个谱儿。

爽性我把最泄气的也说了吧：

当过了一二年差事，我在弟兄们中间已经是个了不得的人物。遇见官事，长官们总教我去挡头一阵。弟兄们并不因此而忌妒我，因为对大家的私事我也不走在后边。这样，每逢出个排长的缺，大家总对我咕唧："这回一定是你补缺了！"仿佛他们非常希望要我这么个排长似的。虽然排长并没落在我身上，可是我的才干是大家知道的。

我的办事诀窍，就是从前面那一大堆话中抽出来的。比方说吧，有人来报被窃，巡长和我就去察看。糙糙的把门窗户院看一过儿，顺口搭音就把我们在哪儿有岗位，夜里有几趟巡逻，都说得详详细细，有滋有味，仿佛我们比谁都精细，都卖力气。然后，找门窗不甚严密的地方，话软而意思硬的开始反攻，"这扇门可不大保险，得安把洋锁吧？告诉你，安锁要往下安，门坎那溜儿就很好，不容易教贼摸到。屋里养着条小狗也是办法，狗圈在屋里，不管是多么小，有动静就会汪汪，比院里放着三条大狗还有用。先生你看，我们多留点神，你自己也得注点意，两下一凑合，准保丢不了东西了。好吧，我们回去，多派几名下夜的就是了；先生歇着吧！"这一套，把我们的责任卸了，他就赶紧得安锁养小狗；遇见和气的主儿呢，还许给我们泡壶茶喝。这就是我的本事。怎么不负责任，而且不教人看出抹稀泥来，我就怎办。话要说得好听，甜嘴蜜舌的把责任全推到一边去，准保不招灾不惹祸。弟兄们都会这一套，可是他们的嘴与神气差着点劲儿。一句话有多少种说法，把神气弄对了地方，话就能说出去又拉回来，像有弹簧似的。这点，我比他们强，而且他们还是学不了去，这是天生来的才分！

赶到我独自下夜，遇见贼，你猜我怎么办？我呀！把佩刀攥在手里，省得有响声；他爬他的墙，我走我的路，各不相扰。好吗，真要教他记恨上我，藏在黑影儿里给我一砖，我受得了吗？那谁，傻王九，不是瞎了一只眼吗？他还不是为拿贼呢！有一天，他和董志和在街口上强迫给人们剪发，一人手里一把剪刀，见着带小辫的，拉过来就是一剪子。哼！教人家记上了。等傻王九走单了的时候，人家照准了他的眼就是一把石灰："让你剪我的发，×你妈妈的！"他的眼就那么瞎了一只。你说，这差事要不像我那么去当，还活着不活着呢？凡是巡警们以为该干涉的，人们都以为是"狗拿耗子多管闲事"，有什么法子呢？

我不能像傻王九似的，平白无故的丢去一只眼睛，我还留着眼睛看这个世界呢！轻手蹑脚的躲开贼，我的心里并没闲着，我想我那俩没娘的孩子，我算计这一个月的嚼谷。也许有人一五一十的算计，而用洋钱作单位吧？我呀，得一个铜子一个铜子的算。多几个铜子，我心里就宽绰；少几个，我就得发愁。还拿贼，谁不穷呢？穷到无路可走，谁也会去偷，肚子才不管什么叫作体面呢！

十一

这次兵变过后，又有一次大的变动：大清国改为中华民国了。改朝换代是不容易遇上的，我可是并没觉得这有什么意思。说真的，这百年不遇的事情，还不如兵变热闹呢。据说，一改民国，凡事就由人民主管了；可是我没看见。我还是巡警，饷银没有增加，天天出来进去还是那一套。原先我受别人的气，现在我还是受气；原先大官儿们的车夫仆人欺负我们，现在新官儿手底下的人也并不和气。"汤儿事"还是"汤儿事"，倒不因为改朝换代有什么改变。可也别说，街上剪发的人比从前多了一些，总得算作一点进步吧。牌九押宝慢慢的也少起来，贫富人家都玩"麻将"了，我们还是照样的不敢去抄赌，可是赌具不能不算改了良，文明了一些。

民国的民倒不怎样，民国的官和兵可了不得！像雨后的蘑菇似的，不知道哪儿来的这么些官和兵。官和兵本不当放在一块儿说，可是他们的确有些相像的地方。昨天还一脚黄土泥，今天作了官或当了兵，立刻就瞪眼；越糊涂，眼越瞪得大，好像是糊涂灯，糊涂得透亮儿。这群糊涂玩艺儿听不懂哪叫好话，哪叫歹话，无论你说什么；他们总是横着来。他们糊涂得教人替他们难过，可是他们很得意。有时候他们教我都这么想了：我这辈大概作不了文官或是武官啦！因为我糊涂的不够程度！

几乎是个官儿就可以要几名巡警来给看门护院，我们成了一种保镖的，挣着公家的钱，可为私人作事。我便被派到宅门里去。从道理上说，为官员看守私宅简直不能算作差事；从实利上讲，巡警们可都愿意这么被派出来。我一被派出来，就拔升为"三等警"；"招募警"还没有被派出来的资格呢！我到这时候才算入了"等"。再说呢，宅门的事情清闲，除了站门，守夜，没有别的事可作；至少一年可以省出一双皮鞋来。事情少，而且外带着没有危险；宅里的老爷与太太若打起架来，用不着我们去劝，自然也就不会把我们打在底下而受点误伤。巡夜呢，不过是绕着宅子走两圈，准保遇不上贼；墙高狗厉害，小贼不能来，大贼不便于来——大贼找退职的官儿去偷，既有油水，又不至于引起官面严拿；他们不惹有势力的现任官。在这里，不但用不着去抄赌，我们反倒保护着老爷太太们打麻将。遇到宅里请客玩牌，我们就更清闲自在：宅门外放着一片车马，宅里到处亮如白昼，仆人来往如梭，两三桌麻将，四五盏烟灯，彻夜的闹哄，绝不会闹贼，我们就睡大觉，等天亮散局的时候，我们再出来站门行礼，给老爷们助威。要赶上宅里有红白事，我们就更合适：喜事唱戏，我们跟着白听戏，准保都是有名的角色，在戏园子里绝听不到这么齐全。丧事呢，虽然没戏可听，可是死人不能一半天就抬出去，至少也得停三四十天，念好几棚经；好了，我们就跟着吃吧；他们死人，咱们就吃犒劳。怕就怕死小孩，既不能开吊，又得听着大家呕呕的真哭。其次是怕小姐偷偷跑了，或姨太太有了什么大错而被休出去，我们捞不着吃喝看戏，还得替老爷太太们怪不得劲儿的！

教我特别高兴的，是当这路差事，出入也随便了许多，我可以常常回家看看孩子们。在"区"里或"段"上，请会儿浮假都好不容易，因为无论是在"内勤"或"外勤"，工作是刻板儿排好了的，不易调换更动。在宅门里，我站完门便没了我的事，只须对弟兄们说一声就可以走半天。这点好处常常教我害怕，怕再调回"区"里去；我的孩子们没有娘，还不多教他们看看父亲吗？

就是我不出去，也还有好处。我的身上既永远不疲乏，心里又没多少事儿，闲着干什么呢？我呀，宅上有的是报纸，闲着就打头到底的念。大报小报，新闻社论，明白吧不明白吧，我全念，老念。这个，帮助我不少，我多知道了许多的事，多识了许多的字。有许多字到如今我还念不出来，可是看惯了，我会猜出它们的意思来，就好像街面上常见着的人，虽然叫不上姓名来，可是彼此怪面善。除了报纸，我还满世界去借闲书看。

不过，比较起来，还是念报纸的益处大，事情多，字眼儿杂，看着开心。唯其事多字多，所以才费劲；念到我不能明白的地方，我只好再拿起闲书来了。闲书老是那一套，看了上回，猜也会猜到下回是什么事；正因为它这样，所以才不必费力，看着玩玩就算了。报纸开心，闲书散心，这是我的一点经验。

在门儿里可也有坏处：吃饭就第一成了问题。在"区"里或"段"上，我们的伙食钱是由饷银里坐地儿扣，好歹不拘，天天到时候就有饭吃。派到宅门里来呢，一共三五个人，绝不能找厨子包办伙食，没有厨子肯包这么小的买卖的。宅里的厨房呢，又不许我们用；人家老爷们要巡警，因为知道可以白使唤几个穿制服的人，并不大管这群人有肚子没有。我们怎办呢？自己起灶，作不到，买一堆盆碗锅勺，知道哪时就又被调了走呢？再说，人家门头上要巡警原为体面好看，好，我们若是给人家弄得盆朝天碗朝地，刀勺乱响，成何体统呢？没法子，只好买着吃。

这可够别扭的。手里若是有钱，不用说，买着吃是顶自由了，爱吃什么就叫什么，弄两盅酒儿伍的，叫俩可口的菜，岂不是个乐子？请别忘了，我可是一月才共总进六块钱！吃的苦还不算什么，一顿一顿想主意可真教人难过，想着想着我就要落泪。我要省钱，还得变个样儿，不能老啃干馍馍辣饼子，像填鸭子似的。省钱与可口简直永远不能碰到一块，想想钱，我认命吧，还是弄几个干烧饼，和一块老腌萝卜，对付一下吧；想到身子，似乎又不该如此。想，越想越难过，越不能决定；一直饿到太阳平西还没吃上午饭呢！

我家里还有孩子呢！我少吃一口，他们就可以多吃一口，谁不心疼孩子呢？吃着包饭，我无法少交钱；现在我可以自由的吃饭了，为什么不多给孩子们省出一点来呢？好吧，我有八个烧饼才够，就硬吃六个，多喝两碗开水，来个"水饱"！我怎能不落泪呢！

看看人家宅门里吧，老爷挣钱没数儿！是呀，只要一打听就能打听出来他拿多少薪俸，可是人家绝不指着那点固定的进项，就这么说吧，一月挣八百块的，若是干挣八百块，他怎能那么阔气呢？这里必定有文章。这个文章是这样的，你要是一月挣六块钱，你就死挣那个数儿，你兜儿里忽然多出一块钱来，都会有人斜眼看你，给你造些谣言。你要是能挣五百块，就绝不会死挣这个数儿，而且你的钱越多，人们越佩服你。这个文章似乎一点也不合理，可是它就是这么作出来的，你爱信不信！

报纸与宣讲所里常常提倡自由；事情要是等着提倡，当然是原来没有。我原没有自由；人家提倡了会子，自由还没来到我身上，可是我在宅门里看见它了。民国到底是有好处的，自己有自由没有吧，反正看见了也就得算开了眼。

你瞧，在大清国的时候，凡事都有个准谱儿；该穿蓝布大褂的就得穿蓝布大褂，有钱也不行。这个，大概就应叫作专制吧！一到民国来，宅门里可有了自由，只要有钱，你爱穿什么，吃什么，戴什么，都可以，没人敢管你。所以，为争自由，得拚命的去搂钱；搂钱也自由，因为民国没有御史。你要是没在大宅门待过，大概你还不信我的话呢，你去看看好了。现在的一个小官都比老年间的头品大员多享着点福：讲吃的，现在交通方便，山珍海味随便的吃，只要有钱。吃腻了这些还可以拿西餐洋酒换换口味；哪一朝的皇上大概也没吃过洋饭吧？讲穿的，讲戴的，讲看的听的，使的用的，都是如此；坐在屋里你可以享受全世界最好的东西。如今享福的人才真叫作享福，自然如今搂钱也比从前自由的多。别的我不敢说，我准知道宅门里的姨太太擦五十块钱一小盒的香粉,是由什么巴黎来的;巴黎在哪儿?我不知道,反正那里来的粉是很贵。我的邻居李四,把个胖小子卖了,才得到四十块钱,足见这香粉贵到什么地步了,一定是又细又香呀,一定!

好了,我不再说这个了;紧自贫嘴恶舌,倒好像我不赞成自由似的,那我哪敢呢!

我再从另一方面说几句,虽然还是话里套话,可是多少有点变化,好教人听着不俗气厌烦。刚才我说人家宅门里怎样自由,怎样阔气,谁可也别误会了人家作老爷的就整天的大把往外扔洋钱,老爷们才不这么傻呢!是呀,姨太太擦比一个小孩还贵的香粉,但是姨太太是姨太太,姨太太有姨太太的造化与本事。人家作老爷的给姨太太买那么贵的粉,正因为人家有地方可以抠出来。你就这么说吧,好比你作了老爷,我就能按着宅门的规矩告诉你许多诀窍:你的电灯,自来水,煤,电话,手纸,车马,天棚,家具,信封信纸,花草,都不用花钱;最后,你还可以白使唤几名巡警。这是规矩,你要不明白这个,你简直不配作老爷。告诉你一句到底的话吧,作老爷的要空着手儿来,满腔满馅的去,就好像刚惊蛰后的臭虫,来的时候是两张皮,一会儿就变成肚大腰圆,满兜儿血。这个比喻稍粗一点,意思可是不错。自由的搂钱,专制的省钱,两下里一合,你的姨太太就可以擦巴黎的香粉了。这句话也许说得太深奥了一些,随便吧!你爱懂不懂。

这可就该说到我自己了。按说,宅门里白使唤了咱们一年半载,到节了年了的,总该有个人心,给咱们哪怕是顿犒劳饭呢,也大小是个意思。哼!休想!人家作老爷的钱都留着给姨太太花呢,巡警算哪道货?等咱被调走的时候，求老爷给"区"里替我说句好话，咱都得感激不尽。

你看，命令下来，我被调到别处。我把铺盖卷打好，然后恭而敬之的去见宅上的老爷。看吧，人家那股子劲儿大了去啦！带理不理的，倒仿佛我偷了他点东西似的。我托咐了几句：求老爷顺便和"区"里说一声，我的差事当得不错。人家微微的一抬眼皮，连个屁都懒得放。我只好退出来了，人家连个拉铺盖的车钱也不给；我得自己把它扛了走。这就是他妈的差事，这就是他妈的人情！

十二

机关和宅门里的要人越来越多了。我们另成立了警卫队，一共有五百人，专作那义务保镖的事。为是显出我们真能保卫老爷们，我们每人有一杆洋枪，和几排子弹。对于洋枪——这些洋枪——我一点也不感觉兴趣；它又沉，又老，又破，我摸不清这是由哪里找来的一些专为压人肩膀，而一点别的用处没有的玩艺儿。我的子弹老在腰间围着，永远不准往枪里搁；到了什么大难临头，老爷们都逃走了的时候，我们才安上刺刀。

这可并非是说，我可以完全不管那枝破家伙；它虽然是那么破，我可得给它支使着。枪身里外，连刺刀，都得天天擦；即使永远擦不亮，我的手可不能闲着。心到神知！再说，有了枪，身上也就多了些玩艺儿，皮带，刺刀鞘，子弹袋子，全得弄得利落抹腻，不能像猪八戒挎腰刀那么懈懈松松的，还得打裹腿呢！

多出这么些事来，肩膀上添了七八斤的分量，我多挣了一块钱；现在我是一个月挣七块大洋了，感谢天地！

七块钱，扛枪，打裹腿，站门，我干了三年多。由这个宅门串到那个宅门，由这个衙门调到那个衙门；老爷们出来，我行礼；老爷进去，我行礼。这就是我的差事。这种差事才毁人呢：你说没事作吧，又有事；说有事作吧，又没事。还不如上街站岗去呢。在街上，至少得管点事，用用心思。在宅门或衙门，简直永远不用费什么一点脑子。赶到在闲散的衙门或汤儿事的宅子里，连站门的时候都满可以随便，挂着枪立着也行，抱着枪打盹也行。这样的差事教人不起一点儿劲，它生生的把人耗疲了。一个当仆人的可以有个盼望，哪儿的事情甜就想往哪儿去，我们当这份儿差事，明知一点好来头没有，可是就那么一天天的穷耗，耗得连自己都看不起了自己。按说，这么空闲无事，就应当吃得白白胖胖，也总算个体面呀。哼！我们并蹲不出膘儿来。我们一天老绕着那七块钱打算盘，穷得揪心。心要是揪上，还怎么会发胖呢？以我自己说吧，我的孩子已到上学的年岁了，我能不教他去吗？上学就得花钱，古今一理，不算出奇，可是我上哪里找这份钱去呢？作官的可以白占许多许多便宜，当巡警的连孩子白念书的地方也没有。上私塾吧，学费节礼，书籍笔墨，都是钱。上学校吧，制服，手工材料，种种本子，比上私塾还费的多。再说，孩子们在家里，饿了可以掰一块窝窝头吃；一上学，就得给点心钱，即使咱们肯教他揣着块窝窝头去，他自己肯吗？小孩的脸是更容易红起来的。

　　我简直没办法。这么大个活人，就会干瞪着眼睛看自己的儿女在家里荒荒着！我这辈无望了，难道我的儿女应当更不济吗？看着人家宅门的小姐少爷去上学，喝！车接车送，到门口还有老妈子丫环来接书包，抱进去，手里拿着橘子苹果，和新鲜的玩具。人家的孩子这样，咱的孩子那样；孩子不都是将来的国民吗？我真想辞差不干了。我楞当仆人去，弄俩零钱,好教我的孩子上学。

可是人就是别入了辙,入到哪条辙上便一辈子拔不出腿来。当了几年的差事——虽然是这样的差事——我事事入了辙,这里有朋友,有说有笑,有经验,它不教我起劲,可是我也仿佛不大能狠心的离开它。再说,一个人的虚荣心每每比金钱还有力量,当惯了差,总以为去当仆人是往下走一步,虽然可以多挣些钱。这可笑,很可笑,可是人就是这么个玩艺儿。我一跟朋友们说这个,大家都摇头。有的说,大家混的都很好的,干吗去改行?有的说,这山望着那山高,咱们这些苦人干什么也发不了财,先忍着吧!有的说,人家中学毕业生还有当"招募警"的呢,咱们有这个差事当,就算不错;何必呢?连巡官都对我说了:好歹混着吧,这是差事;凭你的本事,日后总有升腾!大家这么一说,我的心更活了,仿佛我要是固执起来,倒不大对得住朋友似的。好吧,还往下混吧。小孩念书的事呢?没有下文!

不久,我可有了个好机会。有位冯大人哪,官职大得很,一要就要十二名警卫;四名看门,四名送信跑道,四名作跟随。这四名跟随得会骑马。那时候,汽车还没出世,大官们都讲究坐大马车。在前清的时候,大官坐轿或坐车,不是前者顶马,后有跟班吗?这位冯大人愿意恢复这点官威,马车后得有四名带枪的警卫。敢情会骑马的人不好找,找遍了全警卫队,才找到了三个;三条腿不大像话,连巡官都急得直抓脑袋。我看出便宜来了:骑马,自然得有粮钱哪!为我的小孩念书起见,我得冒下子险,假如从马粮钱里能弄出块儿八毛的来,孩子至少也可以去私塾了。按说,这个心眼不甚好,可是我这是卖着命,我并不会骑马呀!我告诉了巡官,我愿意去。他问我会骑马不会?我没说我会,也没说我不会;他呢,反正找不到别人，也就没究根儿。

有胆子，天下便没难事。当我头一次和马见面的时候，我就合计好了：摔死呢，孩子们入孤儿院，不见得比在家里坏；摔不死呢，好，孩子们可以念书去了。这么一来，我就先不怕马了。我不怕它，它就得怕我，天下的事不都是如此吗？再说呢，我的腿脚利落，心里又灵，跟那三位会骑马的瞎扯巴了一会儿，我已经把骑马的招数知道了不少。找了匹老实的，我试了试，我手心里攥着把汗，可是硬说我有了把握。头几天，我的罪过真不小，浑身像散了一般，屁股上见了血。我咬了牙。等到伤好了，我的胆子更大起来，而且觉出来骑马的快乐。跑，跑，车多快，我多快，我算是治服了一种动物！

我把马治服了，可是没把粮草钱拿过来，我白冒了险。冯大人家中有十几匹马呢，另有看马的专人，没有我什么事。我几乎气病了。可是，不久我又高兴了：冯大人的官职是这么大，这么多，他简直没有回家吃饭的工夫。我们跟着他出去，一跑就是一天。他当然喽，到处都有饭吃，我们呢？我们四个人商议了一下，决定跟他交涉，他在哪里吃饭，也得有我们的。冯大人这个人心眼还不错，他很爱马，爱面子，爱手下的人。我们一对他说，他马上答应了。这个，可是个便宜。不用往多里说。我们要是一个月准能在外边白吃半个月的饭，我们不就省下半个月的饭钱吗？我高了兴！

冯大人，我说，很爱面子。当我们去见他交涉饭食的时候，他细细看了看我们。看了半天，他摇了摇头，自言自语的说："这可不行！"我以为他是说我们四个人不行呢，敢情不是。他登时要笔墨，写了个条子："拿这个见总队长去，教他三天内都办好！"把条子拿下来，我们看了看，原来是教队长给我们换制服：我们平常的制服是斜纹布的，冯大人现在教换呢子的；袖口，裤缝，和帽箍，一律要安金绦子。靴子也换，要过膝的马靴。枪要换上马枪，还另外给一人一把手枪。看完这个条子，连我们自己都觉得不合适：长官们才能穿呢衣，镶金绦，我们四个是巡警，怎能平白无故的穿上这一套呢？自然，我们不能去教冯大人收回条子去，可是我们也怪不好意思去见总队长。总队长要是不敢违抗冯大人，他满可以对我们四个人发发脾气呀！

你猜怎么着？总队长看了条子，连大气没出，照话而行，都给办了。你就说冯大人有多么大的势力吧！喝！我们四个人可抖起来了，真正细黑呢制服，镶着黄登登的金绦，过膝的黑皮长靴，靴后带着白亮亮的马刺，马枪背在背后，手枪挎在身旁，枪匣外搭拉着长杏黄穗子。简直可以这么说吧，全城的巡警的威风都教我们四个人给夺过来了。我们在街上走，站岗的巡警全都给我们行礼，以为我们是大官儿呢！

当我作裱糊匠的时候，稍微讲究一点的烧活，总得糊上匹菊花青的大马。现在我穿上这么抖的制服，我到马棚去挑了匹菊花青的马，这匹马非常的闹手，见了人是连啃带踢；我挑了它，因为我原先糊过这样的马，现在我得骑上匹活的；菊花青，多么好看呢！这匹马闹手，可是跑起来真作脸，头一低，嘴角吐着点白沫，长鬃像风吹着一垄春麦，小耳朵立着像俩小瓢儿；我只须一认镫，它就要飞起来。这一辈子，我没有过什么真正得意的事；骑上这匹菊花青大马，我必得说，我觉到了骄傲与得意！

按说，这回的差事总算过得去了，凭那一身衣裳与那匹马还不值得高高兴兴的混吗？哼！新制服还没穿过三个月，冯大人吹了台，警卫队也被解散；我又回去当三等警了。

十三

警卫队解散了。为什么？我不知道。我被调到总局里去当差，并且得了一面铜片的奖章，仿佛是说我在宅门里立下了什么功劳似的。在总局里，我有时候管户口册子，有时候管铺捐的账簿，有时候值班守大门，有时候看管军装库。这么二三年的工夫，我又把局子里的事情全明白了个大概。加上我以前在街面上，衙门口和宅门里的那些经验，我可以算作上百事通了，里里外外的事，没有我不晓得的。要提起警务，我是地道内行。可是一直到这个时候，当了十年的差，我才升到头等警，每月挣大洋九元。

大家伙或者以为巡警都是站街的，年轻轻的好管闲事。其实，我们还有一大群人在区里局里藏着呢。假若有一天举行总检阅，你就可以看见些稀奇古怪的巡警：罗锅腰的，近视眼的，掉了牙的，瘸着腿的，无奇不有。这些怪物才真是巡警中的盐，他们都有资格有经验，识文断字，一切公文案件，一切办事的诀窍，都在他们手里呢。要是没有他们，街上的巡警就非乱了营不可。这些人，可是永远不会升腾起来；老给大家办事，一点起色也没有，平生连出头露面的体面一次都没有过。他们任劳任怨的办事，一直到他们老得动不了窝，老是头等警，挣九块大洋。多喒你在街上看见：穿着洗得很干净的灰布大褂，脚底下可还穿着巡警的皮鞋，用脚后跟慢慢的走，仿佛支使不动那双鞋似的，那就准是这路巡警。他们有时候也到大"酒缸"上，喝一个"碗酒"，就着十几个花生豆儿，挺有规矩，一边往下咽那点辣水，一边叹着气。头发已经有些白的了，嘴巴儿可还刮得很光，猛看很像个太监。他们很规则，和蔼，会作事，他们连休息的时候还得穿着那双不得人心的鞋！

跟这群人在一处办事，我长了不少的知识。可是，我也有点害怕：莫非我也就这样下去了吗？他们够多么可爱，又多么可怜呢！看着他们，我心中时常忽然凉那么一下，教我半天说不上话来。不错，我比他们都年岁小，也不见得比他们不精明，可是我有希望没有呢？年岁小？我也三十六了！

这几年在局子里可也有一样好处，我没受什么惊险。这几年，正是年年春秋准打仗的时期，旁人受的罪我先不说，单说巡警们就真够瞧的。一打仗，兵们就成了阎王爷，而巡警头朝了下！要粮，要车，要马，要人，要钱，全交派给巡警，慢一点送上去都不行。一说要烙饼一万斤，得，巡警就得挨着家去到切面铺和烙烧饼的地方给要大饼；饼烙得，还得押着清道夫给送到营里去；说不定还挨几个嘴巴回来！

要单是这么伺候着兵老爷们，也还好；不，兵老爷们还横反呢。凡是有巡警的地方，他们非捣乱不可，巡警们管吧不好，不管吧也不好，活受气。世上有糊涂人，我晓得；但是兵们的糊涂令我不解。他们只为逞一时的字号，完全不讲情理；不讲情理也罢，反正得自己别吃亏呀；不，他们连自己吃亏不吃亏都看不出来，你说天下哪里再找这么糊涂的人呢。就说我的表弟吧，他已当过十多年的兵，后来几年还老是排长，按说总该明白点事儿了。哼！那年打仗，他押着十几名俘虏往营里送。喝！他得意非常的在前面领着，仿佛是个皇上似的。他手下的弟兄都看出来，为什么不先解除了俘虏的武装呢？他可就是不这么办，拍着胸膛说一点错儿没有。走到半路上，后面响了枪，他登时就死在了街上。他是我的表弟，我还能盼着他死吗？可是这股子糊涂劲儿，教我也没法抱怨开枪打他的人。有这样一个例子，你也就能明白一点兵们是怎样的难对付了。你要是告诉他，汽车别往墙上开，好啦，他就非去碰碰不可，把他自己碰死倒可以，他就是不能听你的话。

在总局里几年，没别的好处，我算是躲开了战时的危险与受气。自然罗！一打仗，煤米柴炭都涨价儿，巡警们也随着大家一同受罪，不过我可以安坐在公事房里，不必出去对付大兵们，我就得知足。

可是，在局里我又怕一辈子就窝在那里，永没有出头之日，有人情，可以升腾起来；没人情而能在外边拿贼办案，也是个路子，我既没人情，又不到街面上去，打哪儿升高一步呢？我越想越发愁。

十四

到我四十岁那年，大运亨通，我补了巡长！我顾不得想已经当了多少年的差，卖了多少力气，和巡长才挣多少钱；都顾不得想了。我只觉得我的运气来了！

小孩子拾个破东西，就能高兴的玩耍半天，所以小孩子能够快乐。大人们也得这样，或者才能对付着活下去。细细一想，事情就全糟。我升了巡长，说真的，巡长比巡警才多挣几块钱呢？挣钱不多，责任可有多么大呢！往上说，对上司们事事得说出个谱儿来；往下说，对弟兄们得又精明又热诚；对内说，差事得交得过去；对外说，得能不软不硬的办了事。这，比作知县难多了。县长就是一个地方的皇上，巡长没那个身分，他得认真办事，又得敷衍事，真真假假，虚虚实实，哪一点没想到就出蘑菇。

出了蘑菇还是真糟，往上升腾不易呀，往下降可不难呢。当过了巡长再降下来，派到哪里去也不吃香：弟兄们咬吃，喝！你这作过巡长的，……这个那个的扯一堆。长官呢，看你是刺儿头，故意的给你小鞋穿，你怎么忍也忍不下去。怎办呢？哼！由巡长而降为巡警，顶好干脆卷铺盖家去，这碗饭不必再吃了。可是，以我说吧，四十岁才升上巡长，真要是卷了铺盖，我干吗去呢？

真要是这么一想，我登时就得白了头发。幸而我当时没这么想，只顾了高兴，把坏事儿全放在了一旁。我当时倒这么想：四十作上巡长，五十——哪怕是五十呢！——再作上巡官，也就算不白当了差。咱们非学校出身，又没有大人情，能作到巡官还算小吗？这么一想，我简直的拚了命，精神百倍的看着我的事，好像看着颗夜明珠似的！

作了二年的巡长，我的头上真见了白头发。我并没细想过一切，可是天天揪着心，唯恐哪件事办错了，担了处分。白天，我老喜笑颜开的打着精神办公；夜间，我睡不实在，忽然想起一件事，我就受了一惊似的，翻来覆去的思索；未必能想出办法来，我的困意可也就不再回来了。

公事而外，我为我的儿女发愁：儿子已经二十了，姑娘十八。福海——我的儿子——上过几天私塾，几天贫儿学校，几天公立小学。字吗，凑在一块儿他大概能念下来第二册国文；坏招儿，他可学会了不少，私塾的，贫儿学校的，公立小学的，他都学来了，到处准能考一百分，假若学校里考坏招数的话。本来吗，自幼失了娘，我又终年在外边瞎混，他可不是爱怎么反就怎么反啵。我不恨铁不成钢去责备他，也不抱怨任何人，我只恨我的时运低，发不了财，不能好好的教育他。我不算对不起他们，我一辈子没给他们弄个后娘，给他们气受。至于我的时运不济，只能当巡警，那并非是我的错儿，人还能大过天去吗？

福海的个子可不小，所以很能吃呀！一顿胡搂三大碗芝麻酱拌面，有时候还说不很饱呢！就凭他这个吃法，他再有我这么两份儿爸爸也不中用！我供给不起他上中学，他那点"秀气"也没法考上。我得给他找事作。哼！他会作什么呢？

从老早，我心里就这么嘀咕：我的儿子楞可去拉洋车，也不去当巡警；我这辈子当够了巡警，不必世袭这份差事了！在福海十二三岁的时候，我教他去学手艺，他哭着喊着的一百个不去。不去就不去吧，等他长两岁再说；对个没娘的孩子不就得格外心疼吗？到了十五岁，我给他找好了地方去学徒，他不说不去，可是我一转脸，他就会跑回家来。几次我送他走，几次他偷跑回来。于是只好等他再大一点吧，等他心眼转变过来也许就行了。哼！从十五到二十，他就愣荒荒过来，能吃能喝，就是不爱干活儿。赶到教我给逼急了："你到底愿意干什么呢？你说！"他低着脑袋，说他愿意挑巡警！他觉得穿上制服，在街上走，既能挣钱，又能就手儿散心，不像学徒那样永远圈在屋里。我没说什么，心里可刺着痛。我给打了个招呼，他挑上了巡警。我心里痛不痛的，反正他有事作，总比死吃我一口强啊。父是英雄儿好汉，爸爸巡警儿子还是巡警，而且他这个巡警还必定跟不上我。我到四十岁才熬上巡长，他到四十岁，哼！不教人家开革出来就是好事！没盼望！我没续娶过，因为我咬得住牙。他呢，赶明儿个难道不给他成家吗？拿什么养着呢？

是的，儿子当了差，我心中反倒堵上个大疙瘩！

再看女儿呀，也十八九了，紧自搁在家里算怎回事呢？当然，早早撮出去的为是，越早越好。给谁呢？巡警，巡警，还得是巡警？一个人当巡警,子孙万代全得当巡警,仿佛掉在了巡警阵里似的。可是,不给巡警还真不行呢:论模样,她没什么模样;论教育,她自幼没娘,只认识几个大字;论赔送,我至多能给她作两件洋布大衫;论本事,她只能受苦,没别的好处。巡警的女儿天生来的得嫁给巡警,八字造定,谁也改不了!

唉!给了就给了吧!撮出她去,我无论怎说也可以心净一会儿。并非是我心狠哪;想想看,把她撂到二十多岁,还许就剩在家里呢。我对谁都想对得起,可是谁又对得起我来着!我并不想唠里唠叨的发牢骚,不过我愿把事情都撂平了,谁是谁非,让大家看。

当她出嫁的那一天,我真想坐在那里痛哭一场。我可是没有哭;这也不是一半天的事了,我的眼泪只会在眼里转两转,简直的不会往下流!

十五

儿子有了事做,姑娘出了阁,我心里说:这我可能远走高飞了!假若外边有个机会,我楞把巡长搁下,也出去见识见识。什么发财不发财的,我不能就窝囊这么一辈子。

机会还真来了。记得那位冯大人呀,他放了外任官。我不是爱看报吗?得到这个消息,就找他去了,求他带我出去。他还记得我,而且愿意这么办。他教我去再约上三个好手,一共四个人随他上任。我留了个心眼,请他自己向局里要四名,作为是拨遣。我是这么想:假若日后事情不见佳呢,既省得朋友们抱怨我,而且还可以回来交差,有个退身步。他看我的办法不错,就指名向局里调了四个人。

这一喜可非同小喜。就凭我这点经验知识,管保说,到哪儿我也可以作个很好的警察局局长，一点不是瞎吹！一条狗还有得意的那一天呢，何况是个人？我也该抖两天了，四十多岁还没露过一回脸呢！

果然，命令下来，我是卫队长；我乐得要跳起来。

哼！也不是咱的命不好，还是冯大人的运不济；还没到任呢，又撤了差。猫咬尿泡，瞎欢喜一场！幸而我们四个人是调用，不是辞差；冯大人又把我们送回局里去了。我的心里既为这件事难过，又为回局里能否还当巡长发愁，我脸上瘦了一圈。

幸而还好，我被派到防疫处作守卫，一共有六位弟兄，由我带领。这是个不错的差事，事情不多，而由防疫处开我们的饭钱。我不确实的知道，大概这是冯大人给我说了句好话。

在这里，饭钱既不必由自己出，我开始攒钱，为是给福海娶亲——只剩了这么一档子该办的事了，爽性早些办了吧！

在我四十五岁上，我娶了儿媳妇——她的娘家父亲与哥哥都是巡警。可倒好，我这一家子，老少里外，全是巡警，凑吧凑吧，就可以成立个警察分所！

人的行动有时候莫名其妙。娶了儿媳妇以后，也不知怎么我以为应当留下胡子，才够作公公的样子。我没细想自己是干什么的，直入公堂的就留下胡子了。小黑胡子在我嘴上，我捻上一袋关东烟，觉得挺够味儿。本来吗，姑娘聘出去了，儿子成了家，我自己的事又挺顺当，怎能觉得不是味儿呢？

哼！我的胡子惹下了祸。总局局长忽然换了人，新局长到任就检阅全城的巡警。这位老爷是军人出身，只懂得立正看齐，不懂得别的。在前面我已经说过，局里区里都有许多老人们，长相不体面，可是办事多年，最有经验。我就是和局里这群老手儿排在一处的，因为防疫处的守卫不属于任何警区，所以检阅的时候便随着局里的人立在一块儿。

当我们站好了队，等着检阅的时候，我和那群老人们还有说有笑，自自然然的。我们心里都觉得，重要的事情都归我们办，提哪一项事情我们都知道，我们没升腾起来已经算很委屈了，谁还能把我们踢出去吗？上了几岁年纪，诚然，可是我们并没少作事儿呀！即使说老朽不中用了，反正我们都至少当过十五六年的差，我们年轻力壮的时候是把精神血汗耗费在公家的差事上，冲着这点，难道还不留个情面吗？谁能够看狗老了就一脚踢出去呢？我们心中都这么想，所以满没把这回事放在心里，以为新局长从远处瞭我们一眼也就算了。

局长到了，大个子胸前挂满了徽章，又是喊，又是蹦，活像个机器人。我心里打开了鼓。他不按着次序看，一眼看到我们这一排，他猛虎扑食似的就跑过来了。岔开脚，手握在背后，他向我们点了点头。然后忽然他一个箭步跳到我们跟前，抓起一个老书记生的腰带，像摔跤似的往前一拉，几乎把老书记生拉倒；抓着腰带，他前后摇晃了老书记生几把，然后猛一撒手，老书记生摔了个屁股墩。局长对准了他就是两口唾沫，"你也当巡警！连腰带都系不紧？来！拉出去毙了！"

我们都知道，凭他是谁，也不能枪毙人。可是我们的脸都白了，不是怕，是气的。那个老书记生坐在地上，哆嗦成了一团。

局长又看了看我们，然后用手指划了条长线，"你们全滚出去，别再教我看见你们！你们这群东西也配当巡警！"说完这个，仿佛还不解气，又跑到前面，扯着脖子喊："是有胡子的全脱了制服，马上走！"

有胡子的不止我一个，还都是巡长巡官，要不然我也不敢留下这几根惹祸的毛。

二十年来的服务，我就是这么被刷下来了。其实呢，我虽四十多岁，我可是一点也不显着老苍，谁教我留下了胡子呢！这就是说，当你年轻力壮的时候，你把命卖上，一月就是那六七块钱。你的儿子，因为你当巡警，不能读书受教育；你的女儿，因为你当巡警，也嫁个穷汉去吃窝窝头。你自己呢，一长胡子，就算完事，一个铜子的恤金养老金也没有，服务二十年后，你教人家一脚踢出来，像踢开一块碍事的砖头似的。五十以前，你没挣下什么，有三顿饭吃就算不错；五十以后，你该想主意了，是投河呢，还是上吊呢？这就是当巡警的下场头。

二十年来的差事，没作过什么错事，但我就这样卷了铺盖。

弟兄们有含着泪把我送出来的，我还是笑着；世界上不平的事可多了，我还留着我的泪呢！

十六

穷人的命——并不像那些施舍稀粥的慈善家所想的——不是几碗粥所能救活了的；有粥吃，不过多受几天罪罢了，早晚还是死。我的履历就跟这样的粥差不多，它只能帮助我找上个小事，教我多受几天罪；我还得去当巡警。除了说我当巡警，我还真没法介绍自己呢！它就像颗不体面的痣或瘤子，永远跟着我。我懒得说当过巡警，懒得再去当巡警，可是不说不当，还真连碗饭也吃不上，多么可恶呢！

歇了没有好久，我由冯大人的介绍，到一座煤矿上去作卫生处主任，后来又升为矿村的警察分所所长；这总算运气不坏。在这里我很施展了些我的才干与学问：对村里的工人，我以二十年服务的经验，管理得真叫不错。他们聚赌，斗殴，罢工，闹事，醉酒，就凭我的一张嘴，就事论事，干脆了当，我能把他们说得心服口服。对弟兄们呢，我得亲自去训练。他们之中有的是由别处调来的，有的是由我约来帮忙的，都当过巡警；这可就不容易训练，因为他们懂得一些警察的事儿，而想看我一手儿。我不怕，我当过各样的巡警，里里外外我全晓得；凭着这点经验，我算是没被他们给撅了。对内对外，我全有办法，这一点也不瞎吹。

假若我能在这里混上几年，我敢保说至少我可以积攒下个棺材本儿，因为我的饷银差不多等于一个巡官的，而到年底还可以拿一笔奖金。可是，我刚作到半年，把一切都布置得有个大概了，哼！我被人家顶下来了。我的罪过是年老与过于认真办事。弟兄们满可以拿些私钱，假若我肯睁着一只闭着一只眼的话。我的两眼都睁着，种下了毒。对外也是如此，我明白警察的一切，所以我要本着良心把此地的警务办得完完全全，真像个样儿。还是那句话，人民要不是真正的人民，办警察是多此一举，越办得好越招人怨恨。自然，容我办上几年，大家也许能看出它的好处来。可是，人家不等办好，已经把我踢开了。

在这个社会中办事，现在才明白过来，就得像发给巡警们皮鞋似的。大点，活该！小点，挤脚？活该！什么事都能办通了，你打算合大家的适，他们要不把鞋打在你脸上才怪。这次的失败，因为我忘了那三个宝贝字——"汤儿事"，因此我又卷了铺盖。

这回，一闲就是半年多。从我学徒时候起，我无事也忙，永不懂得偷闲。现在，虽然是奔五十的人了，我的精神气力并不比那个年轻小伙子差多少。生让我闲着，我怎么受呢？由早晨起来到日落，我没有正经事作，没有希望，跟太阳一样，就那么由东而西的转过去；不过，太阳能照亮了世界，我呢，心中老是黑糊糊的。闲得起急，闲得要躁，闲得讨厌自己，可就是摸不着点儿事作。想起过去的劳力与经验，并不能自慰，因为劳力与经验没给我积攒下养老的钱，而我眼看着就是挨饿。我不愿人家养着我，我有自己的精神与本事，愿意自食其力的去挣饭吃。我的耳目好像作贼的那么尖，只要有个消息，便赶上前去，可是老空着手回来，把头低得无可再低，真想一跤摔死，倒也爽快！还没到死的时候，社会像要把我活埋了！晴天大日头的，我觉得身子慢慢往土里陷；什么缺德的事也没作过，可是受这么大的罪。一天到晚我叼着那根烟袋，里边并没有烟，只是那么叼着，算个"意思"而已。我活着也不过是那么个"意思"，好像专为给大家当笑话看呢！

好容易，我弄到个事：到河南去当盐务缉私队的队兵。队兵就队兵吧，有饭吃就行呀！借了钱，打点行李，我把胡子剃得光光的上了"任"。

半年的工夫，我把债还清，而且升为排长。别人花俩，我花一个，好还债。别人走一步，我走两步，所以升了排长。委屈并挡不住我的努力，我怕失业。一次失业，就多老上三年，不饿死，也憋闷死了。至于努力挡得住失业挡不住，那就难说了。

我想——哼！我又想了！——我既能当上排长，就能当上队长，不又是个希望吗？这回我留了神，看人家怎作，我也怎做作。人家要私钱，我也要，我别再为良心而坏了事；良心在这年月并不值钱。假若我在队上混个队长，连公带私，有几年的工夫，我不是又可以剩下个棺材本儿吗？我简直的没了大志向，只求腿脚能动便去劳动；多嗒动不了窝，好，能有个棺材把我装上，不至于教野狗们把我嚼了。我一眼看着天，一眼看着地。我对得起天，再求我能静静的躺在地下。并非我倚老卖老，我才五十来岁；不过，过去的努力既是那么白干一场，我怎能不把眼睛放低一些，只看着我将来的坟头呢！我心里是这么想，我的志愿既这么小，难道老天爷还不睁开点眼吗？

来家信，说我得了孙子。我要说我不喜欢，那简直不近人情。可是，我也必得说出来：喜欢完了，我心里凉了那么一下，不由的自言自语的嘀咕："哼！又来个小巡警吧！"一个作祖父的，按说，哪有给孙子说丧气话的，可是谁要是看过我前边所说的一大片，大概谁也会原谅我吧？有钱人家的儿女是希望，没钱人家的儿女是累赘；自己的肚中空虚，还有顾得子孙万代，和什么"忠厚传家久，诗书继世长"吗？

我的小烟袋锅儿里又有了烟叶，叼着烟袋，我咂摸着将来的事儿。有了孙子，我的责任还不止于剩个棺材本儿了；儿子还是三等警，怎能养家呢？我不管他们夫妇，还不管孙子吗？这教我心中忽然非常的乱，自己一年比一年的老，而家中的嘴越来越多，哪个嘴不得用窝窝头填上呢！我深深的打了几个嗝儿，胸中仿佛横着一口气。算了吧，我还是少思索吧，没头儿，说不尽！个人的寿数是有限的，困难可是世袭的呢！子子孙孙，万年永实用，窝窝头！

风雨要是都按着天气预测那么来，就无所谓狂风暴雨了。困难若是都按着咱们心中所思虑的一步一步慢慢的来，也就没有把人急疯了这一说了。我正盘算着孙子的事儿，我的儿子死了！

他还并没死在家里呀！我还得去运灵。

福海，自从成家以后，很知道要强。虽然他的本事有限，可是他懂得了怎样尽自己的力量去作事。我到盐务缉私队上来的时候，他很愿意和我一同来，相信在外边可以多一些发展的机会。我拦住了他，因为怕事情不稳，一下子再教父子同时失业，如何得了。可是，我前脚离开了家，他紧随着也上了威海卫。他在那里多挣两块钱。独自在外，多挣两块就和不多挣一样，可是穷人想要强，就往往只看见了钱，而不多合计合计。到那里，他就病了；舍不得吃药。及至他躺下了，药可也就没了用。

把灵运回来，我手中连一个钱也没有了。儿媳妇成了年轻的寡妇，带着个吃奶的小孩，我怎么办呢？我没法再出外去作事，在家乡我又连个三等巡警也当不上，我才五十岁，已走到了绝路。我羡慕福海，早早的死了，一闭眼三不知；假若他活到我这个岁数，至好也不过和我一样，多一半还许不如我呢！儿媳妇哭，哭得死去活来，我没有泪，哭不出来，我只能满屋里打转，偶尔的冷笑一声。

以前的力气都白卖了。现在我还得拿出全套的本事，去给小孩子找点粥吃。我去看守空房；我去帮着人家卖菜；我去做泥水匠的小工子活；我去给人家搬家……除了拉洋车，我什么都作过了。无论作什么，我还都卖着最大的力气，留着十分的小心。五十多了，我出的是二十岁的小伙子的力气，肚子里可是只有点稀粥与窝窝头，身上到冬天没有一件厚实的棉袄，我不求人白给点什么，还讲仗着力气与本事挣饭吃，豪横了一辈子，到死我还不能输这口气。时常我挨一天的饿，时常我没有煤上火，时常我找不到一撮儿烟叶，可是我决不说什么；我给公家卖过力气了，我对得住一切的人，我心里没毛病，还说什么呢？我等着饿死，死后必定没有棺材，儿媳妇和孙子也得跟着饿死，那只好就这样吧！谁教我是巡警呢！我的眼前时常发黑，我仿佛已摸到了死，哼！我还笑，笑我这一辈的聪明本事，笑这出奇不公平的世界，希望等我笑到末一声，这世界就换个样儿吧！

杀 狗

灯灭了。宿舍里乱哄了一阵儿，慢慢的静寂起来。没光亮，没响声，夜光表的针儿轻轻的凑到一处，十二点。

杜亦甫本没脱去短衣，轻轻的起来，披上长袍。夜里的春寒教他不得已的吸了一下鼻子。摸着洋蜡，点上，发出点很懒惰无聊的光儿。他呆呆的看着微弯的烛捻儿：慢慢的，羞涩的，黑线碰到了蜡槽，蜡化开一点，像个水仙花心；轻轻炸了两声，水仙花心散化在一汪儿油里；暗了一会儿，忽然想起它的责任来似的，放出一支蜡所应供给的全份儿光亮。杜亦甫痛快了一些。

转身，他推醒周石松。周石松慢慢的坐起来，蜷着腿，头支在膝上，看着那支蜡烛。

"我叫他们去！"杜亦甫在周石松耳边轻轻的说。

不大的工夫，像领着两个囚徒似的，杜亦甫带进一高一矮两位同学来，高的——徐明侠——坐在杜的床上，矮的——初济辰——坐在周的枕旁。周石松似乎还没十分醒好。大家都看着那微动的烛光，一声不响，像都揣着个炸弹似的，勇敢，又害怕，不敢出声。杜亦甫坐在屋中唯一的破藤椅上，压出一点声音来。

周石松要打哈欠，嘴张开，不敢出声，脸上的肉七扭八折的乱用力量，几乎怪可怕。杜亦甫在藤椅上轻轻扭动了两下，看着周石松的红嘴慢慢的并拢起来，才放了心。

徐明侠探着头，眼睛睁得极大，显出纯洁而狡猾，急切的问："什么事？"

初济辰抬着头看天花板，态度不但自然，而且带出点傲慢狂放来，他自居为才子。

"有紧要的事！"杜亦甫低声的回答。

周石松赶紧点头，表示他并不傻。更进一步的为表示自己精细，他问了句："好不好把毯子挂上，遮住灯光；省得又教走狗们去报告？"

谁也没答碴儿，初才子嗤的笑了一声，像一个水点落在红铁上。

杜亦甫又在椅子上扭动了一下。他长得粗眉大眼，心里可很精细；他的精细管拘住他的热烈，正像个炸弹，必须放在极合适的地方才好爆发。大学二年级的学生，功课，能力，口才，身体，都不坏。父亲是国术馆的教师，有人说杜亦甫也有些家传的武艺，他自己可不这么承认；为使别人相信，他永远管国术叫作："拿好架子，等着挨揍。"他不大看得起他的父亲，每逢父子吵了嘴，他很想把老人叫作"挨揍的代表"，可是决不对别人公然这么说。

夜间十二点，他们常开这样的小组会议。夜半，一豆灯光，语声低重，无论有无实际的问题来讨论，总使他们感到兴奋，满意。多少多少不平与不满意的事，他们都可以在这里偷偷的用些激烈的言语来讨论，想办法。他们以为这是把光藏在洞里，不久，他们会炸破这个洞，给东亚放起一把野火来，使这衰老的民族变成口吐火焰的怪兽。他们兴奋，恐惧，骄傲，自负，话多，心跳得快。

杜亦甫是这小团体的首领。"有紧要的事！"他又说了一句。看大家都等待着他解释，他向前探了探身，两脚妥实的踩在地上，好使他的全身稳当有力："和平就是屈服，我们不能再受任何人的骗！刀放在脖子上——是的，刀已经放在我们的脖子上了——闭眼的就死，还手的生死不定。丧去生命才有生命，除了流血没有第二条路，没有！我们不能坐以待毙，去预备流血，给自己造流血的机会！我们是为流血而来的！"

"假如我们能造成局部的惨变，"周石松把被子往上拉了拉，"而结果只是局部的解决了，岂不是白流自家的血，白死一些好人——"

"糊涂人！"初才子矫正着。

"啊，糊涂人，"周石松心中乱了一些。"我说，岂不是，没用，没多大的用？"

徐明侠的眼中带着点泪光，看着杜亦甫，仿佛已知道杜亦甫要说什么，而欢迎他说。

杜亦甫要笑一下，可是极快的想起自己是首领，于是拿出更郑重的样子，显出只懂得辩驳，而一点也不小看人："多一个疮口就多使人注意点他的生命。一个疮，因为能引起对全身的注意，也许就能救——能救！不是能害——一条命！一个民族也如是！我们为救民族，得给它去造疮口！"

"由死亡里学会了聪明！"初济辰把手揣到袖子里去。

徐明侠向杜亦甫点头，向初才子点头，眼睛由这个看到那个，轻送着泪光，仿佛他们的话都正好打在他的心坎上，只有佩服，同情，说不出来话。

周石松对着烛光愣起来。

"老周你先不必怕！"徐明侠也同情于老周，但是须给他一点激动。

"谁怕？谁怕？"周石松的脸立刻红了一块，语声超出这种会议所允许的高度。"哪回事我落在后边过？难道不许我发言吗？"

"何必呢，老周？"杜亦甫的神气非常的老到，安详，恳切："你顾虑得对！不过——"

"有点妇人之仁！"初才子极快的接过去。

"不准捣蛋！"杜亦甫镇吓着初济辰。

周石松不再说什么。

"谁也知道，"杜亦甫接入了正文，"战争需要若干若干准备，不是专凭人多就能致胜的。不过，说句不科学的话，勇气到底还是最要紧的。勇气得刺激起来，正如军事需要准备。军事准备了没有？准备了什么？我们不知道。也许是真正在准备，也许是骗人。我们可是一定能作刺激起勇气的工作。造出流血的机会，使人们手足无措，战也死，不战也死，于是就有了战的决心。我们能作这个，应作这个，马上就得去作这个！局部的解决，也好，因为它到底是一个疮。人们不愿全身因此溃烂，就得去想主意！"

说罢，杜亦甫挺起身来，两脚似有千斤沉重，平放在地上。皱着粗眉，大眼呆呆的看着烛光，似乎心中思念已空，只有热血在身上奔流。

"是不是又教我拟稿，发传单？"初才子问。

"正是又得劳驾！"杜亦甫听出来才子话中的邪味，可是用首领所应有的幽默，把才子扣住："后天大市有香会，我们应去发些传单。危险的事，也就是去造流血的机会。教巡警抓去呢，没关系；若是和敌人们碰了头，就必出乱子——出乱子是我们的目的。大家都愿意？"

周石松首先举起手来。

徐明侠随着举起手，可是不十分快当；及至把手举好，就在空中放了好大半天。

"我去拟稿，不必多此一'举'了吧？"初才子轻轻的一笑。

"通过！"杜亦甫的脸上也微带出一点笑意。"初，你去拟稿子，明天正午交卷。老周你管印刷，后天清早都得印好。后天九点，一齐出发。

是这样不是?"

徐明侠连连点头。

"记得好像咱们发过好几次传单了,并没流过血?"初济辰用眼角撩了杜一下。

"那——"杜亦甫极快的想起一句话,到嘴边上又忘了。"大而引起流血,小而散散我们的闷气,都好!事情没有白作了的!"徐明侠对杜亦甫说。

杜亦甫没找回来刚才忘掉的那一句,只好勉强的接过来徐明侠的:"事情没有白作了的,反正有传单就有人看。什么——"

"啊——哈——"周石松的哈欠吞并了杜亦甫的语声。

"嘘!"徐明侠把食指放在唇上,"小点声!走狗们,"没说下半句,他猫似的跑到屋门那里,爬下去,耳朵贴着地,听了听。没听到什么,轻快的跑回来:"好像听见有脚步声!"

"福尔摩斯!"初才子立起来:"提议散会。"

杜亦甫拉了初济辰一把,两步跑到屋门那里,轻轻推开门,向外探着头,仔细的看了看:"没人,散会;别忘了咱们的事!"

徐,初,轻轻的走出去。

周石松一下子钻进被窝去,蒙上了头。

杜亦甫独自呆看着蜡烛,好大半天;吹灭了蜡,随着将灭未灭的那一线余光,叹了口气。

躺下之后,他睡不着。屋里污浊的空气,夹杂着蜡油味,像可以摸到的一层什么油腻,要蒙在他的脸上,压住他的胸口,使他出不来气。想去开开窗子,懒得起来。周石松的呼声,变化多端,使人讨厌而又惊异。

起初他讨厌这个呼声,慢慢的转而羡慕周石松了——吃得饱,睡得熟，傻傻糊糊的只有一个心眼。他几乎有点恨自己不那么简单；是的，简单就必能直爽，而直爽一定就会快乐。

由周石松想到了初济辰——狂傲，一天到晚老把头扬到云里去。也可羡慕！狂傲由于无知，也许由于豪爽；无论怎说吧，初才子也快乐，至少比自己快乐。

想不出徐明侠那高个子有什么特点，也看不出他快乐不快乐。为什么？是不是因为徐明侠不那么简单，豪爽呢？自己是不是和徐害着一路病呢？

不，杜亦甫绝不能就是徐明侠。徐明侠有狡猾的地方，而自己，凭良心说，对谁向来不肯掘坏。那么，为什么自己不快乐呢？不错，家事国事天下事，没有一样足以使一个有志的青年打起精神，去笑一笑的。可是，一天到晚蹩着一口丧气，又有什么用处呢？一个有作为的人，恐怕不专凭着一张苦脸而能成功吧？战士不是笑着去成仁取义么？

是不是自己根本缺乏着一点什么，一点像生命素的东西？想到这里，他把头藏在被子里去。极快的他看见了以前所作过的事，那些虚飘，薄小像一些懒懒的雪花儿似的事，他的头更深藏了些，他惭愧，不肯再教鼻子吸到一些凉气，得闻着自己身上的臭味。那些事，缺乏着点什么，不能说，不能说，对不起那些事，对不起人，也对不起自己！他的头上见了汗！

睡吧，不要再想！再说，为什么这样小看自己呢？他的头伸出来，吸了一口凉气。睁着眼看屋中的黑暗，停止住思索。不久，心中松通了一些，东一个西一个的念头又慢慢的零散的浮上来，像一些春水中的小虫，都带着一点生气。为什么小看自己呢？那些事不是大学生所应作的么？缺乏着点什么，大家所作的不都缺乏着什么吗？那些事不见得不漂亮，自己作的不见得不出色，还要怎样呢？干吗不快乐呢？

心里安静了许多，再把头藏进去，暖气围着耳鼻，像钻入一间温室里去似的。他睡着了。

胡梦颠倒：一会儿，他梦见自己在荒林恶石之间，指挥着几百几千几万热血的男儿作战，枪声响成一片，如同夜雨击打着秋叶。敌人退了，退了；追！喊声震天，血似的，箭似的，血箭似的，一边飞走一边向四外溅射着血花。忽然，四面八方全是敌人，被包围起来，每个枪口都红红的向着他，每个毒狠凶恶的眼睛都看着他；枪口，眼睛，红的，白的，一点一点，渐渐的联成几个大圈，绕着他乱转。他的血凉起来，生命似藏在一把汗里，心里堵得难过，张开嘴要喊，喊不出来。醒了，迷迷糊糊的，似醒非醒，胸口还觉得发堵，身上真出了汗。要定神想一想，心中一软似的又睡去了。似乎是个石洞里，没有一点光，他和周石松都倒捆双臂，口中堵着使人恶心的一块什么东西。洞里似乎有蝙蝠来回搧着腥而凉的风，洞外微微的有些脚步响。他和周，都颤抖着，他一心的只盼望着父亲来救他们，急得心中发辣。他很惭愧，这样不豪横，没骨气，想求救于父亲的那点本事！但是，只有这个思念的里边含着一点希望……不是石洞了，他面对面的与父亲坐在一处，十分讨厌那老人，头脑简单，不识字，在国术馆里学来一些新名词，都用在错的地方！对着父亲，他心里觉得异常的充实，什么也不缺欠，缺欠都在父亲身上呢。

隐隐的听到起床钟，像在浓雾里听到散落的一两声响动似的。好似抱住了一些什么贵重的东西，弯着腰，蜷着腿，他就又睡着了。隐隐的又听到许多声音，使他厌恶，他放肆的骂出一些什么，把手伸出来，垫在脑袋底下；醒了。太阳上来老高，屋中的光亮使他不愿睁眼，迷迷糊糊的，懒懒的，乱七八糟的，记得一角儿梦景，不愿去细细追想，心中怪堵得慌，不是蹩着一点什么，就是缺乏着一点什么，说不清。打了极长的两个哈欠，大泪珠像虫儿似的向左右轻爬，倒还痛快。

起来，无聊；偶尔的误一两堂功课，不算什么；倒是这么无事可作，晃晃悠悠的，有些蹩扭。到外边散散步去。春风很小很尖，飕人们的脑子；可是墙角与石缝里都悄悄的长出细草芽，还不十分绿，显着勇敢而又乖巧似的。他很想往远处蹓蹓，腿可是不愿意动，那股子蹩扭劲儿又回来了，又觉到心中缺乏着一点什么东西，一点不好意思承认而又不能不承认的什么东西。他把手揣在袖子里，低着头，懒散的在院中走，小风很硬的撩着他的脑门儿。

刚走出不远，周石松迎面跑了来，跑得不快，可是样子非常的急迫。到了杜亦甫面前，他张开嘴，要说什么，没有说出来，脸上硬红硬白的像是受了极大的惊恐。

"怎了？"杜亦甫把手伸下去，挺起腰来。

"上岸了，来了，我看见了！"周石松的嘴还张着，但是找不到别的话说。

"谁？"

"屋里去说！"周石松没顾得杜亦甫怎样，拿起腿就跑，还是小跑着，急切而不十分的快。快到宿舍了，他真跑起来。

杜亦甫莫名其妙的在后面跟着，跑也不好，不跑也不好，十分的不好过；他忽然觉得周石松很讨厌，不定是什么屁大的事呢，就这样见神见鬼的瞎闹。到了屋里，他几乎是含着怒问：

"到底怎回事？"

"老杜，你不是都已经知道？"周石松坐在床沿上，样子还很惊慌。

"我知道什么？"杜亦甫瞪着眼问。

"昨天夜里，"周石松把声音放低，赶紧立起来，偏着头向杜亦甫低切的嘀咕："昨天夜里你不是说刀已经放在脖子上了？你怎会不知道？！"

"我什么也不知道，真不知道！你要不说，我可就还出去绕我的弯儿，我觉得身上不大合适，不精神！"杜亦甫坐在了破藤椅上，心中非常的不耐烦。

"好吧，你自己看吧！"周石松从袋中掏出不大的一张"号外"来，手哆嗦着，递给了杜亦甫。把这张纸递出去，他好像觉得除去了块心病似的，躺在床上，眨巴着眼睛看杜亦甫。

几个丑大的黑字像往杜亦甫的眼里飞似的，刚一接过报来，他的脸就变了颜色。这几个大字就够了，他安不下心去再细看那些小的。"老周，咱们的报纸怎么说，看见了吗？"

"看见了，一字没提！"

"一字没提？一字没提。"杜亦甫眼看着号外，可并没看清任何一字。"那么这个消息也许不确，造空气吓人？"

"我看见了！亲眼看见了！"周石松坐起来，嘴唇有些发干似的，直用舌尖来回舐。"铁甲车，汽车，车上的兵都抱着枪，枪口朝外比画着！我去送徐明侠。"

"他上哪儿？"

"回家，上汽车站！"周石松的脸红得很可怕。"这小子！他知道了，可一声儿也不出，像个会掏坏的狗熊似的，轻轻的，人不知鬼不觉的逃走了。他没说什么，只求我陪他上趟街；他独自不敢出去！及至到了汽车站，他告诉我给他请两天假，还没说别的。我独自往回走，看见了，看见了，原来是这么回事！我急忙回来找你，你必有办法；刀真搁在脖子上了，我们该怎办呢？"

杜亦甫不想说话，心中很乱，可是不便于楞起来，随便的说了声："为什么呢？"

"难道你没看见那些字？我当是你预先知道这回事，想拚上命呢！拿来，我念！"他从杜亦甫的手里抢过号外来，急忙的舐了下嘴唇：

"特务机关报告：'祸事之起，起于芝麻洲大马路二十一弄五十二号。此处住有我侨商武二郎，年五十六岁，独身，此人养德国种狼狗一条：性别，雌；毛色灰黄；名，银鱼。银鱼于二月前下小狗一窝：三雄一雌，三黄一黑，均肥健可喜。不幸，一周前，黑小狗在门外游戏，被人窃去。急报芝地警所，允代寻觅，实则敷衍无诚意。武二郎乃急来特务机关报告，即遣全部侦探出发寻查。第一日无所获，足证案情之诡密严重。翌日清晨，寻得黑小狗于海滨，已死。黑小狗直卧海滨，与早潮成丁字形，尾直伸，时被浪花所掩，为状至惨！面东向，尚睁二目，似切盼得见朝阳者。腹胀如鼓，项上有噬痕，显系先被伤害，而后掷入水中者，岸沙上有足迹。查芝地养犬者共有一万三千五百六十二家，其中有四千以上为不满半岁之小狗，二千以上为哈吧狗，均无咬毙黑小狗之能力。此外，则均为壮实大犬，而黑小狗之伤痕实为此种大犬所作。乃就日常调查报告，检出反抗我国之激烈分子，蓄有巨犬，且与武二郎为邻者，先加以侦察。侦察结果，得重要嫌疑犯十人，即行逮捕拷问，所蓄之犬亦一并捉到。此十人者，既系激烈分子，当然狡猾异常，坚不吐实。为促其醒悟，乃当面将十巨犬枪决。芝地有俗语：鸡犬不留；故不惜杀狗以警也。狗血四溅，此十人者仍顽抗推赖。同时，芝地官吏当有所闻，而寂寂无一言，足证内疚于心，十人身后必有广大之背景。设任其发展，则黑小狗之血将为在芝我国国民之前导，由犬及人，国人危矣！'"周石松念的很快，念完，头上见了汗:"为了一只小狗!"

"往下念!"杜亦甫低着头,咬着牙。

"没什么可念的了,左不是兵上岸,来屠杀,来恐吓,来肃清激烈人物与思想,来白找便宜!"周石松几乎是喊着。"我们怎办呢?流血的机会不用我们去造,因为条狗——哼!狗——就来到了!"他的声音仿佛噎住了他的喉,还有许多话,但只能打了两个极不痛快的嗝儿。

"老初呢?"杜亦甫无聊的,想躲避着正题而又不好意思楞起来,这么问了一声。看周石松没回答,他搭讪着说:"我找他去。"

不大的工夫,杜和初一同进来。初济辰的头还扬着,可是脸色不大正,一进门,他向周石松笑了笑,笑得很不自然。

"你都知道了,老初?"周石松想笑,没能成功,他的脸上抽动了两下,像刚落上个苍蝇那样。

没等初济辰开口,杜亦甫急忙的说:"老初,别再瞎扯,咱们得想主意!徐明侠已经溜了,咱们——"

"我听天由命!"初济辰眼看天花板,手揣在袖子里。"据我看呢,战事决不会有,因为此地的买卖都是他们的,他们开炮就轰了他们自己的财产建设,绑去像你我这样的一些人,羞辱一场,甚至杀害几个,倒许免不了的。他们始终以为我们仇视他们,只是几个读过书的人所耍弄的把戏,把这几个激烈分子杀掉或镇吓住,就可以骑着我们脖子拉屎,而没人敢出一声了。我等着就是了,我自己也许有点危险,战争是不会有的,不会!"

"你呢?老杜?"周石松看初才子软下去,气儿微索了些。"我听你的,你说去硬碰,我随着。老初说不会有战事,我看要是有人硬碰,大概就不会和平了结。你昨天说的对,和平就是屈服,只为了一条狗,一条狗；这么下去还有完吗？"

杜亦甫低下头去，好大半天没说出话来。一点也不用再疑惑了，他心中承认了自己的的确确缺乏着一点什么，这点缺欠使他撑不起来昨天所说的话。他抬不起头来，不能再辩论，在两个同志面前，除了承认自己的缺欠，别无办法。这极难堪，可是究竟比再胡扯与掩饰要强的多！他的嘴唇动了半天，直到眼中湿了，才得到张开的勇气："老初！老周！咱们也躲一躲吧！这，这，"他的泪落下来。

周石松的心软，眼圈也红了。他有许多话要质问杜亦甫，每句话都得使杜亦甫无地自容，所以他一句也不说了。他觉得随着杜亦甫一同去死或一同去逃，是最对得住人的事，不愿再问应死还是应逃的道理。不好意思对杜亦甫说什么，他转过来问初济辰："你呢？"

"你俩要是非拉着我不可呢，就一同走；反之，我就在这儿死等，等死！"初济辰又笑了笑。

"还有人上课吗？"杜亦甫问，眼撩了外边一下。

"有！"初济辰回答："大家很镇定！"

"街上的人也并不慌，"周石松找补上。

"麻木不仁！"杜亦甫刚说出这个，马上后悔了，几乎连头皮全红了起来。

初济辰把要说的话咽了下去。

仿佛为遮羞，杜亦甫提议："上我家去，好不好？一时哪能找到合适的地方？家里窄蹩一点，可是。"

"先不用忙吧，我看，"初济辰很重的说。"搜查是可能的，可是必在夜里，他们精细得要命：昨天夜里，也就是三点来钟吧，我醒了，看走廊的灯也全灭了，心中很纳闷。起来，我扒着窗子往外看，连街上也没了灯亮。往上运军火呢，必是。他们白天用枪口对着你，运军火可得灭了灯。精细而矛盾。可是，无论怎说吧，他们总想精细就是了。我们若是有走的必要，吃完晚饭再去，决不迟。在这后半天，我们也好采采消息，看看风头，也许事情还不至于那么严重，谁知道。"

"对！"杜亦甫点了点头，可是问了周石松一句："你呢？"

"怎办都好，我听你们的！假若你们说去硬碰，"看了杜亦甫一眼，他把话打住了。

后半天的消息越来越坏了，什么样的谣言也有，以那专为造谣惑乱人心的"号外"为主，而随地的补充变化。学校的大钟还按时候敲打，可是课堂上没有多少人了。街上的铺户也还照旧的开着，连买的带卖的可都有点不安的神气。大家都不慌，不急，不乱，只是无可如何的等着一些什么危险。不幸，这点危险要是来到头上呢，谁也没办法，没主意。在这种不安，无可如何，没办法的心境中，大家似乎都希望着侥幸把事情对付过去，在半点钟内若是没有看见铁甲车的影子，大家的心就多放下一点去。

可是，消息越来越坏。连见事比较明彻的初济辰也被谣言给弄得撑不住劲儿了。他几乎要放弃他所观察到的，而任凭着感情去分担大家的惊恐与乱想。

周石松还有胆子到外面买"号外"，他把最坏的消息给杜亦甫带了来："矫正以往的因循！断然的肃清破坏两国亲善的分子！"这类的标题都用丑肿的大字排印出来，这些字的本身仿佛就能使人颤抖。捕了谁去，没有登载，但无疑的已经有大批的人被捕，这，教杜亦甫担心他的父亲。要捕人，国术馆是必得照顾到的，它一向是眼中的钉，不因为它实际上有什么用处，而是因为它提倡武艺，"提倡"就是最大的罪名。杜亦甫飞也似的去打电话，国术馆的电话已经不通。无疑的，一定出了事，极快的，由父亲想到了自己；父亲若是已经被捕，自己便也很难逃出去；人家连狗的数目调查得都那么清楚，何况是人呢，何况是大学学生呢，又何况是学生中的领袖呢！他愤恨，切齿，迷乱，没办法。他只想跺着脚痛骂一场，哪怕是骂完了便千刀万剐呢，也痛快。这是还有太阳的世界么！这是个国家么！问谁呢？没人能回答他，只有热血足以洗去这种污辱！怎么去流血呢？

"老周！"他喊了声："我——我——"嗓子像朵受了热气的花似的，没有一点声响便软下去。

"怎样？"周石松问。

待了好大半天，杜亦甫自言自语的："没办法！"

一直到晚餐的时候，杜亦甫没有出屋门。他背着手在屋里来回走，有时候也躺在床上一会儿，心中不断的思索：一会儿他想去拚命，这不是人所能忍受的，拚了命，也许一点好处没有，但究竟是自己流了血，有一个敢流血的就不能算国里没有人。一会儿他又往回想，白死有什么用处，快意一时，拿自己这一点点血洒在沙漠上，连点血痕也留不下吧？他思索，一刻不停的思索，越想越乱，越不得主意。他仍然不肯承认他害怕，可是无论怎样也找不到去干点什么的勇气。

草草的扒搂进去两口饭，他急忙的又跑回宿舍来，好像背后追随着个鬼似的。天黑了，到了该走的时候。可是父亲设若已被拿去，家里怎能是安全的地方呢？在学校里？初济辰说的对，晚上必定来捉人！天黑一点，他的心便紧一点，他没想到过自己会能这样的慌张，外边的黑影好像直往前企扈，要把他逼到墙根去，慢慢的把他挤死。

好容易初济辰和周石松都来了，他的胸中松了一口气。怎办呢？初和周都没主意，而且很有留在校里的勇气。他不能逼着他们走，他既是说不出地方来。往外边看了一眼，院中已黑得可怕。初济辰躺在了周石松的床上，半闭着眼仿佛想着点什么事。周石松坐在破藤椅上，脸上还有点红，可是不像白天那么慌张了。杜亦甫靠窗子立着，呆呆的看着外面的黑暗。待了一会儿，把黑暗看惯了，他心中稍微舒服了一些。那大片的黑暗包着稀疏的几点灯光，非常的安静。黑得仿佛有些近于紫茸茸的，好像包藏着一点捉摸不定而可爱的什么意思或消息，像古诗那么纯朴，静恬，含着点只能领略而道不出的意思。心中安静了一些，他的想象中的勇气又开始活动。他想象着：自己握着一把手枪，哪怕是块石头呢也好，轻手蹑脚的过去，过去，一下子把个戴铁盆的敌人打得脑浆迸裂！然后，枪响了，火起来，杀，杀，无论老幼男女全出来厮杀，即使惨败，也是光荣的，伟大的人民是可杀而不可辱的！

　　正这么想着，一道白闪猛孤仃的把黑暗切成两块，像从天上落下一把极大的白刃。探海灯！白光不动，黑影在白光边上颤动，好似刚杀死的牲口的肉那样微动。忽然，极快的，白光硬挺挺的左右摆动了两下，黑影几乎来不及躲避，乱颤了几下，无声的，无可如何的，把地位让给了白光。忽然，白光改为上下的动，黑影默默的，无可如何的任着戏弄；白光昂起，黑影低落；白光追下来，黑影躲到地面上，爬伏着不动。一道白光，又一道白光，又一道白光，十几条白光一齐射出，旋转，交叉，并行，冷森森，白亮亮，上面遮住了星光，下面闪扫着楼房山树，狂傲的，横行的，忽上忽下，忽左忽右，忽然联成一排，协力同心的扫射一圈，把小小的芝麻洲穿透，照通，围起来，一块黑，一块白，一块黑，一块白，一切都随现随灭，眩晕，迷乱，在白光与黑影中乱颤乱晃。

　　一道光闪到了杜亦甫的窗上，稍微一停，闪过去了；接着又是一道，一停，又过去了。他扶住了窗台，闭上了眼。

周与初全立起来，呆呆的看着，等着，极难堪的，不近情理等着，期待着。可怕，可爱，这帝国主义舞场的灯光拿山与海作了舞台，白亮亮的四下里寻找红热的血。黑的海，黑的山，黑的楼房，黑的松林，黑的人物，全潜伏着，任凭这几条白光来回的详细的找合适的地方，好轰炸与屠杀。

等着，等着，可是光不再来了，黑暗，无聊，只有他们三人的眼里还留着一点残光，不很长，不很亮，像月色似的照在窗上。初济辰先坐下了。杜亦甫极慢的转过身来，看了周石松一眼，周石松像极疲乏了似的又坐在藤椅上。杜亦甫用手摸到了床，坐下，舐了舐嘴唇。

老久，谁也没话可讲，心中都想着刚才那些光的游戏与示威。忽然，初济辰大声的笑起来，不知道为什么，他只觉得一阵颤动，全身都感到痛快。笑够了，他并上嘴；忘了，那阵笑好像已经是许久以前的事了。

"我一点也不恼你，我真可笑！"杜亦甫低着头说。

"他没笑你，老杜！"周石松很欢迎有人说句话。

初济辰没言语，像是没听见什么似的。

"不管他笑我没有，我必须对你们俩说出来，要不然我就憋闷死了！"杜亦甫把头抬起来，看着他们。"我无须多说什么，只有俩字就够了：我怯！"

"以卵击石，勇敢也是愚昧！"初济辰笑了笑。

"即使你说的一点不错，到底我还是怯！"杜亦甫的态度很自然了，像吃下一料泻药，把心中的虚伪全打净了似的。

"我也说不上我是怯，还是勇，反正我就是没主意！"周石松也微笑了一下。

全不再言语了，可是不再显着寂寞与难堪，好像彼此已能不用言语传达什么，而能默默的互相谅解。

他们就那么坐了一夜。

第二天，消息缓和了许多。杜亦甫回了家。他急于要看看父亲，不管父亲是受了惊没有，也并不是要尽什么孝道，而几乎是出于天真一点什么，和小孩受了欺侮而想去找父亲差不多。平日他很看不起父亲，到现在他还并没把父亲的身分提高多少，不过他隐隐的似有一点希冀，想在父亲身上找出一些平日被他忽略了的东西。这点东西，假若能找到，仿佛就能教他有一种新的希望，不只关乎他们父子，而几乎可以把整个民族的问题都拉扯在内。这样的拉扯是可笑的，可是他一时像迷了心窍似的，不但不觉得可笑，反而以为这是个最简单切近方便的解决问题的方法。只须一见到父亲，他就马上可以得到个"是"或"不"；不管是怎样，得到这个回答，他便不必再悬着心了。

他不愿绕着弯儿去原谅自己，可也不愿过火的轻看自己，把事情拉平了看，他觉得他的那点教育使他会思索，会顾虑，会作伪，所以胆小。他得去拿父亲证实了这个。父亲不识字，不会思索顾虑与作伪，那么就天然的应当胆粗气壮。可是，父亲到底是不是这样呢？假若父亲是这样，那么，他便可以原谅自己，而且得到些希望。这就是说，真正有骨气的倒是那不识字的人们，并不必等着几个读书人去摇旗呐喊才挺起胸来——恰恰和敌人们所想的相反。果然要是这样，这是个绝大的力量。反之，那便什么也不用再说，全民族统统是挨揍的货了！他得去看父亲，似乎民族兴亡都在这一看中。可笑，谁管，他飞也似的回了家。

只住着楼上两间小屋，屋外有个一张桌子大小的凉台，杜老拳师在凉台上坐着呢。一眼看到儿子，他赶紧立起来，喊了声："你来了？正要找你去呢！"

杜亦甫一步跳三层楼梯，一眨眼，微喘着立在父亲跟前。他找不到话讲，可是心中极痛快，自自然然的看着父亲：五十七八岁，矮个子；圆脸，黑中透亮，两眼一大一小，眼珠都极黑极亮，微笑着，两只皮糙骨硬的手在一块搓着："想你也该来了！想你也该来了！坐下！"把椅子让给了杜亦甫，老人自己愿意立着。杜亦甫进去，又搬出一把椅子来。父子都坐下，老人还搓着手："差点没见着你，春子！"他叫着儿子的乳名："我让他们拿去了！"老人又笑了，一大一小的俩眼眨巴的很快。

"没受委屈？"杜亦甫低声的问。

"那还有不受委屈的？"老人似乎觉得受委屈是可笑的事，又笑了。"你看，正赶上我值班，在馆里过夜。白天本听到一些谣言，这个的，那个的，咱也没往心里去。不到十点钟我就睡了，你知道我那间小屋？墙上挂着单刀，墙角立着花枪？一躺下我就着了。大概有十二点吧，我听见些动静，可没大研究，心里说，国术馆还能闹贼？我刚要再睡，我的门开了，灯也捻着了，一看，是伙计王顺。王顺干什么？我就问。王顺没言语，往后一闪身，喝，先进来一对刺刀。我哈哈的笑起来了，就凭一对刺刀，要我的命还不大老容易；别看我是在屋子里！紧跟着刺刀，是枪，紧跟着枪，是一对小鬼子，都戴着小铁盆，托着枪冲我来了。我往后望望，后边还有呢，都托着枪，戴着小铁盆。我心里就一研究，我要是早知道了信，我满可以埋伏在门后边，就凭我那口刀，进来一个宰一个，至少也宰他们几个。我太晚了，十几支快枪把我挤在床上，我连伸手摸刀的工夫也没有哇。我看了看窗户，也不行，洋窗户，上下都扣着呢，我跑不了。好了，研究不出道儿来，我就来文明的吧，等着好了，看他们把我怎样了！幸而我老穿着裤褂睡觉，摸着大棉袍就披上了，一语不发。进来一个咱们的人，狗娘养的，汉奸！他教我下来，跟着走。我没言语，只用手背一撩，哼，那小子的右脸上立刻红了一块。他一哎哟，刺刀可就把我围上了，都白亮亮的，硬梆梆的，我看着他们，不动，也不出声。那些王八旦的唧里骨碌不知说了些什么，那个狗娘养的捂着脸又过来了，教我下来，他说到院里就枪毙了我。我下来了，狗娘养的赶紧退出老远，怕我的手背再撩他。一个王八旦的指了指我的刀，狗娘养的教我抱着刀，他说：抱着你的刀，看你的刀能救了你的命不能。这是成心耍弄我，我知道；好，我就抱着我的刀。往外走吧，脊背上，肋条上，全是刺刀，我只要一歪身，大概就得有一两把插到肉里去。我挺着胸，直溜溜的走。走到院里，我心里说，这可到了回老家的时候了。我那会儿，谁也没想，倒是直想你，春子。我心里就这么研究，王八旦的杀了我，我有儿子会报仇呀。"老人笑了笑，缓了口气，亲热的看了儿子一眼。"反正咱们和王八旦的们是你死我活，没个散儿。我不识文断字，可是我准知道这个。果不其然，到院里那个狗娘养的奉了圣旨似的教我跪下。我不言语，也不跪下，心里说，开枪吧，小子们，把你太爷打成漏杓，不用打算弯一弯腿！两个王八旦的看我不跪，由后面给了我两枪靶子，哼，心里说，你俩小子还差点目的，太爷不是这么容易打倒的。见我不倒，一个王八旦的，也就是像你离我这么远儿，托起枪来，瞄我的胸口，我把胸挺出去。拍！响了。连我都纳闷了，怎么还不倒下呢？那些王八羔子们笑起来，原来是空枪，专为吓吓我。王八羔子们杀人，我告诉你，春子，决不痛痛快快的，他们拿你当个小虫子，翻来覆去的揉搓你，玩够了再杀；所以我看见他们就生气，他们狠毒，又坏！"老人不笑了，连那只小一点的眼也瞪起来，似乎是从心里憎恶那些王八羔子们。

"那个狗娘养的又传了圣旨，"老人接着说，"带回去收拾，反正早晚你得吃上一颗黑枣。我还是不言语，我研究好了，就是不出一声，咱们谁得手谁杀，用不着费话；是不是，春子？"

杜亦甫点了点头，没有话可说。

"出了大门，"老人又说下去："他们还好，给我预备的大汽车，就上了车。还抱着刀，我挺着腰板，教他们看看，太爷是没得手，没能把刀切在你们脖子上，好吧，你们的枪子儿我也不怕！你们要得了我的命，可要不了我的心气；这是一口气，这口气由我传给我的儿子孙子，永远不能磕膝盖儿着土！我这么研究好了，就看他们的瞄准吧！到了个什么地方，黑灯瞎火的我也没看清是哪里。这里听不见别的，齐噔咯噔的净是皮鞋响。他们把我圈在一间小屋里，我就坐在地板上闭眼养神，等着枪毙。我没有别的事可想，就是恨我的刀没能出鞘。他们人多，枪多，我不必挣蹦，白费力气干吗。我等着好了，死到临头，我得大大方方的，皱皱眉就不算练过工夫。是不是，春子？"

杜亦甫又点了点头。

"待了不知好久，"老人又搓起双手来，仿佛要表演出那时怎样的不耐烦。"他们把我提到一间大厅上去，灯光很亮，人也不少，坐的是官儿，立着的是兵。他们又教我跪下，我还是不出声，也不跪。磨烦了半天，他们没有了主意，刺刀可就又戳在我胸口上，我不动，纹丝不动，眼皮连抬也不抬；哼，杀剐随便，我就是不能弯腿！慢慢的，刺刀挪开了，他们拿出一张字纸来教我看，我闭上了眼。我那天夜里就说了一共这么三个字：'不认字！'他们问我那些字——他们管它叫什么'言'呀，我记不清了——什么意思？我不出声。又问，那是我画的押，签的名，不是？我还是不出声。我心里说，这回真该杀我了，痛快点吧！我犯了什么罪？没有。凭什么他们有生杀之权？没道理。我就这么寻思着，他们无缘无故的杀了我，我的儿孙以后会杀他们，这叫作世仇。我一点也不怕呢，我可就怕后辈忘了这点事儿。俗语说的好，冤仇应解不应结，可那得看什么事，就这么胡杀乱砍呀，这点仇不能白白的散了！这并不是我心眼小，我是说，人生在世不能没骨头，骑着脖子拉屎，还教我说怪香的，我不能！你看，果然，他们又把枪举起来了，我看见过，甭吓唬谁！他们装枪子，瞄准儿，装他妈的王八羔子，气派大远了去啦。其实，用不着，我不怕，你可有什么主意呢？比画了半天，哼，枪并没放。又把我送回小屋里去了。什么东西！今个天亮的时候，他们也不是怎么，把我放了，还仿佛怪客气的，什么玩艺儿！我不明白这是哪一出戏，你来的时候，我还正研究呢。一句话抄百总吧，告诉你，春子，咱们得长志气，跟他们干，这个受不了！我不认字，不会细细的算计，我可准知道这么个理儿，只要挺起胸脯不怕死，谁也不敢斜眼看咱们！去泡壶茶喝好不好？"

杜亦甫点了点头。